동서양 문학에 나타난 자연관

김경수 김순경 노영돈 맹주만 손순옥 이강빈 이찬욱 정정호 차용구

보고사

문학·역사·철학(文史哲)이 핵심을 이루고 있는 인문학(인문과학)은 인간학(the Humanities) 또는 인간과학(Human Science)이다. 학문역사로 볼 때 인문학은 모든 학문과 대학의 시작이며 토대이다. 그러나 오늘날 인문학은 전지구적 후기자본주의 시대의 이윤창출을 제1목표로 하는 경제적 실용주의와 끝이 보이지 않는 욕망추구의 도구적 과학주의로 인하여 대학에서도 존립 근거마저 위협받고 있다. 인문학의 위기라는 말은 이제 진부한 표현이다. 이런 상황은 신자유주의의 세계화와 인터넷, 유전공학, 나노기술 등 자연과학과 디지털 산업의 발전 결과로 발생한 문물상황의 급격한 변화로 나타나는 당연한 결과이다. 우리들의 일상적 삶과 문화의 모든 토대와 상부구조가 엄청나게 변하고 있다.

그러나 우리는 이런 문화의 대변혁 시기에 그저 인문학의 위기를 슬퍼하거나 원망할 수는 없다. 패배주의나 냉소주의를 극복하고 위기를 기회로 만드는 전환기적 노력이 필요하다. 지혜의 여신인 미네르바의 올빼미처럼 우리는 언제나 늦은 밤 뒤늦게 날개를 치며 나는 것은 아닌가? 이제 인문학은 문·사·철을 또 다른 새로운 문화의 탈주의 선으로 변형시켜야 한다. 우리 시대의 다양한 문화현상들을 포용하고 새로운 이론들을 원용하여 현실세계에 대한 이해, 분석, 비판, 대안제시 등 복합적으로 지적인 춤을 출 수 있어야 한다. 고색창연한 상아탑에서 지나간 지식과 이론으로 한 구멍만을

3

파고드는 "쥐식인"이 되어서는 안 된다. 법고창신(法古創新)의 정신으로 언제나 실험하고 탈주할 수 있는 유목민적 지식인이 되어야 한다. 21세기에는 학제적이고 잡종적인 신인문학 또는 응용인문학이 생성되는 것일까?

이번에 40년 가까운 역사를 지닌 중앙대학교 인문과학연구소가 그동안 숙원사업이던 인문과학 연구총서 제1권을 상재하게 되었다. 총서 첫 권의 주제는 "동서양 문학에 나타난 자연관"이다. 문명사적인 맥락에서 볼 때 지금은 어떤 문제보다도 우리가 살고 있는 집인 지구의 환경과 생태문제가 가장 중차대하다. 인문학과 생태학은 그 친연관계가 남다르다. 생태학의 문제는 결국 인간세계의 환경을 다루고 있는 "인간의 문제"로 귀결되기 때문이다. 이 주제는 2년 전 연구소 학술논문발표대회에서 다룬 것이다. 그 당시 발표된 논문들을 묶어 이번에 총서 제1권으로 내놓게 되었다. 이 첫 번째 간행은 많은 분들의 수고의 결실이다. 논문발표회를 준비해주신 전임소장 김경수 교수, 부소장 김순경 교수, 그리고 고부응 교수, 그리고 이번에 책임편집을 맡아주신 이찬욱 교수께 특히 감사드린다. 어려운 시기에 본 총서의 출간을 흔쾌히 맡아주신 도서출판 보고사 김흥국 사장께도 고마움을 전하는 바이다. 이제 1권을 시작으로 우리 시대의 문제를 다룬 필요한 단행본들이 계속 출간되기를 간절히 기대한다.

2005. 2. 15
중앙대학교
인문과학 연구소장 정정호

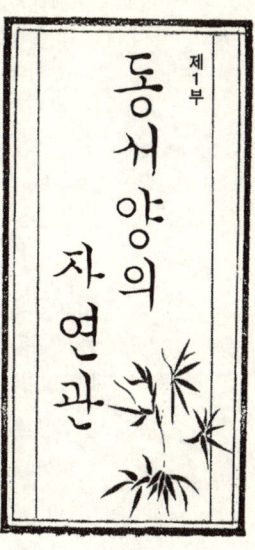

제1부

동서양의 자연관

동서양 문학에 나타난 자연관

　자연에 대한 관심은 인간이 존재한 역사와 더불어 계속되어온 관심이라 할 수 있다. 인간의 역사란 자연을 정복하려는 역사이거나 자연과 조화를 추구하려는 역사라고 할 수 있기 때문이다. 물질문명이 자연을 거대한 규모로 변화시키기 전까지는 인간과 자연은 상당한 정도 조화의 관계에 있었다고도 할 수 있다. 원시 시대부터 시작하여 고대나 중세에서 인간이 자연을 이용한다는 것은 자연의 순환과 변화의 법칙을 거스르지 않으면서 인간에게 유용한 방식으로 자연을 받아들인 것으로 보인다. 그러나 산업혁명으로 대표되는 근대의 물질문명의 발달은 곧 자연 파괴의 과정이었으며 이로써 나타난 근래의 환경 문제는 자연의 법칙을 거스르는 인간의 세계에 대한 자연의 복수인 것 같기도 하다. 이제 인간은 자연과의 새로운 화해를 모색할 수밖에 없는 위치에 와 있는 것 같다. 환경보호운동이나 자연 생태에 대한 여러 방면의 관심은 이제야 비로소 인간이 자연과 조화를 추구해야 할 필연성을 인식하게 되었다는 뜻도 된다. 이런 의미에서 자연에 대한 학문적 논의의 필요성이 더해진다. 자연과의 조화를 실천하기 위해서는 그 실천을 가능하게 하는 인식론적 토대가 우선 마련되어야 하기 때문이다.

동서양을 막론하고 '자연이란 무엇인가'라는 질문은 '인간이란 무엇인가'와 마찬가지로 가장 근본적이면서도 대답하기 어려운 질문이라 할 수 있다. 또한 이 두 질문은 표면적으로는 정반대의 질문을 하고 있는 것 같이 보이나 사실은 한 가지 질문이기도 하다. 자연의 개념은 인간의 개념과 대비되거나 인간의 개념을 포함할 때 비로소 그 의미가 제대로 드러나기 때문이다. 근대 이후 서구 열강의 해외 진출 과정을 통하여 서양 사상이 동양 세계에도 지배적 사상이 되었으며 그 결과 동양인이 이해하는 자연과 서양인이 이해하는 자연이 서로 뒤섞여 있어 사실상 구분할 수 없거나 구분할 필요가 없는 것 같이 보이기도 한다. 그러나 동서의 교류가 있기 이전에 동양은 서양 사상의 영향을 받지 않은 자연관이 있었으며 서양 또한 그들 나름대로의 자연관이 있었다고 볼 수 있다. 궁극적으로 동양의 자연관과 서양의 자연관은 상호 교류하면서 자연에 대한 이해를 높이고 자연과 더불어 사는 인간 세계를 이루는 것이 바람직할 것이다. 그러나 이러한 자연과 인간의 조화로운 삶을 위하여 우선 동양과 서양의 자연관을 대비해서 고찰해 볼 필요가 있다.

전통적인 동양 사상에 있어 자연은 자연(自然)이란 말 자체가 의미하듯이 '저절로 그러한 것'을 일컫는다. 이는 자연이란 억지로 꾸며내거나 왜곡하지 않은, 즉 어떤 사물의 원래의 상태이거나 그 사물이 마땅히 되어야 하는 상태를 뜻하는 것이다. 인간이 사물에 개입하여 그 사물을 변형시키거나 의미를 변화시키는 것은 '저절로 그러한 상태'가 아닌 상태로 만드는 것이기 때문에 자연에서 벗어나는 행위가 된다. 동양적 자연관에서 원천이 되는 『노자(老子)』에서 '인간은 땅을 본받고 땅은 하늘을 본받고 하늘은 도(道)를 본받고 도는 자연을 본받는다'라고 진술하는 것은 세상 만물의 이치가 자연에서 도래하는 것이며 그 자연의 상태를 따르는 것이 바로 우주 만물의 원리를 충실히 따르는 것이라는 말이다. 따라서 형이상학적 원리나 실천적 윤리에 있어서도 인간은 자연의 순리를 벗어나지 않을 때에 진정한 인간의 도리를 행하는 것이며 인간의 모습을 유지한다는 말이 되는 것이다. 이러한 동양의 자연관은 무위자연(無爲自然)이란 이상적 삶의 방식을 상정하는데, 이는 혼란스러운 사회에 대해 인간이 적극적으로 개입하여 바람직한 상태를 만들기보다는 자연의 도(道)에 순순히 따르는 것이 이상적 실천 윤리가 된다는 믿음에서 나온 것이다. 동양문화에 나타나는 산수(山水)에 대한 동경은 바로 자연 자체의 작용 방식을 인간의 삶의 방식으로 수용하려는 태도를 반영한 결과이다. 그러나 이러한 자연관이 동양적 자연관의 특성을 보여준다 하더라도 모든 동양인이 이러한 자연관을 갖고 있었거나 이러한 자연의 도에 근거한 윤리를 실천한 것은 아니다. 유학의 주요 덕목인 인간사회의 예의법도를 존중하는 태도는 오히려 인간의 자연적 본성을 통제하는 것이 더 바람직하다는 태도를 반영하고 있기 때문이다.

동양사상에서의 자연관이 형이상학이나 윤리적 관점에서 보는 자연관이라 할 수 있다면 서양사상에서의 자연관은 크게 보아 인식론적 자연관이라 할 수 있다. 일반적으로 자연을 뜻하는 영어의 nature는 (독일어의 Natur나 불어의 nature도 비슷한데) 태생을 뜻하는 라틴어 natura에서 나온 말이다. 라틴어의 natura는 어떤 사물이 원래 가진 특성을 의미하기도 했고, 인간이나 문명과 대립되는 모든 물질적 세계를 의미하기도 했다. 따라서 영어, 불어, 독일어에서 사용하는 nature나 Natur는 동양에서의 자연과 비슷한 의미를 갖기도 하지만 인간이나 사물의 본성을 의미하는 말이기도 하다. 이렇게 이해하고 보면 영어의 nature는 다시 동양의 자연과 상당히 유사하다고 볼 수도 있다. 왜냐하면 동양에서 자연은 인위적인 어떤 행위가 가해지지 않은 사물의 원래의 상태를 의미하기 때문이다. 동양에서의 자연은 사물이 가진 원래의 본성을 온건하게 갖고 있는 것이 자연계의 산수(山水)라고 생각하였기 때문에 자연이 사물의 본성과 산수가 자연스럽게 연결된다고 생각할 수 있지만 서양에서의 자연은 사물의 본성으로서의 nature와 물질 세계로서의 자연은 근본적으로는 구분되는 개념이라고 할 수 있다. 따라서 서양사상에서 자연 또는 본성으로서의 nature는 그 말이 어떤 맥락에서 어떤 상태와 대립적으로 쓰여지고 있는지에 따라 그 의미가 확연히 드러난다. 그러나 여기에서는 본성이라는 의미의 nature보다는 인간과 대립되는 의미에서의 사물의 세계로서의 자연을 염두에 두고 서양사상에서의 자연을 말하는 것이 좋을 것 같다.

서양사상에서의 자연관은 인간이 자연의 한 부분을 이룬다는 생각보다는 인간의 세계와 자연의 세계가 대립적 관계에 있다는 생각이 지배적이다. 이러한 자연은 어떤 경우에는 인위적인 요인이 개입되지 않았다는 의미에서 바람직한 순수 상태를 의미하기도 한다. 그러나 서양사의 대부분의 경우에 자연은 아직 완성을 이루지 않은 상태로서 이해된다. 이때 자연의 완성은 신이나 인간적 행위가 가해져서 그 사물의 내재적 가능성이 이상적으로 발현되는 것을 뜻한다. 이렇게 인간 세계와 대립되는 의미에서의 자연이 이성이나 창조성이 없는 '물(物)' 자체로서 나타날 때 이러한 자연은 인간의 창조성이나 합리성을 발현하여 자연을 변화시키는 것이 바람직한 것으로 이해된다. 자연계를 변화시키는 과정을 거쳐왔던 서양 물질문명의 역사는 이와 같은 인간중심적인 자연관의 결과물이라 할 수 있다. 또한 인간을 신이 창조한 최고의 피조물 또는 신의 위탁자로 생각했던 서양의 종교관에서 본다면 자연은 인간중심주의적 신, 또는 인간 형태로서의 신이 어떤 행위를 가하는 대상으로 나타난다. 신이 세상을 창조하였다는 기독교의 세계창조 개념은 신과 세계를 주체와 객체로 상정하는 태도를 나타낸다. 이 때 자연은 단지 동식물의 세계뿐만 아니라 인간의 역사가 만들어놓은 물질문명이나 사회 더 나아가서 우주의 질서까지도 포괄하는 개념이라 할 수 있다.

지나치게 단순화시킨 이와 같은 동서양의 자연의 기본 개념을 염두에 두고 보면 동양과 서양에서 자연은 상당한 차이짐을 보이기도 하지만 유사점도 또한 갖고 있음을 알 수 있다. 동양에서나 서양에서나 자연을 기본적으로 인간의 세계와 대비시켜 생각하고 있다는 점에서 그러하다. 또한 최근의 환경이나 생태에 대한 반성적 태도가 서양에서 시작되었다는 것을 염두에 두면 동양의 인간과 자연의 조화 또는 합일의 이상적 상태를 서양에서 모색하고 있다고 이해할 수 있다. 이런 면에서 동양과 서양의 자연관은 교류의 가능성을 열어놓고 있는 듯이 보인다. 여기에 실린 글들은 이러한 동서양의 자연관을 염두에 두고 동양의 문학과 서양의 문학에 나타나는 자연을 논의하고 있다. 제1부에서는 동양과 서양 사상에 나타난 자연에 대한 일반론이다. 제2부는 동양 문학에 나타난 자연관을 다루고 있으며 제3부는 서양 문학에 나타난 자연관을 다루고 있다. 물론 여기의 글들이 동서양에서 논의되었거나 논의되는 자연관을 전부 포괄하고 있지는 않다. 그러나 여기의 글들이 적어도 동서양에 나타나는 자연의 중요 쟁점을 어느 정도는 반영하고 있다고 보아도 좋을 것이다.

이 책의 첫째 글인 「남명과 지리산」에서 김경수는 산림에 은거하여 세간(世間)의 명리(明利)와는 초연하게 일생을 보낸 남명(南冥) 조식(曺植)의 삶을 통하여 동양에서의 자연관을 피력하고 있다. 그는 동양에서의 자연에 대한 일반론을 산수론을 통하여 개진한 다음 구체적으로 남명이 지리산행을 통하여 남긴 『유두유록』을 분석한다. 그의 지리산행의 목적은 인간사에 초연한 산수에 의지하여 그의 일생을 마무리할 장소를 물색하기 위한 것이라고 김경수는 이해한다. 그러나 남명에게 있어 산수는 단순히 인간사를 떠난 은거의 장소만이 아니라 산수를 본받아 자신의 덕을 함양하면서 동시에 그의 절의를 추종하여 찾아오는 현사를 양성하려는 의지도 갖고 있었음을 밝히고 있다. 김경수의 글은 자연이 세파에서 떨어져 있으면서도 인간의 덕(德)과 도(道)를 고양시키는 역할을 하는, 자연의 이중적 역할을 드러내는 논의라 할 수 있다.

「근대적 자연관의 갈등과 화해」에서 맹주만은 현재까지 역사적 승자로 군림하고 있는 근대의 자연과학적 자연관을 직접 다루지는 않는다. 오히려 그는 긍정적이든 부정적이든 오늘의 우리를 있게 한 근대의 자연과학적 자연 이해를 전적으로 거부하거나 과소평가할 수만은 없다고 생각한다. 또한 근대적 자연관이 안고 있는 근본적인 문제를 자연을 한낱 인간을 위한 수단이나 도구로 간주했다는 점에서 찾기보다는 인간과 자연의 차이를 일면적으로 지나치게 강조했으며, 때문에 다른 한편으로 자연의 진정한 가치를 충분히 사유해내지 못했다는 점에 있다고 생각한다. 이러한 문제의식으로부터 출발하여 맹주만은 인간과 자연의 근원적 동일성과 근본적 차이를 함께 고려하는 사유의 필요성을 역설한다. 그리하여 이 시대에 정말로 필요한 것은 인간과 자연의 올바른 관계정립을 위한 보다 철저하고 치밀한 사유인 바, 그 전형을 칸트와 헤겔에서 찾고 있다. 그에 의하면, 자연과학적 자연관과 대결한 근대철학의 역사에서 칸트와 헤겔은 방법과 원리상의 차이에도 불구하고 모두 이성적 합리성, 즉 근대의 자연과학적 합리성의 일면성과 데카르트와 뉴턴의 실체론적 자연관을 적극적으로 수용하면서도 그 한계를 사유한 인물들이다. 또한 동시에 그들은 자연과학적 자연관의 일면성과 한계 너머에 있는 보다 중요한 세계의 존재를 인정했다. 무엇보다도 맹주만이 보기에 칸트와 헤겔은 인간에게 자연은 정녕 무엇인지에 대해서 보다 멀리 보고, 보다 넓고 깊게 사유할 것을 촉구했던 인물들이다.

차용구는 「생태 위기와 기독교─린 화이트(Lynn White)의 이론에 대한 재검토」에서 지난 반세기 동안 무비판적으로 수용되어 왔던 린 화이트의 이론을 반박하면서, 고대로부터 근대에 이르는 서양의 자연관을 설명하고 있다. 그는 린 화이트의 주장 곧 인간중심적 종교인 유대교와 기독교가 생태계 파괴의 이데올로기적 배경이 되었음을 인정하면서도, "기독교=환경파괴의 주범"이라는 단순 도식에는 문제가 있음을 4가지 정도로 요약해서 지적하고 있다. 첫째, 환경 파괴는 기독교 문명이 지배하지 않았던 시대와 지역에서도 일반적으로 목격되고 있기 때문에, 기독교가 환경 위기의 근원이라는 화이트의 주장은 잘못된 것이다. 둘째로 화이트의 주장과는 달리, 17세기 이전에 이미 기독교가 자연에 대한 인간의 우위를 인정했음에도 불구하고 이것이 자연에 대한 무절제한 파괴로 이어지지 않았다. 이 같은 이유로 기독교 신학이 자연파괴와 환경문제의 원인이라는 화이트의 주장을 반박하고 있다. 셋째로 필자는 자연에 대한 인간의 비교 우위론은 기독교의 독특한 견해가 아니고 이미 고대 그리스 철학에서 나타나고 있으며 창세기의 인간중심적 해석은 고대 플라톤의 이원론적 사고에 영향 받았기 때문이라고 주장한다. 마지막으로 그는 화이트가 성경의 창세기만을 인용한 것을 지적하면서 창세기에 나타난 성경 이해가 성서적 자연관의 전부인 것처럼 주장해서는 안 된다고 말한다. 차용구는 결론적으로, 오늘날의 환경오염은 성경적 창조신앙이 아니라, 창조교리에 대한 세속화된 근대적 성경 '해석'이 원인이라고 말하고 있다.

이찬욱은 「16세기 士林派文學의 自然觀」에서 인간이 사물 즉 자연을 인식하는 데는 세 가지 관점이 있다고 말한다. 사물의 사실적 묘사를 추구하는 卽物的 認識, 사물을 이치가 드러나서 유행하는 것으로 보는 理念的 認識, 객관적 사물이 지니고 있는 사회적 의미를 주체적으로 재해석해내는 歷史的 認識이 그것이다. 그는 이러한 자연 인식의 태도를 바탕으로 16세기 사림파 문학에 나타난 자연관을 세 가지 관점을 중심으로 살펴보고 있다. 그 결과 사림파의 載道以器論的 문학관은 자연을 매개로 하여 天人合一의 경지에 도달하는 것으로 그는 해명한다. 그리하여 同時代人이면서도 異端思想의 수용적 측면에서는 이질성을 보이는 퇴계와 남명의 시조를 논의의 주된 대상으로 삼고 있는데, 특히 퇴계의 「도산십이곡」

은 인식의 객체인 도산을 因物起興의 사유방식을 통하여 이념적으로 인식하고 溫柔敦厚의 성정을 표출하여 천인합일의 경지에 도달하는 것이라고 밝히고 있다. 이에 반하여 남명은 「제덕산계정주」에서 인식의 객체인 지리산을 托物寓意의 사유방식을 통하여 역사적으로 인식하고 物外閒適의 성정을 드러내어 천인합일을 추구하는 것이라고 밝히고 있다. 여기서 그가 말하는 天人合一이란 인식의 주체인 인간과 인식의 객체인 자연이 마치 서로 待對하는 陰과 陽이 이상적인 太極으로 조화를 이루듯이 하나로 통일된다는 것으로 이러한 天人合一의 자연관은 문학에도 그대로 적용되는 것이라 말하며, 궁극적으로 철학(성리학)과 문학을 거시적인 안목을 통해 종합적으로 고찰하고 있다.

이강범은 「중국고전시가에 나타난 자연관의 변화」에서 고대 중국에서 자연을 바라보는 관점은 도덕적 가치나 그 쓰임을 찾아내는 것이었는데, 孔子나 荀子의 언급에서 많은 실례를 찾아볼 수 있다. 春秋시기를 대표하는 북방 문학인 詩經에서는 자연을 경건하게 보았으며, 따라서 그 해석 또한 정치적이었다는 것이다. 즉 山川은 자연의 우두머리로서 군주와 동일시하여, 山川이 무성하고 재해가 없으면 왕권과 천하가 함께 안정된 것으로 여겨서 축하하였으며, 반대로 흉작이 들거나 강이 범람하고 산이 무너지면 군주의 덕이 쇠하거나 나라가 망할 징조라 한다. 물론 詩經의 모든 詩가 다 군주의 덕이나 정치와 연결하여 노래하고 있지는 않다. 그러나 詩의 첫 몇 구절의 자연 묘사는 詩人의 감정을 고양시키거나 詩想 전개를 도와주는 일종의 보조 역할로 작용하고 있을 뿐, 자연 景物 자체가 詩人이 표현하고자 하는 직접 대상은 아니라고 할 수 있다. 戰國시대 남방 문학을 대표하는 楚辭는 작자가 대부분 실의에 빠진 불우한 관료 출신의 文士였다. 따라서 창작의 목적이 개인의 怨望을 풀어내거나 諷諫에 있는 경우가 많았으므로 自然은 작자의 목적이 아니라 수단에 불과한 경우가 많았다. 또 楚辭에 보이는 자연은 楚나라 사람들의 종교, 신앙, 그리고 작자의 사회적인 지위와 밀접한 관계가 있다. 나아가 신과 인간은 별개라는 개념에서도 벗어나서 신은 인간과 함께 하며 인간의 호소를 들어줄 수 있고, 심지어는 연애의 대상이 될 수도 있다고 생각하였다. 이는 남방은 기후가 따뜻하고 物産이 풍부하므로 大自然에 대해서 두려움보다는 친밀감을 가지기 때문이라고 할 수 있지만, 戰國 시기에 宗法제도가 붕괴해 가면서 그 대신 人文主義사상이 점차 싹을 틔우고 있었던 사회 사상적인 변화도 간과해서는 안 된다. 위 詩經과 楚辭에서 詩人이 자신의 존재를 잊지 않고 의도를 가지고 시종 自然과 거리를 유지하였으므로 '以我觀物'의 상태에 머물렀다고 할 수 있다. 魏晉시대에는 老莊玄風이 성행하면서 지식인이 정치사회에서 遊離되면서 개인생명과 정신이 중시되는 동시에 隱逸과 山水를 동경하는 풍조가 지식인의 보편 정서로 자리 잡았다. 이때부터 山水詩가 대량으로 창작되기 시작하였는데, 이 시기에 자연 속에 직접 몸을 담고 이상향도, 도피처도 아닌 실재 생활 속의 자연을 가장 담백하고 진실되게 담아낸 시인이 바로 陶淵明일 것이다. 陶淵明 詩 속의 自然은 '自然의 찬미', 혹은 '自然과의 融和'가 主調를 이루지만, 그 바탕에는 '自然스러움,' 혹은 '自然에의 순응'을 중시하는 그의 사상이 깔려 있다. 陶淵明이 '飮酒詩' 등에서 보여준 '無我之境'의 경지는 中國詩歌에서 주체인 시인이 객체인 自然과의 거리를 없애고 혼연일체가 되는 첫 번 째 예로 꼽을 수 있을 것이다. 詩經과 楚辭의 '以我觀物'의 상태가 陶淵明에 와서는 자연과 합일되는 '無我之境'의 경지로 들어서면서 中國詩歌 표현의 새 지평을 열었다 할 수 있다고 이강범은 마지막으로 주장한다.

손순옥은 「일본 근대시가에 나타난 자연관」에서 일본인은 자연을 자신과 일체화시키고 자연의 섭리를 내 마음으로 하여 살리려는 감정이 그들의 철학과 사상, 종교 등의 모든 정신활동에 근본적으로 흐르고 있다고 주장한다. 춘하추동 사계절의 미묘한 변화와 때때로 일어나는 지진이나 태풍은 그들에게 세밀한 관찰을 하게 만들어 자연에 대한 예민한 감각을 키워주었다는 것이다. 특히 문학에 있어서는, 소나무 바람 소리를 듣고, 벌레소리에 귀 기울이며, 벚꽃을 바라보는 등 자연은 어느 것보다도 늘 중요한 테마가 되었다. 그러면서도 근세까지의 시가는 마음이 먼저이고 자연은 나중이었던 것에 반하여 서경시라 할 수 있는 근대의 하이쿠는 자연풍경을 될 수 있는 대로 정직하게 그려내고 작가의 감정은 안으로 감춘다. 이것은 명치유신 이래의 개인에 대한 자각과 서구 사실주의의 영향에서 비롯된 것이나, 시가에서는 자연을 중시하던 고래의 일본인의 자연관과 연결되어, 근대에 들어와서는 세밀한 자연의 관찰을 통해, 어느 것이나 작가개인의 정감(情感)의 표현이 되어갔다. 공동체의 틀에 짜여진 개념이나 인식에 대한 표현이 아니라, 개인의 감성으로 자연을 포착하여 점차 정(情)과 경(景)이 하나가 되어가는 물아일체(物我一體)의 세계였다고 한다.

정정호는 「T. S. 엘리엇의 생태학적 상상력」에서 생태환경문제가 영어영문학 연구와 교육에서도 가장 중요한 화두의 하나로 떠오르고 있다고 한다. 이러한 시점에서 지난 20세기의 영미권 뿐 아니라 전세계적으로 최고의 시인이며 영향력 있었던 비평가인 T. S. 엘리엇을 다시 읽는 이유는 자명하다. 엘리엇은 자신의 최초의 평론집인 『거룩한 숲』(1920)과 널리 알려진 장시 『황무지』(1922) 그리고 비교적 후기의 문화이론서인 『문화론』(1948)에 이르기까지 지나친 산업화, 도시화, 상업화에 의해 급속도로 망가져 버린 자연과 환경에 대해 근본적이고도 지속적인 관심을 보이고 있기 때문이다. 그는 근대적인 인간의 도구적 이성과 실용적 합리주의가 합작하여 만들어낸 자연과 인간, 인간과 문화, 인간과 인간간의 유리된 관계와 황폐화한 문명의 모습을 비판하고 있다. 정정호는 이 글에서 『거룩한 숲』에 나타난 "문학"의 생태학, 『황무지』에 나타난 "마음"의 생태학 그리고 『문화론』에 나타난 "문화"의 생태학을 논의함으로써 문학지식인으로서의 엘리엇의 "생태학적 상상력"의 전모를 밝히려 하고 있다. 궁극적으로 이 논문에서 필자는 엘리엇이란 작가의 문학과 문화의 논의가 공경의 생태윤리학수립으로 이어져 현재의 생태환경문제에 어떻게 개입할 수 있는가를 논하고 있다.

　김순경은 『프랑스 낭만주의에서의 자연─선구자 장-자끄 루소와 자연』에서 서양 문학 속에 나타난 자연에 대한 개념의 변화를 살펴보면서, 작품에서 새로운 감수성을 표현하였고 자연을 작품 속에 처음으로 진지하게 끌어들인 루소에게서 낭만주의 문학의 선구자의 모습을 발견한다. 그는 여기에서 시대에 따라 변하는 자연에 대한 이해를 정리하면서 낭만주의 작가들에게 있어서 자연은 세 가지의 모습을 띤다고 설명한다. 1. 문명에 대한 은신처, 2. 신의 위대함의 표현, 3. 감수성의 거울. 자연의 객관적 묘사 대신에 감성이 개입되고 또한 자아가 투영된 자연의 주관적 발견은 자아의 해방과 개인적 감정의 표출인 낭만주의 문학으로 나아가게 되었다고 분석하면서, 심정과 원초적 순수에 대한 깊은 향수를 담아낸 루소의 문학 세계에서의 자연관, 자연 사상들을 낭만주의 문학의 특징과 연결시키면서 설명하고 있다.

이 책의 마지막 글인 「근대 자연관과 독일 자연주의」에서 노영돈은 유럽에서의 근대적 자연관의 성립은 문학과 예술의 영역에도 영향을 미치게되고 그것의 극단적인 예를 독일 자연주의 문학에서 찾아볼 수 있다고 한다. 자연과학과 예술의 관계에 관한 자연주의자들의 고찰에서 우리는 자연과학적 사고가 지배적으로 나타나는 것을 볼 수 있으며 또한 그들은 이러한 자연과학적 사고의 토대 위에서 전체미학과 예술적 창작을 기초부터 개조해야 한다고 주장한다. 자연주의자들의 시선을 결정지은 것은 당시의 성치적-사회적 문제들만은 아니었다. 그것은 무엇보다도 현대의 자연과학적-기술적 문제들이었다. 비록 불충분하지만 자연주의 문학운동을 개념 규정한다면, 자연과학적인 방법의 문학에의 도입이라고 할 수 있을 것이다. 그것이 자연과학적 경험주의에 바탕을 둔 사실주의 미학의 전개인 것이다. 이 책에서는 자연주의 문학에서 자연과 자유의 관계에 관해서도 고찰하고 있으며 동시에 자연주의 문학에서의 대상으로서의 자연은 어떠한 것들이며 또 그것이 어떠한 방식으로 작품들 가운데 나타나고 있는가에 대하여 살펴보고 있다.

이 책에 실린 글들은 중앙대학교 인문과학연구소가 주최한 2002년 가을 기획발표 '동·서양 문학에 나타난 자연관'에서 발표한 글들이다. 필자들은 100여 명이 넘는 중앙대학교 인문학 전공 교수들 중에서 동서양의 자연관에 깊은 이해와 전문적인 지식을 갖고 있는 학자들이기에 이 분들에게 발표를 부탁하였고 또 단행본으로 엮을 수 있도록 논문을 완성해 달라고 부탁하였다. 비록 여기의 논의가 중앙대학교의 인문학 연구를 대표한다거나 동서양의 자연관에 대한 논의가 완결되었다고 할 수는 없겠으나 동서양의 자연관에 대한 근본 문제를 각 필자들의 전공 영역에서 그들 나름대로의 방식으로 논의하고 있다는 점에서 자연에 대한 충분한 논의거리를 제공하고 있다고 본다.

남명의 자연의식
—『유두류록』을 중심으로—

1. 서론

　벽립천인의 고절을 품고 산림에 은거하여 세간의 명리와는 초연하게 일생을 보낸 남명 조식(1501~1572) 선생은 우리의 정신사와 문학사에 큰 획을 그은 영남 사림의 거목이었다. 특히 사화와 비정으로 얼룩진 혼란한 시대에 여러 차례 조정의 부름을 받았지만 끝까지 몸을 굽히지 않았으니 참으로 회재불우의 처사였다. 저술을 부정하고 기피하면서도 사상과 문학의 정수를 간략하게 읊은 시문은 비록 그 편수는 적지만 일자천금의 함축미가 있다.

　남명에 대한 연구는 90년대 이후 최근 10여 년에 걸쳐 여러 방면으로 진행되었다. 사상과 철학 분야는 본고에서 논외로 하고, 문학 쪽에서도 한시와 『두류록』을 중심으로 한 연구 성과가 상당히 이루어진 셈이다.[1] 그 중에서도 남명학연구소에서 발행한 『남명집』은

---

1) 한시와 『두류록』을 중심으로 한 연구는 대체로 다음과 같다.
　許捲洙, 「남명시에 나타난 구세 정신」, 남명학연구논총 1, 남명학연구원, 1988.
　鄭羽洛, 「남명의 유두류록에 나타난 기록성과 문학성」, 남명학연구 4집, 1994.
　이혜순, 『조선중기의 유산기 문학』, 집문당, 1997.

원전을 교감 국역하고 세밀한 주석을 달아 이후 많은 연구자들에게 큰 도움을 주고 있다.

본고에서는 이런 연구 성과를 바탕으로 하여 남명이 평생을 두고 살아온 지역을 살펴보고, 특히 만년에 지리산 아래 덕산으로 은거하여 여생을 보낸 삶의 쾌적을 따라 그 의미를 찾아 보려한다. 여기서 지역에 관심을 두는 것은 남명이 단순히 두류산에 은거한 것이 의미가 깊은 듯해서다. 은거 이상의 뭔가 원대한 포부가 있었던 듯 싶다. 벼슬을 마다하고 수양으로 일관한 그의 생애를 음미할수록 그런 삶의 흔적이 드러난다.

이러한 가설을 규명하기 위하여 그의 생애를 거주지 중심으로 하여 정리해 보고 지리산에 오르내린 기록을 살펴 만년에 덕산에서 정착하게 된 경위를 조명해 보려 한다. 그리하여 남명이 추구한 삶의 목표가 평범한 벼슬살이에 있은 것이 아니라 구세를 위한 원대한 이상이 그를 야인으로, 은사로, 삶을 마치게 한 것임을 논증하려 하는 것이다.

2. 남명과 환경적 배경

남명은 1501년에 태어나서 1572년까지 살다간 처사요, 은사며, 경

張源哲,「남명학파의 문학에 대해」, 남명학연구 9.

金一根,「조남명의 국문시가에 대한 심층 연구」, 남명학연구논총 7, 1999.

崔錫起,「남명의 산수유람에 대하여」, 남명학연구 5, 1995.

_____,「부사 성여신의 智異山 유람과 선취 경향」, 한국한시연구7, 태학사, 1999.

趙東一,「조식의 시문에 나타난 智異山의 의미」, 남명탄신500주년 학술대회, 2001.

이종찬,「남명의 기상과 남명의 시」, 남명탄신500주년 학술대회, 2001.

상우도의 정신적 지주였다. 그는 나라의 부름에도 응하지 않은 채 자신의 수양과 후진 양성에 삶을 바친 조선 중기의 사상가요, 정치가였다. 그는 비록 벼슬을 하지는 않았으나 그가 끼친 정치적 영향력은 지대하였고, 그의 일거수일투족은 절대왕권 시대임에도 불구하고 왕의 통치 이념을 좌우할 만큼 크게 영향을 미친 인물이다.

지금까지 그의 생애에 대한 논의가 없지 않았으나, 본고에서는 그의 생애를 삶의 터전 곧, 거주지를 중심으로 조명해 보고, 그가 살았던 지역적 특징을 찾아 그 의미를 찾아보려 한다. 그리고 그가 살았던 당시의 시대 상황과 지리적 배경을 살펴 그의 삶의 목표가 형성된 연원을 탐색해 보려한다.

1) 남명의 삶의 궤적

남명의 생애는 지리적 배경을 기준으로 할 때 대체로 4기로 가를 수 있다.

제1기는 그가 태어난 합천과, 서울로, 함경도의 단천으로 다니면서 수학했던 시기이고, 제2기는 그가 후학 양성을 시작한 김해의 산해정 시절이며, 제3기는 그가 부모의 산소가 있는 삼가로 환향해 살던 계부당-뇌용사 시대이며, 제4기는 지리산 산록의 덕산 산천재에서 강학했던 시기이다[2].

---

2) 이러한 시대구분에 대하여 정우락이 이미 4기로 구분한 바 있으나, 여기서는 그 관점을 달리하여 거주지역을 중심으로 구분하였다.

가. 삼가현 – 수학기

이 시기는 그의 유년시절과 이곳저곳으로 다니다가 부친상을 당하여 귀향할 때까지의 시기이다. 그가 부친상을 당한 것이 26세이고 환향을 정한 것이 30세이니 그의 학문적 기반이 이루어진 시기가 대체로 이 무렵이다. 앞에서도 밝혔듯이 그는 1501년 경상북도 합천 삼가에서 출생했다. 사람이 어느 곳에서 태어나느냐 또 어느 곳에서 거주하느냐는 나름대로 의미가 있다. 흔히 지세와 운세와도 관련이 있다고 한다. 그는 명당으로 알려진 삼가의 외가에서 태어나 5살까지 살다가, 부친의 벼슬살이를 따라 서울로, 함경도 단천으로 다시 서울로 다시 삼가로 돌아왔다. 그는 7세부터 글을 배우고, 총명하여 주위로부터 많은 기대를 모았다. 그의 부친이 과거에 급제하여 함경도 단천군수로 부임하매 아버지를 따라 가 살면서 폭넓은 독서를 하였다. 이 때가 15세에서 18세 사이다. 그는 사서삼경, 제자백가 천문, 지리, 의학, 수학 병법을 두루 읽었고, 어린 나이였지만 이미 지방 행정의 문란함과 백성들의 곤궁함을 목격하기도 하였다. 18세 시에 기묘사화를 간접 경험하였고, 20세에 문과초시에 합격하였으나 25세에 읽은 성리대전의 영향을 받아 과거를 포기하고 수신의 방향으로 삶의 목표를 바꾸게 된다[3]. 이 때 이미 경과 의

---

3) 남명이 과거를 포기하고 자신의 학문방향을 수정한 것이 『性理大全』을 읽고 나서라고 했다. 이것이 남명의 일대 전환점이라 생각된다. 다음은 허권수 교수의 『남명 조식』(지식사, 2001)에서 인용한 허형의 말을 재인용한 것이다.
"伊尹의 뜻을 뜻으로 삼고 顔子의 학문을 학문으로 삼아 벼슬에 나가서는 경륜을 펴서 업적을 이루고 초야에 있으면서는 지조를 지켜야한다. 대장부라면 마땅히 이와 같이 해야 한다. 벼슬에 나가서는 아무 하는 일이 없고 초야에 있으면서는 아무 지조도 지키지 않는다면 뜻을 세우고 학문을 닦아 장차 무엇을 하겠는가."

의 참뜻을 깨닫고 이 방향으로 유학 공부를 진행하였다.

그러다가 26세에 부친상을 당하여 3년간 시묘살이를 한다. 이 때 또 한 번 현실 정치에 환멸을 느낀다. 그것이 다시 삼가로 돌아온 계기다. 이 때 처음으로 지리산을 유람하고 산이 주는 교훈을 깨우쳤으며 29세 때는 의영 도굴산에 들어가 학문을 닦았다. 이 시기가 그의 수학기에 해당한다. 이 시기의 행적을 요약하면 다음과 같다.

三嘉 兎洞에서 출생(1501, 6, 26, 辰時) – 부친 彦亨 文科及第로 서울로 이주(4-8세) – 부친 端川府使 배수(1516) – 서울 藏義洞으로 이주(1518, 18세) – 己卯士禍 靜庵 趙光祖 被禍(1519) – 진사 생원 초시, 문과 초시 급제(1520) – 부친상(1526) – 3년 시묘살이(1528, 6) – 宜寧 闍崛山에서 독서(1528, 28세) – 智異山 유람(1528)

나. 산해정 심화기

남명이 31세에서 47세까지 강학을 했던 시기다. 김해의 신어산아래 탄동은 그의 처가가 있던 곳이다. 이 곳에 산해정을 짓고 학문을 계속하였다. 산해정의 의미는 '높은 산에 올라 바다를 바라 본다'는 뜻도 있고 더 깊은 의미도 있다. 그가 거쳐 하는 방은 계명실이라 하였는데 덕을 계승하여 사방에 펼친다는 뜻이 함축되어 있다. 그가 산해정을 지었다는 소식을 듣고 사방에서 벗들이 모여들었는데[4] 이는 남명의 덕망이 남달랐음을 보여주는 표지이다. 거기다가 『심경』과 『동국사략』을 읽고 깨달음이 깊어졌고 그에게 배움을 청하는 제자들이 사방에서 모여들었다. 이렇게 명성이 높아지자 조정

---

4) 이 때온 친구들은 大谷 成運, 淸香堂 李 源, 松溪 申 季誠 黃江, 李希顔 등이다.

에서 그에게 『헌능참봉』을 제수하였는데 나가지 않았고, 45세 때는 을사사화를 목격하게 되었다. 이 때 그의 친구들이 죽임을 당함을 보고 더욱 정치에 환멸을 가지게 되었다. 이 시기는 수학기를 지나 사상이 확립되고 철학적 사유가 깊어진 심신수양과 학문 심화기로 규정할 수 있다. 이어서 진행된 삼가에서의 강학도 이 곳에서 준비된 결과로 볼 수 있다. 이 시기를 정리하면 다음과 같다.

金海 山海亭(30세) - 獻陵(太宗의 능)參奉 除授(38세) - 을사사화(1545) - 李霖, 成遇, 郭珣 被禍 - 모친상(1545, 11) - 3년 시묘살이(1547, 47세) 환향 삼가로

다. 계부당, 뇌룡정기 - 강학기

그가 처가가 있던 김해에서 다시 삼가로 온 것은 47세 무렵이다. 모친상을 당한 후인데, 부모 묘소가 가까운 삼가로 다시 회향한 것이다. 이곳에 『계복당』과 『뇌용사』를 짓고[5] 강학을 계속하며 60세까지 머물게 된다. 이 시기는 그의 삶의 목표가 예사롭지 않음을 드러낸 시기이며 그러한 징표의 하나가 단성소에서 확인할 수 있다. 그는 단성소를 통하여 조야를 놀라게 했다. 그는 재야 언론의 영수로서 곧은 말과 행동에 거침이 없었다. 이 시기는 김해에 이은 제2기의 강학기이다. 이 시기를 요약하면 다음과 같다.

鷄伏堂, 雷龍舍 - 典牲署 主簿(종6품) 제수 - 宗簿寺 主簿(종6품) 제수(1551) - 퇴계가 편지로 출사 권유(1553) - 丹城縣監 제수

---

5) 鷄伏堂은 강학하던 곳이고 雷龍亭은 자신이 거처하던 집이다. 각각이 의미하는 상징성을 생각해 보면 남명의 뜻이 얼마나 컸나를 짐작할 수 있다.

(1555) - 丹城疏(乙卯辭職疏) - 속리산에 은거한 大谷 成運 방문 (1557) - 가야산 해인사에서 東洲 成悌元과 재회(1558) - 造紙署 司 紙(종6품) 제수(1559)

라. 덕산 - 회인기

지리산 자락의 명당을 골라 찾아든 것은 남명의 나이 61세 즈음 이었다. 61세의 나이는 살아온 날을 돌아보고, 인생을 정리하는 때 이다. 이곳에서 71세를 일기로 생을 마칠 때까지 남명은 홀로 덕을 쌓으며 회인과 치인을 겸한 삶을 살았다. 벼슬을 하여 치인을 한 것 이 아니라, 지리산 자락에 앉아 조정을 움직였으니 그의 신망을 짐 작할 만하다.

이곳에서 산천재를 짓고 경의에 대한 뜻을 더욱 굳히고, 신명사 도를 지은 곳이 이곳이다. 이 곳은 두 고을의 물이 모여들고, 지리 산을 배경으로 한 배산임수의 명당이다. 남명이 평생을 두고 닮으 려 한 산과 수가 어우러진 곳이다. 여기에서 그는 평생을 추구한 생 의 목표를 완상하려 했음을 그의 행적에서 짐작할 수 있다. 그는 많 은 제자들과 함께 경의를 강독하고 제자를 공리공론보다 실철궁행 하는 방향으로 지도하였다. 많은 인재들이 모여들고 그의 덕망이 널리 알려지자 그의 성가는 높아졌다. 명종과 선조가 차례로 그를 불러 벼슬을 권하기도 하였으나 그는 끝내 이에 응하지 않았다. 그 의 목표는 벼슬이 아니었다. 좀더 높은 지향점이 있었던 듯싶다.

德山 絲綸洞 卜居(1561) - 山天齋 - 문정왕후 사망(1565, 4) - 安 義 玉山洞 방문(1566) - 明宗이 傳旨로 南冥 소환(1566), 尙瑞院

判官(종6품) 제수(1566) - 명종 獨對(10, 7) - 명종 서거(1567) - 宣祖가 教書로 소환, 有旨로 소환, 辭職狀 올림(1567) - 선조 남명 재소환, 封事(1568) - 臨終(1572, 2, 8)

이상 4기를 살펴보면 삼가에서 태어나 30세에 김해로 갔다가, 48세에 다시 삼가로 돌아와 살다가 61세에 지리산 덕산으로 은거하여 일생을 마친 것을 알 수 있다. 거주한 지역으로 말하면 삼가→ 김해 → 삼가→ 덕산이고, 거처한 건물로 말하면 외가→ 산해정→ 계복당과 뇌룡정→ 산천재이다. 이 가운데 가장 영향을 미친 곳이 두류산이다. 남명의 일생에서 두류산이 깊은 의미를 가지는 것은 이 때문이다.

2) 환경적 배경

앞에서 남명이 살았던 장소를 중심으로 하여 그의 일생을 살펴보았다. 여기서는 그에게 가장 크게 영향을 미친 곳에 대하여 살펴보려 한다. 주지하다시피 그는 운명적으로 지리산 자락에서 태어나고 자랐다. 이 지리산은 그에게 미친 영향이 절대적이라 생각된다. 실제로 그의 삶의 자세를 살펴볼 때 태산과 같은 웅대한 기상을 지녔다는 느낌을 지울 수 없다. 이것은 그가 지리산을 가까이하면서 형성된 기상이라 판단된다. 그는 지리산을 좋아하고 천왕봉을 좋아했다. 더구나 지리산을 열 번 넘게 오르내린 것만 보아도 그것을 입증할 수 있다[6]. 이것이 지리산을 중심으로 남명을 살펴보는 이유이기

---

6) 『南冥集』 국역본 p.470.

도 하다.

그러면 남명이 보고 자란 지리산에 대하여 좀더 구체적으로 알아보자. 산하의 이름은 예로부터 풍수와 관련하여 지어진 경우가 많다. 두류산 또한 예외가 아니어서, 백두산의 맥이 이곳으로 흘러왔기 때문에 붙여진 이름이다. 지리산은 전라북도 남원시와 구례군, 경상남도 하동군·산청군·함양군의 경계에 놓인 산이다. 한자로는 지이산이라 쓰지만 읽기는 '지리산'이라고 한다. 혹은 지리산·방장산·남악 등이 지리산의 이칭이다.

이중환의 『팔역지』에서는 조선 12대 명산 중의 하나로 꼽았다[7]. 오악 중 남악에 해당되며 12종산의 하나이기도 하다.

지리산에서 구석기나 신석기 및 청동기 시대의 유물·유적은 아직 발견되지 않았다. 남원시 이백면 초촌리 등지에서는 앞에 짧은 돌출부가 달린 진주식 장방형 석곽고분이 분포되어 있으며, 산청에서는 원삼국 시대의 유적이 발견되기도 했다. 또 지리산은 고대 국가가 형성되면서부터는 산신 신앙의 대상으로도 부각되었는데, 신라 때에는 삼산오악신을 제사하기도 했다. 고려시대에도 지리산을 남악으로서 중사에 올렸는데, 이때 많은 사찰과 산신당이 세워졌다.

조선 시대에 들어와서도 지리산은 삼각산·송악산·비백산과 함께 사악신으로 제사를 지냈다. 또한 선초에는 잦은 사화로 인하여 많은 사림들이 피해를 당하게 되자 정계에서 물러나 산림에 은거하

　"余嘗往來玆山 曾入德山洞者三 入靑鶴神凝洞者三 入龍遊洞者三 入白雲洞者一 入獐項洞者 一豈 直爲貪山貪水而往來不憚煩也 百年齋計 唯欲借得華山一半 以作 終老之地已 事與心違 知不得住 徘徊顧慮 涕洟而出 如是者十矣"

7) 『팔역지』를 『택리지』라고도 한다. 1751년에 써진 우리나라의 지리서로 널리 알려져 있다.

여 산수의 락을 즐기면서 심성을 수양하고 후진을 양성하였다. 이러한 배경으로 인하여 지리산 근처에서 벼슬하거나 가까이 살았던 영남 사림들은 벗들과 함께 산에 올라 풍류를 즐기기도 했다. 이러한 감흥은 작품의 소재가 되어 한시와 『유록』으로 남아 전해온다.8)

임진왜란을 겪은 뒤에는 정감록신앙에 기술된 대로 병화와 흉년이 없는 피란과 보신의 땅, 십승지의 하나로 지리산은 이들의 구원의 땅이 되기도 했다. 이중 가장 대표적인 것이 경상남도 하동군 청암면 묵계리 청학동이다. 청학동은 선조 때의 문인 조여적의 『청학집』에 실린 우리 민족의 이상적인 길지의 대명사이다.

이런 명산임에도 불구하고 현대사에서는 좌익·우익의 격전의 무대가 되기도 하였다. 1948년 10월 19일의 여수·순천사건에서 패퇴한 좌익세력의 일부가 지리산으로 잠입하여 항쟁하였으며, 1950년 한국전쟁 때에도 북한군의 패잔병 일부가 노고단과 반야봉 일대를 거점으로 한 무력투쟁의 근거지가 되기도 했다.

이와 같은 민족의 성산으로서의 지리산의 위치는 면면히 이어져 내려와 오늘날까지도 변함이 없다. 영남과 호남의 양 지방에 걸쳐서 그 경계를 이루고 있다는 지리적 특성과 산세가 웅장하면서도 험하지는 않다는 지형적 특징 때문에 사시사철 많은 사람들이 다양한 지역에서 여러 코스로 제각기 오르기도 한다.

특히 성호 이익은 『성호사설』에서 백두대간을 논하면서 같은 시대에 살았던 퇴계와 남명을 각기 그 지역에 따라 퇴계는 태백산과 소백산에, 남명은 두류산에 관련지어 그 특징을 아래와 같이 대비

---

8) 『유두류록』을 남긴이는 佔畢齋, 金宗直, 濯纓, 金馹孫을 위시하여 朴長遠(1612~1671), 鄭拭(1683~1746), 李柱大(1689~1755), 朴來吾(1713~1783) 등이 있다

하였다.

退溪는 태백산과 소백산 아래에서 출생하여 동방의 儒宗이 되었다. 그 계통을 이은 인물들은 깊이가 있으며 빛을 발하여 예의가 있고 겸손하며 문채가 찬란하여 洙泗의 遺風이 있다. 南冥은 頭流山 아래에서 출생하여 동방에서 기개와 절조로 으뜸이다. 그 후계자들은 정신이 강하고 실천에 용감하며 義를 사랑하고 생명을 가볍게 여기어 이익을 위해 뜻을 굽히지 아니하였으며, 위험이 닥쳐온다 하여 지조를 변하지 아니하여 우뚝 선 지조를 가졌다. 이것은 영남 북부와 남부의 구별이 있는 점이다.9)

학맥으로 보면 퇴계와 남명에 의해 경상좌우도로 구분된다. 이는 낙동강을 중심으로 볼 때 太白山과 소백산은 경상좌도에 위치하고, 두류산은 경상우도에 위지할 뿐만 아니라, 그에 따른 학맥의 특징과 인물의 성품도 또한 구분된다는 것이다. 즉 퇴계는 동방의 유종으로 심함농욱 읍손퇴양 문채표영하여 수사의 유풍을 지니고 있는 반면에, 남명은 동방 최고의 기절로 고심력행 락의경생 이불능굴 해불능이하여 우뚝 선 지조를 지녔다는 말이다.10) 그리하여 퇴계 문하에는 온후한 학자나 관료가 많이 배출되었고, 남명 문하에는

---

9) 『星湖僿說』「天地門 白頭正幹」
   "退溪生於大小白之下 爲東方之儒宗 其流深涵濃郁 揖遜退讓 文彩彪暎 有洙泗之風焉 南冥生於頭流 之下 爲東方氣節之最 其流苦心力行 樂義輕生 利不能屈 害不能移 有特立之操焉 此嶺南上下道之有別也"
10) 『간송집』 2권, p.41. 다음 시는 퇴계와 남명을 대비하여 시로 읊고 있다. 앞이 퇴계다.
   "酷悅朱書便奪胎 潛心理窟不曾回 巖栖翫樂餘香在 晩隱淸風百世嵬 泰山秋氣壓頹瀾 敬義工程妙透關 道不湡時寧小用 懷藏國器軸適間"

국란을 당하여 일신의 안위를 돌보지 않고 분연히 의거한 의사가 많았던 것이다. 이처럼 두류산은 경상우도를 상징하는 산으로 인식되었고, 실제로 두류산을 유람한 인물 또한 경상우도를 대표하는 학자들이 많았다.

남명이 지리산 아래 복거하기 전에도 지리산은 영남 사림들이 즐겨 찾으며 노니는 명산이 되었는데, 남명이 만년에 삼가에서 덕산으로 들어와 산천재에 안착한 뒤로는 지리산의 웅장한 기백과 어우러져 독특한 학맥을 형성하게 된 것이다. 이러한 연유에서 남명과 지리산은 더욱 특별한 의미를 갖는다고 하겠다.

3. 『유두류록』에 나타난 남명의 탐산

남명은 58세 때인 1558년 동료인 이희안·이정·김홍·이공량 등과 함께 두류산 쌍계사 쪽을 유람하고『유두류록』을 남겼다. 이『유두류록』은 명종13년 무오년 음력 4월10일부터 25일까지 16일간의 기행록이다. 그는 4월 24일조 중간에서 산수를 유람하면서 인간과 세태를 본다고 했고, 25일조 말미에서 10여 차례 지리산을 왕래했다고 하였다. 굳이 공자와 맹자가 말한 인자와 지자의 요산요수와 태산과 동산, 혹은 소동파가 일찍이 강산을 유람하며 소재를 개발하고 호기를 길러 문학적으로 형상화한다는 말을 거론하지 않더라도 우리의 삶은 산천이나, 산하 혹은 산해, 즉 산수와 밀접한 관련 속에서 이루어짐을 알 수 있다. 퇴계도 독서여유산이란 시에서 책을 읽는 것을 사람들이 유산과 같다고 말한다라고 하여11), 산수를 찾음에 대한 의미를 부여하였다. 또 요존록의 학림옥로에 조계임이 말하기를 자연을 보는 것은 마치 책을 읽는 것과 같다[12]고 하였다.

그러면 남명은 지리산을 어떤 관점으로 바라보았을까 그리고 무엇을 생각하며 지리산을 오르내렸을까가 궁금하다. 단순한 소일로 다닌 것은 아님이 분명하다. 그의 삶을 바라 볼 때 끝없는 수행의 길을 걸었음을 확인할 수 있다. 끝없는 수행을 하면서 험준한 지리산을 열 번이 넘게 오르내린 것에는 어떤 의도가 있었다고 판단된다. 필자는 『남명집』을 깊이 읽고, 그의 삶을 여러 차례 엿보기를 시도했다. 그러면 그럴수록 남명의 생활과 삶에 매료되었다. 남명은 원대한 포부가 있었던 분이었다. 평범한 범부의 길과는 판이하게 달랐다. 결론적으로 남명은 우뚝한 지리산을 닮으려는 굳은 의지를 갖고 살아간 것이다. 산을 닮는다는 상징성을 우리는 알고 있다. 이 경우의 산은 단순한 산이 아닌 것이다. 옛 성현들의 말에서도 요산의 상싱성을 읽을 수 있다.

또 하나 남명이 지리산을 유람한 근본적인 저의는 무엇이었을까? 기록을 통하면 조용히 은거하여 여생을 마무리할 장소를 찾기 위한 것으로 되어 있다. 그는 『유두류록』의 25일조에서 "어찌 산수만을 탐하여 왕래하는 것을 번거롭게 여기지 않았겠는가? 나름대로 평생

---

11) 『退溪學報』 110집, 退溪詩, p.579.
　　讀書人說遊山似　　今見遊山似讀書
　　工力盡時元自下　　淺深得處摠由渠
　　坐看雲起因知妙　　行到源頭始覺初
　　絶頂高尋勉公等　　老衰中輟愧深余
12) 이장우 · 장세화, 『퇴계학보』 110집, p.579.
　　趙季任曰　觀山水亦如讀書　隨其見趣之高下

계획을 가지고 있었으니, 오직 화산의 한 쪽 모퉁이를 빌어 그곳을 일생을 마칠 장소로 삼으려고 했기 때문이다."라 하였다. 그러나 이 경우도 단순히 은거할 장소만의 의미는 아니다. 은거하며 산에 동화하려는 의미인 듯싶다.

이러한 뜻을 지닌 남명이 지리산을 탐산한 과정은 어떠했는가. 거기에도 어떤 기준이 있었음 직하다. 남명처럼 치열한 삶을 살아간 사람이 탐산에 대한 어떤 기준이 없었을 리 없다. 이는 생의 목표와도 관계가 있다. 흔히 신앙이나 도의 문제를 논의할 때도 자신의 가치 판단에 따라 고민하고 결정한 후에 접근하는 절차를 밟는 법이다. 불교 심우도13)에서 인간의 본성을 찾는 단계를 봐도 어느 대상에 대한 깊은 통찰이 요구된다. 남명이 지리산을 탐사한 것은 일종의 구도 행위로 승화할 수 있어 보인다. 구도는 생의 목표와 밀접한 관련이 있다. 구도에는 전 생애를 통한 일관된 삶의 철학이 배어 있어야 한다. 필자는 『유두류록』을 통하여 남명의 구도 행위를 산을 통하여 추구하고 있음을 확인할 수 있었다.

구도를 위해서는 구도를 실행할 단계가 필요하다. 남명은 지리산을 통하여 그 단계를 산이 가진 기상을 살피고 이를 찾음으로 실현하려 했다. 찾고 실현함에도 단계가 필요하다. 그 단계를 다음처럼 설계했다. 그것이 『두류록』에 나타나 있다.

멀리서 바라보고 살핀 단계, 멀리서 보았던 산을 가까이 가서 오

---

13) 『한국민족문화대백과사전』14, p.171.
　　불교의 선종에서 사용하는 그림. 흔히 절의법당벽화로 많이 그려져 있는데 10개의 장면이므로 십우도라고도 한다. 처음 선을 닦게 된 동자가 본성이라는 소를 찾기 위해서 산중을 헤메다가 마침내 도를 깨닫게 되고 최후에는 선종의 최고 이상향에 이르게 됨을 내용으로 한 그림.

르내리는 단계, 산을 찾아 오르내리면서 산이 가진 오묘함을 구경하고, 감상하는 단계, 마침내는 그 산에 동화되어 살며 자기화하는 단계로 구분하여 접근하려 하였다.[14] 남명의 접근 내용과 방식은 물론 『두류록』에서 근거한다. 남명은 많은 글을 남기지 않았다. 말과 글을 아끼면서 산 증거다. 그러면서도 선뜻 『두류록』을 기술한 것이다. 거기에는 그럴 만한 이유가 있었을 것이다. 필연적으로 나타내고 싶은 것이 있었을 것이다. 이는 『두류록』을 읽을수록 확인되는 대목이다. 그것이 앞에서 말한 탐산의 네 단계 곧, 사가의 내용을 기술하고자 함이 아닌가 한다.

장르에서 약간의 차이는 있어도 송강 정철의 관동별곡이나, 불우헌 정극인의 상춘곡 같은 기행문을 보아도 남명의 『유두류록』에 나타난 사가는 모두 보이지 않는다. 거가 없거나 행이 미흡하다. 단지 어느 한 쪽으로 치우쳐 있다. 남녕의 글은 그렇지 않다. 사가의 내용이 고루 나타났을 뿐만 아니라 고르게 분포되어 있다.

그러면 이제 『두류록』의 내용을 살펴보자. 남명이 58세 되는 해 4월 11일에서 26일까지 유람한 여정이다. 그 내용을 정리하면 다음과 같다.

10일 愚翁(이희안)이 초계에서 三嘉 雷龍舍로 와서 묵음

11일 陜川 三嘉 雷龍舍에서 식사 후에 출발→ 馬峴→ 李公亮의 집→

---

14) 유곤(편), 『중국화론유편』상, p.632.
   곽희는 산을 보는 관점을 다음과 같이 말한 바 있다. 이는 자연을 있는 그대로 인식하고 새로운 해석을 가하는 데 하나의 척도가 됨직하다. 이것이 四可의 출전이다.
   世之篤論 謂山水有可行者 可望者 可游者 可居者 畵凡至此 皆入妙品
   但可行可望 不如可居可游之爲得

14일 泗川 李楨의 집 → 快哉亭(사천군 축동면 구호리에 있는 고
　　려조의 무장 이순의 유적) → 南海 →

16일 새벽 蟾津江 도착 → 岳陽縣 → 鍤岩(韓惟漢의 유적) → 陶
　　灘(鄭汝昌의 유적) → 雙溪寺 →

19일 靑鶴洞 → 雙溪寺 → 七佛寺 계곡 →

20일 神凝寺 → 岳陽縣創 →

24일 三呵息峴 → 橫浦驛 →

25일 旌樹驛(趙之瑞의 유적) → 七松亭 → 多會灘 → 陜川 三嘉
　　雷龍舍

　이와 같은 일정의『유두류록』을 앞에서 말한 네 가지 단계 곧 망,
행, 유, 거로 탐산해 간 과정을 살펴보자.

가. 바라 볼만한 산(可望)

　남명은 지리산을 바라 볼 만한 산으로 인식하였다. 바라본다는
것은 우러러 보고 흠모한다는 뜻이 들어 있다. 산의 형태도 여러 가
지이다. 바라 볼 수록 정감이 가는 산이 있고, 실증이 나는 산이 있
다. 남명은 지리산을 볼수록 정감이 가는 산으로『두류록』에서 그
리고 있다. 이를 망산 또는 가망이라고도 할 수 있다.

　'망'은 일정한 거리를 두고 바라보면서 점점 그 기운에 젖어 드는
상태를 말한다. 남명은 어려서부터 지리산을 익히 보아왔고, 보면
볼수록 그 기상에 이끌린 듯싶다.

　하기는 명산 지리산에 대한 바라봄은 남명만이 아니다. 점필재,

김종직, 탁영, 김일손 등이 『두류록』을 남겼고 망두류산의 시문을 남긴 사람은 상당수에 이른다. 남명 이후에도 지이산 유산기는 창작되었다. 대표적 작품으로는 박장원(1612~1671)의 『유두류산기』, 정식(1683~1746)의 『두류록』, 이주대(1689~1755)의 『유두류산록』, 박래오(1713~1785)의 『유두류록』 등을 들 수 있다. 그러나 남명만큼 일생을 두고 지리산 주변에서 살아 온 사람은 드물다.

다음은 남명이 바라본 지리산의 주변의 원경을 기술한 부분이다.

서로 더불어 사방을 두루 돌아보니 동남쪽에 파랗게 가장 높이 솟은 것은 남해(南海)의 뒷산이고 바로 동쪽에 물결처럼 널리 가득 차서 서리어 엎드린 것이 하동(河東) 곤양(昆陽)의 산들이다. 또 동쪽으로 은은하게 하늘에 솟아서 검은 구름과 같은 것은 사천(泗川)의 와룡산(臥龍山)이다. 그 사이에 혈맥(血脈)과 같이 서로 꿰이고 뒤섞여 엉킨 것은 강과 바다와 포구가 경락(經絡)처럼 얽혀 있는 것이다.15)

멀리 바라본 산의 모습이다. 남해와 하동과 사천의 산맥들이 시야에 그림처럼 들어오게 기술하고 있다. 그리고 그는 산을 객체적 사물로 인식한 것이 아니라 살아 있는 생명체로 인식하고 있다. 국토에 대한 애정이다. 산맥을 경락, 혈맥으로 표현한 데서 이런 것이 확인된다. 그리고 이 산맥들을 경락처럼 감싸면서 연결된 중심 산

---

15) 잡저, 「유두루산록」, 남명학 연구소, 『南冥集』, 이론과 실천, p.468.
相與四顧流觀 東南面蒼翠最高者南海之殿也 正東之彌漫蟠伏波浪相似者河東昆陽之山也 又 東之隱隱嵩天如黑雲者泗川之臥龍山也其間如血脉之交貫錯綜者江河海浦之經絡去來者也

이 두류산이라는 것이다. 다음을 또 보자.

　　아침 해가 이제 막 떠오르니, 검푸른 물결이 붉게 타는 듯하고 양
쪽 언덕 푸른 산 그림자가 물결 밑에 거꾸로 비치고 있었다. 퉁소와
북으로 다시 음악을 연주하니 노래와 퉁소 소리가 번갈아 일어난다.
서북쪽으로 십리쯤 멀리 바라다 보이는 구름 낀 산이 바로 두류산의
바깥쪽이다.16)

　　이 장면은 진주에서 배를 타고 두류산으로 들어가면서 바라 본
정경이다. 하동을 지나 섬진에 다다른 지점에서의 두류산 모습이다.
시각과 청각이 멋지게 어우러진 한 폭의 그림이다. 흔히 남명의 문
체를 철학적이라 하는데, 아침 무렵의 두류산 원경을 이보다 아름답
게 표현할 수 있을까. 검푸름, 붉음, 푸름, 흰색이 교차하고 퉁소, 북,
노래 소리가 지금도 요량하게 들리는 듯하다. 이런 두류산을 보면서
성장한 마음의 표출이 이렇게 문자화하여 승화되고 있다.
　　두류산을 돌아보고 검은 구름에 가려 산이 있는 위치를 알 수 없
는 경우의 광경을 기술한 부분도 있다. 이는 물론 함께 갔던 동료의
말을 남명이 기술한 부분이다. 그 말의 내면에 남명의 숨결을 느낄
수 있다.

　　"산은 두류산보다 큰 것이 없고, 한눈에 바라보일 정도로 가까이
있지만 많은 사람이 눈을 똑바로 뜨고 보아도 오히려 보지 못한다.

---

16) 『南冥集』, p.462.
　　旭日初昇萬頃蒸紅兩岸蒼山影倒波底簫鼓更奏歌吹迭作遙見雲山揷出西北十里間
　　者是頭流外面也

하물며 두류산보다 현명하지 못하고, 가까이 눈앞에 보이지도 않으며, 여러 사람의 눈으로도 분명히 볼 수 없는 경우는 어떠하겠는가?"[17]

지리산에 짙은 안개가 가려 있다. 지척도 분간 못할 시야이다. 분명 앞에는 우람한 산이 있는데, 보이지 않는 것이다. 아무리 많은 사람이 보아도 보이지 않는다. 여기에서도 남명은 드러나지 않는 사람의 모습을 보고 있다. 해석에 따라 다양한 견해가 있기는 하겠으나, 문학적 은유가 함축된 표현이다. 구름에 가린 산의 모습에서 은자의 모습을 찾은 것이다. 사계절의 형상이 뚜렷한 구체적인 산도 이처럼 변화를 가져오고 있다[18] 하물며 사람에 있어서야 어떠하겠는가.

이 아름다운 자연에 노닐면서도 남명은 망산만 하는 것이 아니라 간인 간세도 하고 있다. 다음을 보자.

눈 깜짝할 사이에 악양현(岳陽懸)을 지나는데 강가에 삽암(鈒岩)이라는 곳이 있었다. 이곳이 바로 녹사(錄事) 한유한(韓惟漢)[19]의

---

17) 잡저, 『유두류록』, 『南冥集』, 남명학연구소, 경상대학교, 1995, p.287.
18) 유곤, 『중국화론유편』 상
    곽희는 멀리서 바라보고 가까이에서 관찰하는 것 외에 원근에 따라 이동하면서 생기는 변화를 설명하고 있다.
    山近看如此 遠數里看又如此 遠數十里看又如此 每遠每異 所謂山形步步移也
19) 잡저, 국역 『南冥集』, p.276. 재인용.
    "한유한의 가계는 역사에 기재되어 있지 않다. 대대로 서울에서 살았으나 벼슬길에 나서기를 즐기지 않았다. 한유한은 최충헌이 정권을 제 마음대로 하고 벼슬을 파는 것을 보고 말하기를 '재난이 장차 있을 것이다.'라고 하였다. 그는 처자를 데리고 智異山으로 들어가서 깨끗한 절개를 지키면서 사람들과 교유하지 않았으므로 세상 사람이 그의 지조를 고상히 여겼다. 그 후 서대비원 녹사로 불렸으나 끝내 취임하지 않았으며 그대로 깊은 산골에서 살며 죽을 때까지 세상에 나오지 않았다. 얼마 후에

옛집이 있던 곳이다. 한유한은 고려가 장차 어지럽게 되리라는 것을 알고, 처자를 데리고 이곳에 와서 살았다. 조정에서 불러 대비원 녹사(大悲院錄事)로 삼았으나, 그날 저녁으로 달아나 버려 그 간 곳을 몰랐다고 한다.20)

도탄에서 한 마장쯤 떨어진 곳에 정여창(鄭汝昌)21) 선생의 옛 거처가 있었다. 선생은 바로 천령(天嶺) 출신의 유종(儒宗)이다. 학문이 깊고 독실하여 우리 도학(道學)에 실마리를 이어주신 분이다. 처자를 이끌고 산으로 들어갔으나 나중에 내한(內翰)을 거쳐 안음현감(安陰縣監)으로 나아갔다가 교동주(喬桐主)에게 죽임을 당했다.22)

저녁에 정수역(旌樹驛)에 이르렀다. 객관(客館) 앞에 정씨(鄭氏)의 정문(旌門)이 서 있었다. 정씨는 승선(承宣) 조지서(趙之瑞)23)의

거란군의 침략이 있었고 이어 몽고병의 침입이 시작되었다."

20) 瞥過岳陽縣江上有鋪岩者乃韓錄事惟漢之舊庄也惟漢見麗氏將亂携妻子來栖徵爲大悲院錄事一夕遁去不知所之

21) 잡저, 국역『南冥集』, p.277. 재인용.
조선조의 문신 학자로 자는 백욱이고 호는 일두이며 본관은 하동이다. 본래 함양 개평 출신으로, 한훤당 김굉필과 함께 김종직의 문인이며, 조선 시대 도학의 비조로 평가받는다. 한동안 智異山에 들어가 오경과 성리학 등을 연구하다가, 1483년(성종 14) 진사시에 합격하여 성균관 유생이 되고, 1490년에 학행으로 천거되어 소격서 참봉이 되었다. 이 해 별시 문과에 급제, 검열을 거쳐 세자 시강원 설서·안음현감을 지냈다. 1498년(연산군 4) 무오사화로 종성에 유배되었다가 1504년에 죽었는데, 바로 그 해에 갑자사화가 일어나자 다시금 부관참시되었다. 중종 때에 우의정에 추증되었고, 광해군 때에 문묘에 배향되었다. 시호는 문헌공이다.

22) 去陶灘一里有鄭先生汝昌故居先生乃天嶺之儒宗也學問淵篤吾道有緒挈由內翰出守安陰縣爲喬桐主所殺

23) 조지서(趙之瑞, 1454~1504) 자는 백부(百符), 호는 지족(知足)으로 본관은 임천(林川)이다. 1474년 문과에 급제하여 중앙의 여러 관직을 거치고, 1495년(연산군 1)에 창원 부사(昌原府使)로 있다가 이내 사직하고서, 智異山에 은거하여 학문에 전

아내이며 문충공(文忠公) 정몽주(鄭夢周)의 현손녀(玄孫女)이다. 승선은 의인(義人)이었다. 그 기상은 높은 바람이 불어오자 벽을 사이에 두고서도 몸이 춥고 떨리는 듯했다. 조시서는 연산군이 능히 선왕의 업적을 잇지 못할 것을 알고 십여 년을 물러나 있었건만 그래도 화를 면할 수 없었다. 부인은 적몰(籍沒)되어 죄인이 되었으나. 젖먹이 두 아이를 끌어안고 등에는 신주(神主)를 지고 다니면서 아침저녁으로 상식(上食) 올리는 일을 폐하지 않았다. 절개와 의리를 둘 다 이룬 경우가 지금 여기에 있다 하겠다.[24]

남명은 가망의 경지에 몰입한 속에서도 위와 같은 역사 인물의 자취를 놓치지 않고 있다. 그것은 그의 마음속에 들어 있던 생각이 문자로 드러난 것이다. 마음에 없었으면 지나칠 유적들이다. 간인간세는 이를 두고 한 말이다. 산을 바라보며 다니는 여행객에게 보이는 것이 어찌 이뿐이겠는가 여기서도 남명이 어떤 생각을 하며 산을 바라보았는가를 증명해 주고 있다.

나. 다닐 만한 산(可行)

남명은 산이란 다닐 만해야 한다고 생각하였다. 지나치게 가파르

념하였다. 1504년 갑자사화(甲子士禍)가 일어나 세자 시절 그의 풍간(諷諫)과 집요한 진강(進講)을 미워하였던 연산군이 그를 사화에 연루시켜 참살하였다. 성종(成宗) 때에 청백리에 녹선(錄選)되었으며, 충절과 시문으로 이름이 높았다. 1506년(중종 1)에 승정원 도승지에 추증되었고 신당 서원(新塘書院)에 제향되었다. 승선(承宣)은 승지(承旨)의 다른 이름이다.

24) 『南冥集』, p.468.
　夕到旌樹驛 館前竪有鄭氏旌門 鄭氏 趙 承宣之瑞之妻 文忠公鄭夢周之玄孫 承宣義人也 高風所擊隔 壁寒慄 知燕山不克負荷 退居十餘年 猶不得免 夫人歿爲城朝乳抱兩兒 背負神主 不廢朝夕祭 節義雙成 今亦有焉

거나 험준해서도 안 된다. 포근함과 따뜻함을 주는 산이라야 한다. 이는 산의 분위기나 기운과 관련이 있다. 갔다 와도 싫증나지 않고 또 가고 싶어야 한다. 남명에게 있어 지리산은 이런 산으로 인식된 듯하다. 남명이 10회 이상 지리산을 찾은 것이 이를 증명한다. 이를 가행이라 할 수 있다. 남명은 10차례 이상 오르면서도 항상 그 등반 코스를 달리 했다. 오를 만하고 다닐만해서 그랬을 것이다. 그가 오른 산의 모습을 보자.

> 18일 산길이 비에 젖었기 때문에 불일암에 오르지를 못하고 시냇물이 불어나서 신응사에 들어가지도 못하고 그대로 머물렀다.[25]

이 장면은 쌍계사와 청학동 사이에 있는 불일암과 신응사에 가지 못한 내용을 기술하고 있다. 비로 인해 가지 못한 것이다. 그러면서 못내 아쉬워 못간 기록을 적었다. 지난번에 갔다 온 길이 분명하다. 그리고 가볼 만하다고 생각했던 것이다. 그렇지 않다면 일부러 기술할 이유가 없었을 것이다.

다음은 청학동으로 향하는 등정길의 모습이다.

> 북쪽으로 오암(■巖)을 올라 나무를 잡고 잔도(棧道)를 타면서 나아갔다. 우석(右釋)은 허리에 맨 북을 두드리고, 천수(千守)는 긴 횡적(橫笛)을 불고, 기생이 이들을 따라가면서 전대(前隊)를 이루었다. 나머지 여러 사람들은 혹은 앞서거니 뒤서거니 하면서 물고기를 꼬챙이에 꿴 것처럼 줄지어 전진하면서 중대(中隊)를 형성하였다[26].

---

25) 『南冥集』, p.464.
　　因山路濕 未得上佛日 溪水漲 未得入神凝 留在

등반 대오의 모습을 이처럼 사실적으로 묘사한 장면도 드물다. 옛날 선비들의 등반 정경이 어떠했나를 보여 주는 대목이다. 북치는 이, 피리 부는 이, 기생들이 앞을 인도하고 선비들은 가운데 서고 하인들이나, 기타 잡부들은 뒤따르는 모습이다. 그것을 '꼬챙이에 꿴 것처럼'이라고 표현했다. 적의한 표현으로 일대 장관이다.

다음은 불일암에 오르는 모습이다. 실감나는 표현이다. 남명은 훌륭한 문장력을 지닌 것이 이런 표현에서도 보인다. 남명은 훌륭한 사상가이면서도 뛰어난 문장가다. 첫 문장을 보라. 아무나 표현할 수 있는 글이 아니지 않는가. 지금껏 남명을 너무 철학 쪽에서 편애한 듯하다.

> 열 걸음에 한 번 쉬고 열 걸음에 아홉 번 돌아보면서, 비로소 불일암(佛日菴)이라는 곳에 도착하였다. 바로 이곳이 세상에서 청학동이라고 이르는 곳이다[27].

다음은 청학동에서 쌍계사로 내려가는 정경이다. 얼마나 물 흐르는 듯한 표현인가 문장에 무리가 없다. 비유적 표현이 더욱 돋보이는 장면이다.

> 잠시 후에 뒤쪽 언덕에 올라 길을 더듬어 지장암(地藏菴)을 찾아가니, 모란이 활짝 피어 있었는데, 그 가지 하나가 마치 은주(銀珠)

---

26) 『南冥集』, p.462.
　　北上■巖 緣木登棧而進 右釋打腰敲 千守吹長笛 二妓隨焉 作前隊 諸君或先或後 魚貫而進 作中隊
27) 『南冥集』, p.463.
　　十步一休 十步九顧 始到所謂佛日菴者 乃是靑鶴洞也

한 말을 모아 놓은 듯했다. 그곳에서 곧장 내려가는데 한 번에 두서 너 리 정도나 달려간 다음에라야 겨우 한 차례 쉴 수가 있었고, 이윽고 양(羊)의 어깻죽지 고기를 삶을 정도의 짧은 겨를에 문득 쌍계사에 도착하게 되었다[28].

그는 산을 다닐 만하다고 생각하면서 주변의 현실에도 민감하였다. 피폐한 민가를 걱정하는 그의 모습은 어느 목민관 못지 않다. 그의 현실비판 정신이 군데군데, 번득이고 있다. 그것은 쌍계사와 신응사라는 절에도 관가의 부역에 시달리고 있음을 확인하고 고을 목사에게 세금과 부역을 완화해 줄 것을 건의하는 편지를 써 주기도 한 것에서 확인할 수 있다.

또 하나 쌍계사 가는 중간의 큰 바위에 이름을 새겨 놓은 것을 보고, 그들의 허명 정신을 질타하기도 하였다. 대장부는 그 이름을 사관에 의해 책에 써질 수 있도록 노력할 일이지 바위에 새겨 두어 허명을 구하는 것은 수치스런 일이라는 것이다. 이런 정신은 그가 퇴계에게 보낸 서찰에도 확인할 수 있다[29].

다. 감상할 만한 산(可遊)

산은 바라볼 만해야 하고, 다니고 거닐어 볼 만해야 한다고 하였다 실제로 산은 노닐며 감상할 만하여야 한다. 산이 밋밋하거나 맛

---

28) 『南冥集』, p.465.
　　旋登亭崗 歷探地藏菴 牧丹盛開 一朶如一斗猩紅 從此直下 一趨數里 方得一憩 纔熟羊胛 便到 雙磎

29) 『南冥集』 역주본, p.135.
　　여퇴계서의 내용에서 이런 비유를 암시하고 있다.

이 없어서는 안 된다. 아기자기하고 감칠맛이 나야 한다. 그러면서
도 그 바탕에 큰 힘을 지니고 있어야 한다 남명이 『두류록』에서 기
술한 다음 장면을 보면 이런 요건들을 모두 지니고 있음을 알 수 있다.

서쪽에는 시냇물 하나가 벼랑을 무너뜨리고 돌을 굴리면서 아득
히 백리 밖에서 흘러오는 것은 곧 신응사(神凝寺)가 있는 의신동(擬
神洞)의 물이고, 동쪽에서 시냇물 하나가 구름 속에서 새어 나와 뚫
고서 아득하게 흘러 그 지내온 곳을 알 수 없는 것은 바로 불일암(佛
日菴)이 있는 청학동(靑鶴洞)의 물인 것이다. 절이 두 시내 사이에
자리잡았으므로 쌍계(雙磎)라 일컫는 것이다[30].

위의 장면은 쌍계가 된 연원을 묘사하고 있다. '벼랑을 무너뜨리
고, 돌을 굴리면서'라든가 '그름 속에서 새어 나와 아득하게 흘러'
등의 표현은 가히 시적이다. 이런 정서가 표출 될 수 있는 산이라면
참으로 노닐고 감상할 만한 산일 것이다. 다음을 또 보자.

바위로 된 멧부리가 허공에 매달린 듯 내리뻗어서 굽어볼 수가 없
었다. 동쪽에 높고 가파르게 서서 서로 떠받치듯 찌르면서 조금도 양
보하지 않는 것은 향로봉(香爐峯)이고, 서쪽에 푸른 벼랑을 깎아 내
어 만 길 낭떠러지로 우뚝 솟아 있는 것은 비로봉(毗盧峯)이다. 청학
(靑鶴) 두세 마리가 그 바위틈에 깃들어 살면서 가끔 날아올라 빙빙
돌다가 하늘을 올라갔다 내려오곤 했다. 그 밑에 학연(鶴淵)이 있는
데 컴컴하고 어두워서 바닥이 보이지를 않았다. 좌우상하에 절벽이

---

30) 西邊一溪崩崖轉石 遙從伯里來者 乃神凝 擬神洞水也 東邊一溪 漏雲穿山 邈不知
所從來者 乃佛日靑 鶴洞水也 寺在兩溪間 是謂雙磎也

고리처럼 둘러서서 겹겹으로 쌓인 위에 다시 한 층이 더 있고, 문득 도는가 하면 문득 합치기도 하였다. 그 위에는 초목이 무성하니 우거져 다보록하니 물고기나 새도 또한 지나다닐 수가 없을 정도여서, 천리나 떨어진 약수(弱水)보다도 더 아득해 보였다. 바람 소리와 우레 같은 물소리가 서로 뒤얽혀 아우성치니 마치 하늘과 땅이 열리는 듯, 낮도 아니고 밤도 아닌 상태가 되어 문득 물과 바위를 구별할 수 없을 정도였다. 그 가운데에 신선의 무리와 큰 힘을 가진 거령(巨靈), 길다란 교룡(蛟龍)과 짧은 거북이가 한데 몸을 웅크려 숨어서는, 이곳을 영원토록 지키면서 사람들로 하여금 접근하지 못하도록 하는 것인지도 모르겠다[31].

청학동의 본무대를 묘사한 부분이다. 이 표현을 보고 남명의 문학적 기술력에 감탄하지 않을 수 있을까. 남명은 사상가요 철학가며, 훌륭한 문학적 소양을 갖춘 분이다. 필자는 이 대목에서 남명의 문장력을 다시 한 번 높이 평가하지 않을 수 없다. 지금껏 남명의 문학적 가치에 대해서는 지나치게 인색하였다. 그가 남긴 시문이 비록 적기는 하지만 다시 한 번 재검토할 필요를 느낀다. 이런 문장력을 소유한 분의 시가 철학적 사상 일변도일 수만은 없다고 판단된다. 다만 여러 가지 원인으로 다작을 자제했을 뿐이라고 생각된다.

---

31) 『南冥集』, p.465.
　　岩巒若懸空 而下不可俯親 東有崒嵂撑突 略相讓者曰香爐峯 西有蒼崖削出 壁立
萬仞者曰 毘盧峯 靑鶴兩三 栖其岩隙 有時飛出盤回 上天而下 下有鶴淵 黝暗無底
左右上下 絶壁環 匝 層層又層 俄回俄合 翳薈蒙鬱 魚鳥亦不得往來不啻弱水千里
也 風雷交鬪 地闢天開 不晝不夜 便不分水石 不知其中隱 有仙儔巨靈 長蛟短龜 互
藏其宅 萬古呵護 而使人不得近也

아울러 노래를 부르고 횡적(橫笛)을 부니 우레 같은 북소리가 사방으로 울려퍼져 소리가 온 산을 뒤흔들었다. 동쪽에는 폭포수가 백 길 낭떠러지를 내리질러 한데 모여 학담(鶴潭)을 이루고 있었다 나는 우옹을 돌아보면서 "물길이 만 길 구렁을 향해 내려가는데 곧장 내려만 갈 뿐 다시 앞을 의심하거나 뒤를 돌아봄이 없다 하더니, 여기가 바로 그와 같은 곳이다."라고 하였다[32].

폭포수와 학담을 보고 묘사한 정경이다 또 다음을 보자. 물의 흐름이 더욱 실감난다.

얼마 전에 내린 비에 시냇물이 불어 돌에 부딪혀 치솟아 오르고 부서지니, 때로는 마치 만 섬 구슬을 들이마시고 내뿜고 하면서 다투어 쏟는 듯하고, 때로는 마치 천 가닥 우레가 거듭 쳐서 씨근거리며 으르릉거리는 듯하였다. 마치 어슴푸레하게 하늘에 은하(銀河)가 가로 뻗쳐 뭇 별이 빛을 잃고 시들어 버린 듯하고, 다시금 요지(瑤池)에서 <그 옛날 목천자가 서왕모를> 맞아들여 잔치를 벌이고 난 뒤 비단 자리가 마구 흐트러져 있는 듯하였다. 검푸르게 깊은 못은 용과 뱀이 비늘을 숨긴 듯 깊이를 엿볼 수 없고, 우뚝하게 솟은 돌은 소와 말이 모습을 드러낸 듯 서로 뒤섞여 있어 셀 수가 없을 정도였다[33]. 남명은 산에 올라 물을 보고 있다. 산에 올라 그 진미를 물을 통

---

32) 『南冥集』, p.465.
　　幷奏歌吹雷敲萬面 響裂巖巒東面瀑下 飛出百仞注爲鶴潭 顧謂愚翁曰 如水臨萬
　　仞之壑 要下卽下 更無疑顧之在前 此其是也 翁曰諾
33) 『南冥集』, p.466.
　　新雨水肥 激石噴碎 或似萬斛明珠 競瀉吐納 或似千閃 驚雷杳作噫吼 怳如銀河橫
　　截 衆星錯落 更訝瑤池燕罷 綺席縱橫黝黝成潭 龍蛇之隱鱗者 深不可窺也 頭頭出
　　石 牛馬之露形者錯不可數也

해 받아 드리는 듯싶다. 원래 산과 물은 대립적 구성은 아니다. 산을 닮고 물을 닮아야 완전해진다. 혹시 남명은 이 둘을 겸하고 싶어 했던 것이 아닌가. 도입에서부터 배를 타고 들어 왔고 가는 곳마다 물의 흐름을 지적하여 묘사하고 있다. 급기야 물의 속성까지도 밝혀 어떤 암시를 하고 있다. 참으로 남명은 음미할수록 향내가 배어 난다. 온고지신은 여기에 해당된다 싶다.

라. 거할 만한 산(可居)

앞에서 살펴본 바와 같이 두류산을 오르내린 후, 남명은 1561년 10여년을 거주하며 강학했던 삼가의 계부당과 뇌룡정을 떠나 드디어 덕산 사륜동에 복거하게 되고 산천재를 지었다.

산천재는 『주역』의 대축괘에서 그 이름을 취하였다. 『주역』에서 풍천소축괘(風天小畜卦)가 손순한 손(☴)과 강건한 건(☰)이 합하여 이룬 괘상을 보고 군자가 문덕을 아름답게 하는 뜻이라면, 산천 대축괘는 상괘인 간(☶)은 산을 뜻하고 하괘인 건(☰)은 하늘을 뜻하니, 둘을 합하면 산이 하늘 높이 우뚝 솟아 있는 형상으로, 옛 성현의 말씀과 지나간 행실을 많이 알아 덕을 쌓는 다는 뜻이다. 즉 소축의 소는 음을 가리키니 이는 문덕을 닦는 뜻이지만, 대축의 대는 양, 즉 군자를 뜻하니 문덕에 비하여 더욱 큰 도의를 온축함을 말한다. 또한 집에서 먹지 않고 어진 이를 기른다는 의미도 있다.

다시 말하면 하늘높이 우뚝 솟은 지리산 아래 은거하여 자신의 덕을 함양하고 아울러 사방에서 찾아오는 현사를 양성한다는 뜻을 지닌 것으로 해석할 수 있는 것으로 생각된다.

이에 그는 「덕산복거」를 읊었다.

덕산에 살 곳을 잡고   德山卜居

봄 산 나지막한 곳에 향기로운 풀 없겠나마는   春山底處無芳草
다만 천왕봉이 하늘에 가까운 걸 사랑하네   只愛天王近帝居
맨손으로 돌아와 무엇을 먹을 것인가   白手歸來何物食
은하가 십리나 뻗어 있으니 먹고도 남음이 있으리[34] 銀河十里喫有餘

  인적이 드문 깊숙한 계곡으로 들어가 살지는 못했지만 그래도 천
왕봉이 가까운 지리산 자락 사륜동, 맑은 시천이 흐르는 곳에 자리
를 잡은 심회를 토로한 것이다.
  그러나, 뭐라 해도 남명의 면모를 대변하는 작품은 아무래도 아
래 시가 압권이다.

덕산 계정의 기둥에 씀   題德山溪亭柱
천석들이 종을 보게나   請看千石鍾
큰 종채가 아니면 소리가 없다네   非大叩無聲
어떻게 하면 두류산처럼   爭似頭流山
하늘이 울어도 울지 않을 수 있을까[35]   天鳴猶不鳴

  이 시에 담긴 뜻이 오늘의 남명이 있게 된 요체라 할 수 있다. 지
리산을 통한 남명의 모습을 찾으려 했으나, 이보다 더 적절한 남명
의 형상이 없다. 이 시 해석에 대한 많은 논의가 있지만 남명은 그

---

34) 『南冥集』, p.74.
35) 『南冥集』, p.39.

모두를 아우를 수 있는 큰 그릇이다. 『연려실기술』제11권「명종조 고사본말의 명종조의 유일 조식」조에서는 "공이 절의를 숭상하여 깊이 숨어 벼슬하지 않고, 글을 짓는 것도 기걸하고 범상하지 아니하다." 하고,『상촌집』「잡기」에 실린 시를 인용하였다.

請看千石鍾　非大叩無聲
萬古天王峯　天鳴猶不鳴

전구의 '쟁사두류산'이 '만고천왕봉'로 바뀌었다. 이렇게 읽으면 위의 시에서 발생하는 난해성은 어느 정도 불식된다. 어느 경우든 남명은 태산같은 우뚝한 성자 지향의 선비요, 처사였다.

4. 결론

본 논문은 남명의 일생을 두류산에 초점을 맞추어 조명해 본 글이다.

산에는 그 형세와 여건에 따라 거닐 만한 것이 있고, 바라 볼만한 것이 있으며, 노닐 만한 것이 있고, 살만 한 것이 있다. 반대로 생각하면 가파른 산은 거닐기에 적합하지 않고, 험악한 산은 바라 볼만한 것이 없으며, 너무 낮고 깊지 않아 바위나 계곡이 좋지 못한 산은 노닐 만한 것이 못되고, 협곡이나 벼랑, 음습한 산은 살만 한 곳이 못된다는 것이다. 그래서 산행이나 유람을 기피하거나 일시적 수양이나 피난, 유람은 가지만 눌러 살기에 부적합한 산이 있는 법이다.

공자는 일찍이 "아는 사람은 좋아하는 사람만 같지 못하고, 좋아하는 사람은 즐기는 사람만 같지 못하다"라고 한 적이 있다36). 남명은 지리산을 즐긴 사람이다.

그런데 여기서 간과해서는 안 되는 것이 단순히 즐긴 것만이 아니다. 삶의 터전을 찾은 것이다. 그의 생의 목표가 함의적으로 들어있는 종로지지를 찾은 것이다. 다시 말하면, 산과 물을 닮은 삶을 지향하는 그의 생의 목표가 숨어 있는 곳을 발견한 것이다. 이것이 그를 현실적 벼슬살이를 버리게 한 근본 이유로 보인다.37) 그는 인과 지를 추구한 성인의 경지를 삶의 목표로 세웠는지도 모른다.

또 하나, 지리산을 열 차례 이상 등반하면서도 항상 천왕봉을 오른 것은 아니다. 이 『두류록』도 청학동과 쌍계사를 중심으로 종유한 기록이다. 정상에는 아득히 미치지 못하는 코스이다. 오늘날 등산가들의 방식과는 차이가 있다. 요즈음 산에 오르는 이들은 어느 산이건 정상을 답파해야 하는 것으로 생각한다. 아무리 아름다운 계곡이 있어도 정상에 올라야 한다. 그것이 오늘의 등산이다 목표가 정복에 있다.

옛사람의 유산은 다른 듯하다. 퇴계도 여러 사람과 외산을 구경하러 갔다가 험한 길이 두려워 중도에서 내려와 지은 시가 있다38).

---

36) 『論語』 「雍也」에서 子曰 知之者 不如好之者 好之者 不如樂之者
37) 崔康賢, 『韓國紀行文學硏究』, 一志社, 1982, p.41. 재인용.
　　南冥의 「浴川」이라는 시에서도 그런 모습이 잘 드러난다.
　　"全身四十年前累 千斛淸淵洗盡休
　　塵土倘能生五內, 直令剖腹付歸流".
38) 內山諸勝具　　　外山更巉絶
　　下臨萬丈壑　　　中懸四五刹
　　病脚澁登危　　　讓勇甘自劣

이 시의 내용을 보면 정상의 정복에 뜻이 있는 것이 아니다. 볼 것을 보고 얻을 것을 얻었으면 그만이다. 이것이 옛 사람의 산수 구경의 요체이다. 남명도 그러하다. 산을 찾되 도에 뜻이 있었다. 그것이 남명이 천왕봉을 유람한 내용을 기술하지 않은 이유다. 당시의 사림파들이 끼리끼리 모여 지리산을 찾아 도를 구하였듯이 오늘날의 산을 찾는 이들에게도 그런 모습을 발견한다. 산은 영원한 우리의 학습장이다.

그는 그를 필요로 하는 조정의 부름에도 불구하고 많은 제자들과 함께 내면의 완성을 위해 수신하고 있었던 것이다.[39] 이런 심정에서 지리산을 가까이 하고 등정하면서도 알맞은 장소를 얻지 못해 안타까워하였다. 그런 면모가 다음 글에 잘 나타 있다.

"그러나 일이 마음과 어긋나서 머무를 수 없음을 알고, 배회하고 돌아보며 눈물을 흘리며 나오곤 하였으니, 이렇게 했던 것이 열 번이었다. 이제는 시골집에 매달려 있는 박처럼 걸어 다니는 하나의 시체가 되어 버렸다. 이번 걸음은 또한 다시 가기 어려운 걸음이었으니 어찌 가슴이 답답하지 않겠는가?"[40]

예순을 바라보는 남명은 이제 다시 지리산에 오르기 어려움을 직

獨來坐一室　　超然自悟悅

39) 李在翼(頭流山 遊山記 研究, 碩士學位 論文, 釜山大 教育大學院, 1988, p.56)
이에 대하여 이재익은 다음과 같은 견해를 내기도 했다.
"인간세계서의 현실적 불만에 도전하여 용감히 개혁하거나 성취해야 할 이상을 명산. 대천 등 강호에 숨어서 소극적으로 진리와 낙토를 찾아 유람한 경우"라 한 견해도 있기는 하다 .
40) 『南冥集』역주본, p.291.

감한 것이다. 이어 그는 "죽은 소 갈비뼈 같은 두류산 골짜기를 열 번이나 주파했으나, 썰렁한 까치집 같은 가수 마을에 세 차례나 둥지를 틀었네.(頭流十破死牛脅 嘉樹三巢寒鵲居)"41)라는 시를 지었다 열 번이나 힘들게 락토를 찾아 두류산 골짜기를 갔지만 그곳은 죽은 소 갈비뼈 같았고, 삼가에서는 외가와 계부당, 뇌룡정 세 곳을 오가며 어린 시절과 48세부터 덕산으로 떠나기 전까지 찾아 해맨 것이다.42)

"몸을 온전히 하고자 하는 온갖 계책 모두 어긋났으니, 이제는 이미 방장산과의 맹세조차 어기게 되었네43)(全身百計都爲謬 方丈於今已背盟)"라 읊으며 유록을 맺었으니, 몸을 보전하기 위하여 더 이상 심산유곡으로 은거하는 것이 현실적으로 불가하다는 자신의 운명을 예지한 것이라 하겠다.

그리하여 마지막으로 찾은 곳이 덕산 사륜동이다.

---

41) 『南冥集』역주본, p.303.
42) 李東歡, 「南冥의 精神構圖」, 『南冥學研究』, 創刊號, 1991.
   南冥의 精神構圖에는 강한 現實世界로의 指向이 검출되는데 그의 智異山 遊山錄인 『遊頭流錄』이라 하여 예외는 아니다, 따라서 南冥의 智異山 紀行을 보다 적극적으로 이해해야 한다.
43) 『南冥集』 역주본, p.304.

근대적 자연관의 갈등과 화해

1. 자연은 '누구'인가?

현대사회의 주요 동향들 중의 하나를 꼽는다면, 누구나 주저 없이 '자연'에 대한 관심을 들 것이다. 누구나 공감하듯이 이러한 관심이 촉발된 가장 직접적인 원인으로는 소위 오늘날 인류가 겪고 있는 생태학적 위기 상황을 들 수 있다. 적지 않은 환경론자들이 인류가 직면한 생태위기의 근본 원인을 인간과 자연에 대한 이분법적 사고와 인간중심주의적인 지배적 세계관에서 찾고 있다. 그들은 자연에 대한 뿌리깊은 오해와 왜곡을 질타한다. 근대적 자연관을 그 원흉으로 지목하고 이를 해체시키면서 자연의 진정한 모습을 발견하려 하며, 그 속에서 꺼져 가는 희망의 불씨를 되살리려 하고 있다.

그렇다면 구체적으로 어떤 점에서 상황이 달라졌는가? 제일 먼저 접할 수 있는 변화는 우선 탐구의 주변으로 물러나 있어 하찮게 여겨지던 물음들이 전면에 부상했다는 점을 들 수 있다. 자연은 고유한 도덕적 가치를 갖는가? 자연에 수단적 가치만을 부여해온 인간중심주의적 전통은 생태학적 위기에 직면한 오늘날에도 여전히 정당화될 수 있는가? 인간은 인간에 대해서만 존중의 의무가 있는가? 아니면 자연에 대해서도 그러한가? 또 대지, 바다, 숲, 강, 식물, 동물에 대해서도 경외심을 가져야 하는가? 우리는 동물에 고통을 가하는 실험을 중지해야 하는가? 아니면 식용으로 소비하거나 살해해도 괜찮은가? 인간의 이익을 위한 것이라면 강과 바다나 동물과 식물이나 자연 경관을 어떤 식으로 처리하든 상관없는가? 아니면 이들은 고유한 도덕적 가치를 갖기 때문에 그래서는 안 되는가? 또는 자연 자체를 위한 자연 보호만이 허용되어야 하는가?[1] 실제로 서양철학의 지배적 전통 속에서는 단 한 번도 진지하게 자연 또는 자연 속의 생명체들이 고통받고 있다거나 비도덕적인 대우를 받는다거나 하는 문제의식을 적극적으로 가져본 적이 없었다. 이제 이러한 물음들에 우리는 적극적으로 답하지 않으면 안되게 되었다.

다른 한편으로 서양철학의 역사에서도 자연이라는 주제가 철학적 탐구에서 전적으로 배제되거나 배척받은 적은 없다. 다만 시대적 관심사에 따라 그 위상을 달리해 왔을 뿐이었다. 근대인들 역시 오늘날과는 다른 문제 의식 속에서이긴 했지만 그들 나름대로 인간과 자연의 관계에 대해서 적극적으로 사유했던 역사를 갖고 있다. 그러나 불행하게도 그리고 그 어느 시대보다도 그들의 자연 탐구를 지배한 실제적 동기는 인간이었다. 그들 자신에 대한 새로운 이해가 자연(세계)에 대한 그들의 사유를 지배했다. 다시 말해 시대적 전환기와 더불어 새로운 역사적 사건들을 체험하면서 근대인들 스

---

1) A. Krebs, "Einleitung," in *Naturethik. Grundtexte der gegenwärtigen tier- und ökoethischen Diskussion*, A. Krebs (Hg.), Frankfurt am Main: Suhrkamp 1997, p.7. 참조.

스로가 자신들을 어떻게 이해하고 규정했는지가 그들의 자연에 대한 태도와 이해에 결정적인 영향을 미쳤다. 그런 점에서 근대인의 후예들이 살고 있는 오늘의 자연의 위기는 근대적 인간의 자기 이해와 밀접히 결합되어 있다. 실제로 이 둘을 별개의 것으로 보기가 어렵다. 자연에 대한 이해는 인간이 자신을 어떻게 이해하고 있는가 하는 문제와 항상 직결되어 있기 때문이다.

그렇다면 르네상스, 종교개혁, 시민사회, 개인주의, 자유주의, 상업혁명, 과학혁명 등 새로운 역사적 기운을 체험하며 출현한 근대적 인간은 자연을 어떤 눈으로 바라보았을까? 새 몸에 맞는 튼실한 옷을 만들어 가고 있는 그들에게는 이에 어울리는 새로운 자연관이 필요했다. 또한 새 술을 새 부대에 담으려는 과정에서 자연에 대한 다양한 개념 규정들이 시도되었으며, 그들이 지향하는 인간관에 걸맞는 자연관의 필요성이 그들의 사유를 지배하고 있었다. 왜냐하면 그들 역시 자연은 영혼 못지 않게 인간의 위상을 좌우하는 중요한 그 무엇이라는 것을 분명히 의식하고 있었기 때문이다. 즉, 인간과 자연의 관계를 어떤 식으로든 정립하지 않고서는 인간 역시 아직은 충분한 자기 이해에 도달했다고 말할 수 없기 때문이다. 그것은 또한 근대 철학자들의 사유를 옥죄고 있었던 시대적 전제이기도 했다. 그러면 근대인들의 자기 이해는 어떠한가? 그리고 오늘의 우리들 역시 이러한 제약에서 전적으로 자유로운가? 필자가 보기에 이러한 제약과 전제는 새로운 변화를 경험하고 이에 대응하려는 적극적인 시도들이 이루어지고 있는 오늘날에도 여전히 타당하다. 그렇다면 근대인들의 자연 이해는 어떠했으며, 그것은 오늘의 우리에게 어떤 의미를 갖는 걸까?

우선 논의를 제한하기 위해서 필자는 근대를 대표하는 자연과학적 자연관을 직접 다루지 않고 비록 역사적 경쟁에서 승리하지는 못했지만 자연과학적 자연관의 성과를 수용하면서도 이와는 전혀 다른 토대 위에서 자연을 이해하고자 한 근대철학의 두 거장 칸트와 헤겔을 중심으로 이 문제에 접근해 갈 것이다. 그러나 그렇다고 해서 긍정적이든 부정적이든 오늘의 우리를 있게 한 근대의 자연과학적 자연 이해를 전적으로 거부하거나 과소평가 할 수만은 없다. 자연에 대한 올바른 이해는 인간과 자연의 근원적 동일성이나 관계는 물론 그들간의 근본적 차이 또한 진지하게 고려하지 않으면 안 된다는 것이 필자의 입장이다. 따라서 필자는 역사적 승자로서의 근대적 자연관이 안고 있는 근본적인 문제를 자연을 한낱 인간을 위한 수단이나 도구로 간주했다는 점에서 찾기보다는 오히려 인간과 자연의 차이를 일년석으로 지나치게 강조했으며, 때문에 다른 한편으로 자연의 진정한 가치를 올바로 그리고 충분히 사유해내지 못했다는 점에 있다고 생각한다. 이런 문제의식에서 출발해서 필자는 칸트와 헤겔을 그들의 철학적 입장 차이에도 불구하고 그 누구보다도 인간과 자연의 동일성과 차이를 깊이 있게 그리고 체계적으로 성찰한 인물들로 파악하고, 이로부터 오늘의 우리가 안고 있는 문제 해결을 위한 도움을 얻을 수 있을 것으로 보고 있다.

2. 근대 초기의 자연관의 분열과 갈등

근대 이전의 서구인의 사고를 지배해왔던 자연관은 유기체적이면서 목적론적이었다. 만물의 근원이 무엇이었든 그들은 자연을 스스로 생성하고 성장하는 유기체적인 것, 살아 움직이는 생명적 자율성을 지닌 유기체로 이해했다. 또 그러한 작용과 활동에는 그 나름의 고유성과 법칙성이 내재해 있다고 생각했으며, 그들의 철학적 사유의 태반은 그 같은 원리와 정신 그리고 그 의미를 그들의 고유한 언어로 담아내는데 집중되었다. 그럼에도 불구하고 그들이 유기체적 본성으로서의 자연 자체의 고유한 가치를 광범위하게 그리고 일관되게 공유하고 있었던 것으로는 보이지 않는다. 오히려 신화적 사유가 지배적이었던 시절의 유기체적인 자연 즉 로고스(logos)와 분리되기 이전의 퓌지스(physis)는 그 근원적 의미를 상실하면서 점차로 목적론적 의미가 더욱 강조되는 과정을 보여준다. 특히 자기 근원으로서의 자연이든 신학적 자연이든, 혹은 목적내재적 자연이든 서구인들에게 보다 많은 비중을 차지하게 된 것은 언제나 자연 속에서의 인간의 위상과 지위였다. 그들에게 인간은 신적인 로고스를 분유하고 있는 지구상의 특별한 존재였다. 때문에 서양의 고대인들과 중세인들에게 공통적으로 형성, 발견되는 것은 자연을 하나의 근원적 가치로 인식한 것이 아니라 인간을 정점으로 한 위계적인 세계구조를 갖는다거나 인간을 위한 신의 하사품으로 간주하면서도 동시에 인간과 자연의 관계를 인간중심적인 관점에서 보려고 했다는 점이다. 그들에게는 같은 근원에서 출생한 자식일지라도 인간과 여타의 자연물들은 이미 다른 것이 되어 있었다.

고대 및 중세의 그것과 다른 길을 개척한 근대의 자연관은 물리학적 객관주의나 과학적 실증주의와 같은 자연과학적 이해에 기초를 둔 기계론적인 것이었다. 이러한 자연 이해는 이전 시대처럼 자연을 지배하는 힘을 자연 자체의 스스로 생성하는 내재적 원리에서 파악하지 않고 하나의 고정된 일정한 물리적 법칙에 따라 작용하는 물질적인 것, 기계적인 것으로 보려고 하였다. 즉, 수학화, 계량화, 예측가능성, 조작가능한 대상으로서 기계적 힘과 물리적 법칙에 기초한 기계론적 자연 이해는 뉴턴과 다윈, 오늘날의 유전공학에 이르기까지 크게 변하지 않았다.

그러나 엄밀히 말해서 자연과학적 자연관이 급속히 뿌리를 내리고 있는 상황에서도 자신들의 지적 전통에서 완전히 자유로울 수 없었던 근대 철학자들은 기계론적 이해만으로는 만족할 수 없었다. 자연적 목적과 신학적 목적이라는 거시적 안목을 통해 인간의 실천적 목적에 정당성을 부여해왔던 전통에 익숙한 근대인들에게 기계론의 등장은 필연적으로 인간과 자연의 관계에 대한 새로운 이해를 요구하였으며, 그 과정에서 사연에 대한 다양한 방식의 접근이 이루어지면서 내부적으로 갈등과 분열을 겪게 된다.

먼저 데카르트의 자연은 이른바 시계에 비유되듯이 하나의 기계로 규정된다. 동시에 인간의 일부도 기계로 전락하게 된다. 이러한 데카르트의 자연관은 근대의 기계론적 자연 이해 속에 침투되어 있는 인간의 자기 자신에 대한 새로운 경험을 구체적으로 반영한 대표적 사례가 된다. 신으로부터 그리고 자신이 아닌 타자로부터 규정되고 강요받아 온 전통적 인간의 경험은 그 같은 구속으로부터 탈출할 수 있는 하나의 가능성을 기계론에서 발견하게 된다. 즉, 자연을 인간으로부터 분리시켜 하나의 독립적인 대상으로 바라볼 수 있게 됨으로써 이제 인간은 진정으로 자기 자신이 될 수 있다고 생각하기 시작한 것이다. 근대인은 이 진정한 자기를 소위 실체로서의 인간, 즉 사유하는 정신(Cogito)에서 찾았다. 그것은 자연을 포함하여 자신의 일부를 기계로 만들어버린 대가로 얻어낸 것이었다. 그리고 궁극적으로 이와 같이 정신으로서의 인간과 물질로서의 자연의 분리는 곧 자연에 대한 지배의 논리를 정당화하는데 봉사하는 근거가 된다.

그러나 근대적 인간은 자신의 지위를 확고히 정립해 가면서 한편으로는 자연을 자신과 완전히 분리시켰음에도 불구하고 다른 한편으로는 결코 부정할 수 없는 자연과의 내밀한 관계를 전과는 다른 방식으로 규정, 이해하지 않으면 안 되는 새로운 과제를 떠 안게 되었다. 데카르트 이후 진행된 다양한 방식의 사고 실험은 이러한 과제를 축으로 하여 진행된 한 가지 뚜렷한 사유의 역사를 보여준다. 정신으로서의 인간과 물질로서의 자연이라는 데카르트적 실체 이원론은 곧이어 등장한 스피노자에 의해서 인간과 자연의 새로운 관계 정립으로 이어진다. 이는 곧 데카르트의 자연관이 인간과 자연을 상호 독립적인 실체로 규정하면서 상호간의 근원적인 내밀한 관계를 만족스럽게 설명하지 못하고 있다는 반성의 산물이다. 근대의 자연과학적 자연관이 맹위를 떨치고 있는 가운데에서도 실제로 서양근대철학은 이러한 독립적 실체관과 대립적 자연관을 극복하려는 일련의 시도들로 채워져 있다고 해도 과언이 아니다.

그럼에도 불구하고 근대 초기의 철학자들의 사유를 지배하고 있던 문제 의식은 존재에 대한 인식 가능성이었다. 자연이 무엇인지를 규명하기보다는 그 무엇인 자연을 어떻게 인식하고 그 인식적 타당성을 어떻게 증명할 수 있는지가 무엇보다도 그들의 관심을 지배했다. 이와 같은 그들의 고유한 문제 의식과 그로부터 빚어진 분열과 갈등은 칸트가 등장할 때까지 계속되었고, 그 타당성을 떠나서 또는 적지 않은 이견들에도 불구하고 칸트를 통해서 매듭을 짓게 된다. 그러나 칸트 이후의 자연에 대한 이해 역시 제자리에 머물지는 않았으며, 칸트를 수용하고 또 그와 대결하면서 자연 이해의 새 장을 연 인물들이 속속 등장하였다. 그 중에서 특별히 우리의 관심을 끄는 인물은 헤겔이다. 칸트와 헤겔 모두 그들이 결코 거부하거나 외면할 수 없었던 근대의 자연과학적 자연관과 비판적으로 대결하면서 자연에 대한 새로운 이해의 길을 연 대표적인 철학자들이다.

물론 칸트로부터 헤겔에 이르는 사이에 자연의 본질에 대한 심오한 혜안으로 독창적 사유를 전개한 철학자들이 없었던 것은 아니다. 가령 당시에 피히테의 자아 철학과 셸링의 동일 철학은 다같이 칸트의 사상을 계승하면서 그들 역시 방법론상 과학적 탐구가 보여주는 정태적이고 분석적 사고의 일면성과 고착성은 물론 역사성의 경시와 같은 문제를 극복하기 위해 정신 활동의 모든 역량을 경주했다. 그러나 사고(인간)와 존재(자연)의 원리적 통일과 전체성의 회복을 꾀하는 과정에서 피히테는 극단적인 주관주의로 또 셸링은 추상적 심미적 객관주의로 양극화되기에 이르렀다. 그 결과 피히테는 주체와 객체, 인간과 자연의 객관적 통합을 산출해 낼 수 있는 자연철학을 정립하는데 실패했다. 반면 셸링은 자연에 관한 관심과 통찰에 있어서 헤겔을 능가하는 사변적 자연철학을 개척했다. 그러나 헤겔의 선구자로서 근대적 자연관의 한계를 뛰어 넘는 탁월한 안목을 갖고 있었음에도,[2] 셸링은 인간과 자연의 연관성을 넘어서 그

---

2) W. Schmied-Kowarzik, 「셸링의 자연철학」. 『자연에 관한 철학적 탐구』(*Das dialektische Verhältnis des Menschen zur Natur*), 이종관 옮김, 철학과 현실사,

차이를 철저하게 사유하는데 성공하지 못했다.[3] 근원에의 동경이나 충동 그리고 예술적 천재의 지적 직관에 호소하기에 이르는 절대자의 무차별적 동일성 이론에 강하게 작용하고 있는 신비주의와 범신론의 경향이 그러하듯이, 자연과 정신의 동일성을 사유하는 셸링의 자연철학에서 우리는 오늘날 인류가 왜 이런 상황에 직면하게 되었는지, 또 어떻게 난관을 극복할 것인지 등에 대한 구체적인 지침을 구하기 힘들다. 반면에 피히테와 셸링을 그들 자신의 철학적 사유로 인도한 선구자인 칸트의 철학에는 자연 속에서의 인간의 지위에 대한 치밀한 사유와 또 인간이 자연과 어떻게, 어느 정도 그리고 왜 조화를 이루어야 하는지에 대한 방도가 예시되어 있다. 그리고 헤겔 역시 인간과 자연의 불화의 불가피성과 함께 정신으로서의 인간을 매개로 한 자연과의 화해를 강조하고 있다.

1994, pp.46-61. 참조.

3) 칸트의 제3비판서 즉 『판단력비판』에 사상적 연원을 두고 있으면서도 실로 여섯 단계나 되는 다양한 변화와 함께 전개되는 셸링의 '동일철학'을 단순화시키는 일은 상당히 위험하다. 그러나 인간과 자연의 관계에 대한 그의 뚜렷한 문제의식과 근대의 실체론적 자연관의 맹점을 간파한 선구적인 안목과 통찰에도 불구하고, 필자가 보기에는, 인간과 자연(생명체들)과의 평등성만을 지나치게 강조하는 오늘날의 생태주의자들처럼 인간이 왜 자연과 대립할 수밖에 없었으며, 또 어떻게 자연과 화해할 수 있는지에 대한 실질적인 방도는 분명한 언어로 분명히 사유되고 천착되지 못하고 있다고 생각된다. 자연철학적 사유에 관한 한 헤겔이 셸링보다 우월한 면이 있다면, 그것은 바로 헤겔이 셸링의 자연철학의 핵심들을 대부분 수용하면서 그 일을 해냈다는 데 있을 것이다.

3. 근대적 자연관의 종합과 화해 1 - 칸트

1) 칸트 철학에서 자연 개념의 변천사

칸트는 과연 자연에 대해서 확고하면서도 분명한 하나의 일관된 생각을 갖고 있었을까? 아마 이에 대한 대답을 칸트 자신으로부터 직접 듣기는 힘들 것 같다. 왜냐하면 이성의 한계 안에서 고찰된 자연 개념에는 이성 자신의 능력 너머에 위치하고 있는 자연의 고유한 모습이 항상 미지의 영역처럼 남아 있기 때문이다. 더욱이 이런 제약으로 인해 칸트의 철학 안에는 그 각각에 있어서는 분명한 듯해도 서로간에는 상당한 편차가 있어 보이는 세 가지 자연 개념이 가로 놓여 있다. 칸트가 이성의 한계 안에서 우리에게 제시해 주고 있는 자연 개념은 자연과학적 자연, 도덕적·이성적 존재자의 예지적 자연, 역사적·합목적적 자연 세 가지이다. 이는 『순수이성비판』,『실천이성비판』,『판단력비판』에서 주제적으로 다루어지고 있는 자연 개념에 각각 대응한다. 특히 처음 두 가지는 이론 이성과 실천 이성에 의해서 제각기 파악된 자연이다. 즉, 브루노와 스피노자 및 라이프니쯔의 소산적 자연과 능산적 자연에 기인된 사상이라 볼 수 있는 현상체와 가상체 혹은 감성적 기체와 초감성적 기체, 단적으로 감성적 자연과 초감성적 자연이 그것이다.[4] 그러나 이 서로 분리되어 있는 자연은 그 자체로는 불완전한 것들이다. 왜냐하면 자연과학적 자연은 현상으로서의 자연이므로 이미 그 기저에 세계(물) 그 자체로서의 자연을 전제하고 있으며, 또한 이성적 도덕적 존재자의 자유 또한 오직 현상 중에서만 실현될 수 있으며 또 실현

---

4) 김용정,『칸트 철학 : 자연과 자유의 통일』, 서광사 1996, p.320. 참조.

되지 않으면 안되기 때문이다. 따라서 어떻게든 이 둘은 하나로 통일되지 않으면 안 된다. 바로 이 양자를 통일시켜주는 매개가 되는 것이 세 번째 확장된 의미에서의 자연 개념이다. 칸트가 이러한 제3의 자연 개념에 도달하게 된 실마리는 유기체에 대한 사고였다. 엄밀한 의미에서 본다면, 넓은 의미의 자연 개념 중에 예지적 자연은 자연이라기보다는 자유라 불러야 한다는 점에서 칸트의 자연 개념은 이를 제외한 한정적 의미만 갖는 기계적 자연과 확장적 의미를 갖는 합목적적 자연 두 가지로 구분할 수 있다. 다만 문제가 되는 것은 예지적 자연으로서의 자유와 물자체로서의 자연 자체의 근원적 동일성에 관한 칸트의 분명한 사고가 무엇인지 여부이다. 우리는 이런 문제들에 대한 해명을 통해서 비로소 칸트의 자연관의 본령에 도달할 수 있을 것이다.

칸트 철학의 근본 원리이자 궁극 목표는 아니었지만, 칸트가 자신의 지적 성장의 전 과정에서 처음부터 끝까지 지속적으로 관심을 갖고 숙고를 거듭한 주제가 바로 자연철학(자연형이상학)이었다. 18세기 중엽의 독일 철학의 일반적 경향에 따라서 1746년 칸트의 최초의 발표 논문인 『활력의 참된 측정에 관한 견해들』5)로부터 시작해서 그 이후에 계속 이어진 저술들의 테마도 자연철학에 관한 것들이었다. 이 시기를 포함하여 『순수이성비판』의 저술에 힘쓰기

---

5) 원제 : *Gedanken von der wahren Schätzung der lebendigen Kräfte und Beurteilung der Beweise, derer sich Herr von Leibniz und andere Mechaniker in dieser Streitsache bedienet haben, nebst einigen vorhergehenden Betrachtungen, welche die Kraft der Körper überhaupt betreffen*(활력의 참된 측정에 관한 견해들과 이 문제에 관한 라이프니쯔와 여타 역학자들이 사용한 증명에 대한 평가, 그리고 물체의 힘 일반과 관련한 몇 가지 선행하는 고찰들). 바이셰델판 I권, pp.15-218.

이전의 칸트는 유기체든 비유기체든 기본적으로 기계론에 의거하여 일체의 자연 현상을 설명하려는 태도를 견지하고 있었다.

그러나 칸트는 기계적 법칙을 단순한 기계적 작용이 아니라 사물들의 내부적 힘들의 작동에 근거하여 이해하고 있다. 때문에 칸트는 자연의 역사를 자연의 내면적 법칙에 따라 발생·소멸하는 과정으로 설명하기도 한다. 신의 존재와 자연 법칙의 양립 가능성에 대한 관심을 보여주고 있는 『보편적 자연사』에서 칸트는 자연을 뉴턴처럼 "신의 직접적인 손,"6) "신의 직접적인 의지의 통솔,"7) 또는 "신의 선택"8)에 의해서 조정되고 간섭받고 지배되는 그런 존재가 아니라 자연 자체의 자족적인 운동 법칙에 따라서 움직이는 하나의 거대한 건축물로 이해한다. 이러한 자연 법칙의 필연성이 곧 물질에 내재되어 있는 힘을 움직이고 지배하는 원리로 파악되고 있다. 그리고 신을 바로 기계론적 운동 법칙 및 이에 따라서 스스로 발전해 가는 물질을 창조한 자로 상정함으로써 신 존재와 자연 법칙의 양립 가능성을 옹호하고 있다. 이처럼 자연 개념을 오성의 입법 능력 밑에 두게 되는 『순수이성비판』의 세례를 받지 않은 이러한 자연 개념에는 자연 사물들이 갖는 내재적 힘들이 자연 법칙이라는 자족적인 원리에 따라서 지배되는 "끊임없는 창조와 우주적 진보"9)

---

6) I. Kant, *Allgemeine Naturgeschichte und Theorie des Himmels, oder Versuch von der Verfassung und dem mechanischen Ursprunge des ganzen Weltgebäudes nach Newtonischen Grundsätzen abgehandelt*(이하 *Allgemeine Naturgeschichte und Theorie des Himmels*), 바이셰델판 I권, p.274.

7) I. Kant, *Allgemeine Naturgeschichte und Theorie des Himmels*, p.363.

8) I. Kant, *Allgemeine Naturgeschichte und Theorie des Himmels*, p.371.

9) K. Ward, "Kant's Teleological Ethics," in *Immanuel Kant : Critical Assessments*, Vol. III, Chadwick, R. F./Cazeauk, C.(ed.), London/New York:

라는 의미가 담겨 있다.

자연 개념을 이성의 한계 안에서 근거 짓고자 한『순수이성비판』
에서의 칸트는 유기체를 포함한 자연의 모든 사물들은 선험적 관념
론에 입각하여 이해된 합법칙성으로서의 기계론적 법칙에 따른다
고 말하고 있다. 따라서 이러한 대전제에 의하면, 유기적 자연에 대
한 어떠한 설명도 기계론과 상호 모순되어서는 안 된다. 그런데 문
제는 유기체가 보여주는 합목적적 특성은 이에 대한 기계론적 설명
만으로는 만족스럽지 못하다는 데에 있다. 즉 생명 현상은 비유기
체와 판이한 특성을 갖고 있으며, 또 인간이 이러한 유기체들 내부
에서 일어나는 복잡한 기계적 관계를 통찰하는 것은 불가능하기 때
문이다.[10]

이러한 유기체가 갖는 독특한 지위에 대한 물음은 이미 17세기의
기계론적 체계 안에서 제시되고 있었다. 더욱이 생물학의 역사는
생명체를 물리적-화학적 과정으로 환원하려는 입장(기계론 또는
환원주의)과 여러 가지 이유에서 그러한 환원을 불가능한 것으로
보려는 입장(물활론, 생기론, 신생기론, 전체론 등) 양자의 원칙적인
갈등을 조정·중재하려고 시도한 역사이기도 하다.[11] 이런 관점에
서 보면 18세기의 칸트 역시 이러한 배경과 전망 하에서 유기체에
대한 입장들 사이를 중재하려는 하나의 해결책을『판단력비판』에
서 제시하고 있다고 할 수 있다.

Routledge 1992, p.244.

10) I. Kant, *Kritik der Urteilskraft*, 바이셰델판 X권, p.393. 참조.

11) P. McLaughlin, *Kants Kritik der teleologischen Urteilskraft*, Bonn: Bouvier
Verlag 1989, p.3. 참조.

그런데 칸트가『순수이성비판』에서 분명하게 정립한 형식적 자연 개념은 유기적 존재나 창조적 존재가 아니라 인식론적 관심에서 출발한 현상의 합법칙성 자체와 관계한다. 여기서 자연은 물 자체가 아닌 현상에 대한 오성적 규정에 의해 파악된 감성적 자연이며, 이는 인과 법칙의 지배를 받게 된다. 그러나『실천이성비판』에서 자연을 이성만이 인식하는 초감성적 자연으로서의 "원형적 자연"(die urbildliche Natur; natura archetypa)과 원형적 자연을 의지의 규정 근거로 삼았을 때 나타날 가능한 결과인 감성적 자연으로서의 "모형적 자연"(die nachgebildete Natur; natura ectypa)으로 구분하는 지점에 이르게 되면, 자연은 기계적 법칙만의 지배를 받는 존재가 아니라 기계론적 설명으로는 불충분한 목적적 자연이 된다.12) 이러한 자연 설명에 적합한 목적론은 사물의 생성 변화나 질서를 목적의 실현이라는 관점에서 고찰하는 방식이므로 사물을 단지 맹목적인 원인과 결과의 연결에 의해 설명하는 기계론과 대립된다.

　칸트는 이처럼 자연 사물들 중에서 기계적 법칙에 의해서는 설명이 불충분한 유기체의 문제를 바로 목적의 개념을 자연에 투입함으로써 해결한다. 물론 유기체 자체가 실제로 자연 목적을 갖느냐 하는 것은 인간의 인식 능력을 초월한 것으로서 불가능한 일이다. 따라서 칸트의 목적론은 과학적 인식이 아니며, 당연히 이성의 규제적 원리로서만 의미를 갖는다. 이처럼 유기체에 대한 설명에 라이프니쯔의 조화(Harmonie) 개념에 비견되는 합목적성 개념을 적용한다는 것은13) 곧 칸트가 "유기체의 설명에 대한 과학적 탐구로부

---

12) I. Kant, *Kritik der praktischen Vernunft*, 바이셰델판 Ⅶ권, p.157.
13) A. Model, *Metaphysik und reflektierende Urteilskraft bei Kant: Unter-*

터 과학이론적 분석으로의 전향"14)을 통하여 이 문제에 접근하고 있다는 것을 보여준다.

이러한 접근방식에 의거하여 칸트가 『순수이성비판』에서 일차적으로 정립한 자연 개념은 오성적 자연이다. 즉 오성에 의해서 구성된 자연이요, 따라서 과학의 대상으로서의 자연이다. 이러한 자연은 기계적인 법칙에 따라 작용하는 세계로서 인과법칙적 필연성의 지배를 받는다. 그러나 동시에 칸트에 의하면, 이러한 오성적 자연으로는 자연의 모든 사물과 그 산물들에 대한 총체적인 조망에는 도달할 수가 없다. 이 때문에 자연에 대한 포괄적이고 확장된 개념이 『판단력비판』을 중심으로 해서 마련된 것이다. 이것은 목적론의 문제가 반성적 판단력의 문제와 관련하여 제기되는 시점과 일치한다. 그러나 이 같은 자연 개념의 확장은 이미 『도덕 형이상학 정초』15)에서 예시되어 있으며, 『판단력비판』을 통해서 체계적인 해명이 이루어지고 있다. 동시에 이는 칸트 철학 체계의 대단원에 속하는 자연과 자유의 통일의 근거를 발견하려는 시도와 맞물려 있다.

2) 인간(도덕성)과 자연

선험철학적 지평에서 정초된 칸트의 자연관은 인간중심주의에 기초해 있다. 그러나 엄밀히 말해서 칸트에게 자연은 알 수 있는 그 무엇이면서 동시에 알 수 없는 그 무엇이다. 즉, 대상화된 현상이자

---

suchungen zur Transfor-mierung des leibnizschen Monadenbegriffs in der "Kritik der Urteilskraft," Athenäum: Hain Verlag 1986, p.27.

14) P. McLaughlin, Kants Kritik der teleologischen Urteilskraft, p.9.

15) I. Kant, Grundlegung zur Metaphysik der Sitten, 바이셰델판 VII권, pp.20~22. 참조.

인식 대상으로 우리와 마주하고 있는 자연이면서, 또 인간의 사유를 넘어선 대상화될 수 없는 자연이기도 하다. 칸트는 알 수 있는 길로부터 시작해서 알 수 없는 길로 나아가는 방도를 선택했다. 그리고 이 두 길이 한 길에서 만날 수 있는 연결점을 인간의 도덕성과 자유에서 찾았다. 칸트에 의하면, 인간만이 목적이요, 인간 이외의 것들은 수단적 가치만을 갖는다. 그러나 이러한 표현은 상당한 주의를 요한다. 목적적 가치를 갖는 것은 인간 자체가 아니라 인격, 정확히는 인격성이요 도덕성이다. 또 수단적 가치만을 갖는 것은 자연 자체가 아니라 생명체들을 포함한 자연의 산물들이다. 나아가 인간의 도덕화를 위해서는 때로는 자연의 생명체들은 단순한 수단적, 도구적 가치 이상의 존재로서 격상되기도 한다. 왜 그런가?

칸트에게 있어서 확장적 의미의 자연이란 인간의 이성을 수단으로 하여 최고선을 향해 점진적으로 자신의 의도를 달성해 가는 과정이요, 인간 이성이 투쟁 또는 조화를 통해 자신의 욕구를 실현해 가는 공간이다. 따라서 역사적 맥락에서 사용되고 있는 칸트의 자연 개념은 카울바하가 지적하고 있듯이 두 가지 분명히 구분되는 의미를 갖는다고 할 수 있다. 기계론적 인과성의 지배를 받는 오성적 역사로서의 자연 개념과 목적론적 인과성의 지배를 받는 이성적 역사로서의 자연 개념이 그것이다. 이는 동일한 하나의 대상을 언급하는 상이한 방식에 불과한 것으로서 도덕적 목적론에 의해서 하나로 연계되어 있으면서도 오성적 역사관이 이성적 역사관에 종속하는 구조를 갖는다.16) 이러한 의미의 자연은 인간의 자유를 제한

---

16) F. Kaulbach, "Welchen Nutzen gibt Kant der Geschichtsphilosophie?", in *Kant-Studien* 66 (1975), p.68. 참조.

하는 역할과 그 자유를 실현해 가는 역할을 동시에 수행한다. 그리고 이러한 과정을 통해서 인간 자신의 도덕적 자유가 실현되어 간다고 할 수 있다. 이러한 맥락에서 칸트는 실제로 자연을 때로는 역사의 의미와 동일시하기도 하고, 또 역사 속에서 작용하는 신의 섭리라는 의미까지도 부여한다.17) 그러나 어디까지나 그 주체는 도덕적 인간이다.

그렇다면 칸트의 관점에서 볼 때, 자연은 도덕적 측면에서 우리에게 어떤 의미를 갖는가? 기본적으로 칸트의 인간중심주의적 자연관에 따를 경우, 우리가 자연 속에서 마주치는 생명체를 포함한 사물들은 수단으로서의 상대적 가치만을 갖는다. 즉 전혀 도덕적 고려의 대상이 아니다. 그러나 우리가 칸트의 논리를 따라 "자연"과 "자연 산물"을 구분하게 되면, 사정은 달라진다. 인간의 도덕화가 자연의 최종목적이자 역사의 궁극목적이며, 그에 따른 인간의 의무를 고려할 때, 가치중립적인 자연 산물들은 인간적 관점에서는 단순한 수단이나 도구이기만 한 것이 아니라 도덕적 가치도 함께 갖는다. 비록 고려의 정도가 소극적이고 간접적일지라도, 칸트는 자연 사물들이 인간의 도덕적 행위와 깊은 관련이 있음에 주목하고 있다. 칸트에 의하면, 생명이 없는 아름다운 수정이나 식물계 등을 파괴하려는 성향은 "도덕성을 촉진하는 감성"에 나쁜 영향을 미치기 때문에 "인간의 자기 자신에 대한 의무에 위배된다."18) 또 이성을 갖지 않은 동물일지라도 그들을 난폭하고 잔인하게 다루는 것은 "도덕성에 도움을 주는 자연적 소질을 약화시켜 차츰 사라지게 하기

---

17) H. Williams, *Kant's political philosophy*, Oxford: Basil Blackwell 1983, p.2.
18) I. Kant, *Die Metaphysik der Sitten*, 바이셰델판 VIII권, p.578.

때문에" 그 같은 행위를 삼가야 할 의무는 "인간의 자기 자신에 대한 의무에 보다 더 근접해 있다."[19] 이러한 이유에서 칸트는 "동물이 고통을 느끼지 않도록 신속하게 죽이는 것," "동물에게 그 능력을 넘어서지 않는 범위에서 일을 시키는 것" 등을 인간의 권한이라는 관점에서, 그리고 "목적 성취를 위한 다른 방도가 없는 불가피한 경우가 아니라면 동물에 대한 가혹한 생체 실험은 피해야 한다," "오랫동안 마치 한 가족처럼 헌신해왔던 늙은 말이나 개에 대한 감사는 간접적으로 인간의 의무이다," "동물과 관련한 감사는 직접적으로 언제나 인간의 자기 자신에 대한 의무이다" 등을 인간의 의무라는 관점에서 강조하고 있다.[20]

물론 이런 요구들은 "도덕적 의무"에 부여했던 "행위의 필연성"과 동일한 자격을 갖는 것은 아니다. 그것은 인간을 위한 자연(산물)과의 관계에서 요구되는 의무일 뿐이다. 심지어 칸트는 아름다운 것들과 아름답지 않은 것들, 인간에게 중요한 동물들과 그렇지 않은 동물들을 차별적으로 대우하는 것을 허용함으로써 역으로 자연 생명체들의 가치를 상대화시키는 것뿐만 아니라 그 기준의 임의성으로 말미암아 어떤 행위도 정당화될 수 있는 논리적 약점을 안고 있다. 그러나 우리는 생태학적 위기를 경험해 보지 못한 칸트에게 모든 문제에 대한 만족할 만한 답변을 기대할 수는 없다. 근본적으로 칸트의 자연 개념에는 과학적 자연관을 넘어서 인류의 도덕화를 위한 형이상학적 의미가 담겨 있다. 자연에 대해서 인간이 저지른 행위는 인간 자신의 도덕성에 나쁜 영향을 미치고 결과적으로

---

19) I. Kant, *Die Metaphysik der Sitten*, p.579.

20) I. Kant, *Die Metaphysik der Sitten*, p.579.

자연의 황폐화는 곧 인간성의 황폐화를 초래하게 될 것이라는 것이
칸트가 우리에게 들려주는 경고이자 교훈이다.

4. 근대적 자연관의 종합과 화해 2 – 헤겔

1) 자연학적 자연 개념과 사변적 자연 개념

자연이란 무엇인가? 이에 대한 헤겔의 답변은 무엇일까? 과연 헤
겔은 분명한 답을 제시하고 있는가? 헤겔이 자연을 주제로 삼고 있
는 글들은 예나 시대에 쓰여진 몇몇 단편들을 포함하여『정신현상
학』의 「이성」 부분의 "자연의 고찰"을 비롯해서 특히『엔찌클로패
디』의 제2부「자연철학」에 체계적으로 기술되어 있다. 헤겔 철학의
다른 주제들과 달리 그의 자연철학은 역사적으로 엥겔스의 자연변
증법의 영향 아래서 주목받은 경우를 제외하면 "헤겔 철학의 서
자"21)로 평가절하 될 만큼 상당히 소홀하게 취급받아 왔다.

그러나 헤겔은 오히려 자신의 특유한 언어로 그 이전에 그 누구
도 자연의 정체에 대해서 명료하게 해명하지 못한 한계를 극복하려
했다. 일단 헤겔의 언어와 사고 그리고 논리를 따라가 보자. 이를
위해서는 우선 자연철학의 원리와 체계를 담고 있는『엔찌클로패
디』의 구성 방식에 따라 그의 자연학(Physik)과 자연철학(Natur-
philosophie)의 구분 및 그 관계에 대한 고찰로부터 접근하는 것이
좋다.22) 넓은 의미에서 자연은 인간의 본성에 속하며, 또 인간은 자

---

21) N. Hartmann, *Die Philosophie des deutschen Idealismus*, Berlin 1960, p.483.
22) G. W. F. Hegel, *Enzyklopädie der philosophischen Wissenschaften, in Werke*

연의 일부분이다. 그런 점에서 자연은 어떤 방식으로든 인간과 관계한다. 그렇다면 그것은 어떤 방식으로 관계하는가? 헤겔적 사유에 의하면, 여기에는 '인간에게 자연이란 무엇인가?'와 '자연에게 인간이란 무엇인가?'라는 두 가지 종류의 물음이 공속해 있다. 과연 헤겔은 자연이라는 거대한 미로에 어떻게 접근하면서 우리의 궁금증을 풀어줄 것인가?

우선 자연학과 자연철학에 대한 헤겔의 입장이 첫 번째 실마리가 된다. 헤겔은 전통적 의미의 자연철학을 자연학에 속하는 탐구로 평가절하 한다. 성격상의 유사성에도 불구하고 칸트의 자연철학 또한 예외가 아니다. 그러나 헤겔은 전통적 자연철학의 사유 방식과 역사적 전개 및 그 한계를 부정적으로 보는 데만 그치지 않고, 자신의 사변적 자연철학과의 발전적 연관 속에서 파악한다. 즉 헤겔은 자연학과 자연철학의 근본적인 연관성과 차이점을 규명하는 일로부터 자연에 대한 탐구를 시작한다.

헤겔은 자연학과 자연철학을 엄격하게 구분한다. 자연학 또는 전통적 의미의 자연철학을 오성적 사유에 의해 자연을 고찰하는 방식(학문) 또는 "자연에 대한 사유적(denkend) 고찰"로 규정한다. 그리고 이를 자연에 대한 개념적(begreifend) 고찰로서의 자신의 사변적 자연철학과 대비시키고 있다.[23] 오성적 사유와 사변적(이성적) 사유로도 표현되는 이들 양자의 관계는 헤겔 철학에서 이들 용어가

---

in zwanzig Bänden, Theorie Werkausgabe, Ed. Eva Moldenhauer und Karl Markus Michel, Frankfurt am Main: Suhrkamp 1970. 이하 특별한 언급이 없는 경우에는 이 전집의 권수와 쪽수를 가리킨다.

23) G. W. F. Hegel, *Enzyklopädie der philosophischen Wissenschaften II*, 제9권, §246, p.15.

차지하는 고유한 의미를 고려할 때, 완전히 질적으로 차원이 다른 자연 고찰 방식이다. 그러나 헤겔은 자연학 자체가 인간의 사유의 자연스러운 성과이기도 하기 때문에, 자연학에 대한 정당한 평가를 통하여 자연의 개념에 접근해 나간다.

그렇다면 우선 오성적 사유에서 파악되는 자연학이 우리에게 제시해 주는 자연 개념은 어떤 것인가? 자연학적 자연 고찰은 한마디로 과학적 내지는 오성적 자연 인식 방식이다. 이러한 자연 고찰은 인간 본성의 자연스런 경향이다. 그런데 사유의 본성 자체를 변증법적인 것으로 파악하는 헤겔에 있어서 "오성으로서의 사유는 자기 자신의 부정, 즉 모순에 빠질 수밖에 없다."24) 즉 오성적 사유는 결국 자연 자체의 내면적 본질이 아니라 주관적 원리 위에서 표상적 사유에 의해서 대상화, 객관화된 자연, 즉 다양성으로서 외면화된 개별적이고 특수한 사물로서의 자연 대상들 일반에 대한 규정에 불과한 것이기 때문에 자연학은 이러한 오성의 한계를 올바로 통찰하지 못하는 모순에 봉착한다. 이러한 규정 속에서 이들 자연 내의 생명체들은 각자 타자와 관계를 맺으면서 자신을 목적으로 타자를 수단으로 하여 존재하는 것으로 경험된다. 특히 대자적으로(für sich) 자기의 목적을 인식한다는 점에서 동물과 구별되는 인간은 자신을 모든 자연 대상들에 우선하는 목적적 존재로서 행동하게 된다. 이 같은 방식의 자연 고찰은 "유한적-목적론적(endlich-teleologisch) 입장"을 낳는다.25) 헤겔에 따르면 이는 인간과 자연 상호간의 본질

---

24) G. W. F. Hegel, *Enzyklopädie der philosophischen Wissenschaften I*, 제8권, §11, p.55.
25) 이를 헤겔은 다음과 같이 표현한다: "실천적으로 인간은 직접적이면서도 외면적인

적인 내적 연관을 보지 못하고, 다만 상호 외면적으로만 파악하기 때문에 자연에 대한 지배와 도구화를 정당화시켜 준다.

유한적-목적론적 입장은 자연 대상으로서의 타자를 수단으로, 그 것도 자신의 목적을 달성하는데 적합하도록 규정한다. 주관에 대한 객체로서 정립되는 자연 대상들은 인간의 목적 실현을 위해서 도구적으로 변형되며, 이를 보다 수월하게 하도록 분량 또는 측정 가능한 방식을 도입하며, 이를 학문성의 규준으로까지 정립한다. 자연이란 결국 이 같은 개별적이고 특수한 자연 대상들의 총체에 불과한 것이 된다. 여기에는 인간을 포함한 자연 대상들간에는 수단과 목적이라는 상호 관계의 형식적 규정만이 존재한다. 그런 자연은 수단적 가치만을 갖는 존재로 전락하게 된다.

이렇게 자연(과)학적으로 그리고 오성적으로 파악된 자연 개념은 자연 가운데 내재하는 깃가지 힘, 법칙, 유 등의 보편성을 수관적 규정에 따라 인식하여 체계적으로 정리, 분류, 조직하려 든다. 근대의 과학적 세계관이 보여주듯이 이 같은 작업의 성공은 자연에 대한 합리적 지배를 보장한다. 그러나 헤겔에 따르면 이런 자연 고찰은 자연에 고유한 내재적 필연성을 통찰하지 못하는 일면적 고찰이다. 왜냐하면 오성적 자연학은 힘, 법칙, 유 등의 개념으로 자연 그 자체인 자연의 보편자를 파악하려 하지만 이들 개념들은 단순히 자연학의 근본 개념들로서의 보편성에 불과한 것이어서 스스로 작용하는 자연 그 자체의 내면적 본질과 운동의 근원을 파악할 수 없으

것 자체로서의 자연에 대하여 직접적으로 외면적인, 따라서 감각적인 개체로서 관계한다. 그러나 이 개체는 그렇기 때문에 당연히 자연 대상들에 대하여 목적으로 행세한다." *Enzyklopädie der philosophischen Wissenschaften II*, 제9권, §245, p.13.

며, 따라서 다수의 힘들, 법칙들, 유들의 형식적 통일에 그치고 말기 때문이다. 이들 보편적 개념들은 자연 자체가 아니라 대상화된 자연 대상들의 규정 방식일 뿐이다. 여기에는 자연이 이미 주관에 대하여(für) 객관으로 전제되어 있다. 따라서 개별적인 자연 대상들은 자연 일반의 목적에 대해서 답할 수 없으며, 여기에 오성적 사유에 의한 자연학적 자연 고찰의 한계가 있다. 헤겔에 의하면, 오성은 기본적으로 주관적이며, 객관과 대립하며, 그 제한성으로 말미암아 규정된 것들이 상호 대립하는, 즉 "유한한 규정만을 산출하는 사유"[26] 이기 때문에 그 같은 자연 규정은 일면적이다.

헤겔이 이와 같은 경험적 자연과학들의 성과를 비판적으로 수용하면서 최종적으로 도달한 자연 개념은 이성 내지 사변(Spekulation)에 의해서만 파악될 수 있는 그런 것이다. 어떤 사태를 근원으로부터 통찰하는 사변은 개념적 사유의 능력이며, 칸트와 비교하자면, 반성의 반성 능력이다. 헤겔은 "반성을 반성할 줄 아는 철학"을 "사변적"이라 말한다.[27] 그런 점에서 이같은 이성의 반성 능력으로서의 사변은 개념으로서의 절대자의 인식가능성을 보장한다.[28] 그러나 헤겔이 말하는 개념은 오성적 사유에 의해 파악되는 것, 즉 개별자로 주어진 다양들로부터 추상된 형식적 보편자가 아니라 내용과

---

26) G. W. F. Hegel, *Enzyklopädie der philosophischen Wissenschaften I*, 제8권, §25, p.91.

27) R. Bubner, "Die 'Sache selbst' in Hegels System," in *Seminar: Dialektik in der Philosophie Hegels*, hrsg. u. eingel. von Rolf-Peter Horstmann, Frankfurt am Main: Suhrkamp 1978, p.107. 참조.

28) K. Düsing, "Spekulation und Reflexion. Zur Zusammenarbeit Schelling und Hegels in Jena," *Hegel-Studien* 5 (1969), p.95. 이하 참조.

형식의 규정이 함께 하는 구체적 보편자이다. 헤겔의 사변적 자연 개념도 이러한 의미에서 자연을 개념적으로 파악할 것을 요구한다.[29] 그렇다면 자연을 개념적으로 파악한다는 것은 무엇을 의미하는가? 이를 위해서는 개념 자체의 성격에 대한 이해가 요구된다. 이 때문에 헤겔의 사변적 자연철학은 전적으로 그 자신의 필연성으로부터 유래하는 "개념의 자기 규정"의 해명에 달려 있다고 해도 과언이 아니다.

그렇다면 자연학의 사유적 고찰이 아닌 사변철학의 개념적 고찰, 즉 개념적으로 파악함의 필연성은 무엇을 의미하는가? 헤겔에 따르면, 주-객 대립의 이원적 자연 고찰은 대상화된 개별적이고 특수한 대상들만을 탐구한다. 따라서 자연의 보편자, 자연 자체는 추상화된 형식적 규정이자 통일에 불과한 것이 되고 만다. 가령 대상들의 공동된 표상만을 의미하는 추상적이고 형식적인 규정, 즉 대상성 (Gegenständlichkeit)의 규정이 칸트적 의미에서의 개념이다. 반면 헤겔의 개념은 대상 규정만이 아니라 자기 자신과 관계하는 본질 규정의 원천이요, 자기 규정의 원리이자, 단적으로 이성(정신)의 자기 인식이다. 따라서 헤겔에게 있어서 이 같은 "이성의 최고의 힘 (Kraft), 아니 이성의 유일한 절대적 힘"으로서의 개념은 이성 자신이며, "이성의 가장 내적인 본질로부터 나오는 힘이다."[30] 그리고

---

29) G. W. F. Hegel, *Enzyklopädie der philosophischen Wissenschaften II*, 제9권, §246, p.15.: "자연철학은 개념적 고찰이기 때문에 [자연학이 인식한 자연의 보편자 의 내용인 힘, 법칙, 유와 같은 보편자와] 동일한 보편자를 취하지만, 스스로를[즉, 보편자 자체를] 대상으로 삼는 것이며, 이 [보편자로서의] 대상을 개념의 자기 규정에 따라서 그 자신에 고유한 내재적 필연성에서 고찰한다." ([ ]는 필자가 보충).

30) G. W. F. Hegel, *Wissenschaft der Logik II*, 제6권, p.552.

이러한 힘으로서의 개념은 "자신을 실재화하는 능력을 갖고 있으며, 그러한 능력 자체이다."[31]

헤겔은 이런 의미의 개념에 또 하나의 중요한 성격을 부여한다. 그것이 곧 개념 자신의 "내재적 필연성"이다. 따라서 개념적으로 파악한다는 것은 그 내적 필연성의 파악을 뜻한다. 헤겔에 있어서 모든 것은 근본적으로 개념 자신의 내적 운동이요 활동이다. 또 이 필연성의 고찰은 근원적으로는 정신의 자기 파악이며, 어떤 사태의 모순과 대립도 개념의 내적 필연성이 전개되고 실현되는 자기 귀환의 운동 과정이다. 그리고 무엇보다도 그러한 "개념의 필연성"[32]과 그 과정을 인식할 수 있는 것은 그러한 능력을 소유하고 있는 정신이기도 한 인간을 매개로 해서이다. 따라서 인간의 이성은 이러한 필연성을 파악할 수 있는 절대적 입장의 소유자인 것이다. 헤겔은 인간의 정신을 매개로 한 개념의 파악과 그 같은 개념 파악을 허용하는 절대적 입장을 전제로 해서 자연 또한 개념으로 파악한다.

『엔찌클로패디』의 구성이 보여주듯이 헤겔의 철학 체계는 논리의 학, 자연철학, 정신철학으로 구성된다. 자연의 개념적 규정을 시도하는 자연철학은 논리의 학이 일단락 된 후에 전개된다. 또 논리의 학은 논리적으로 자연철학을 포괄한다. 이는 곧 자연 개념이 개념으로부터 이념, 자연, 정신에 이르는 절대 이념의 자기 귀환이라는 일련의 과정 속에 위치하고 있음을 의미한다.[33] 헤겔의 존재론

---

31) M. Theunissen, "Begriff und Realität," in *Seminar: Dialektik in der Philosophie Hegels*, hrsg. u. eingel. von Rolf-Peter Horstmann, Frankfurt am Main: Suhrkamp 1978, p.353.

32) G. W. F. Hegel, *Enzyklopädie der philosophischen Wissenschaften II*, 제9권, §246, p.15.

적 논리학에 의하면 개념은 최초에 추상적 존재로부터 시작하여 자신의 내용과 최고로 부합하는 개념인 절대 이념, 즉 "충만된 존재, 스스로를 파악하는 개념"34)으로 끝맺는데, 이 이념이란 "개념과 사실성의 통일"35)을 의미한다. 또 이념은 자기 속에서 자기 스스로를 현상시키고, 스스로를 전개시키면서 자신을 실현해 나간다. 자연 역시 직접적으로는 정신의 타자이면서 이념의 한 존재방식이다.

이러한 자연은 한편으로 이념과 구별되면서 다른 한편으로는 이념 자신의 내적 규정 이외의 다른 것이 아니다. 그렇게 규정되어 드러난 이념의 외면성 자체가 곧 자연이다. 여기서 외면성이란 따로이 내면이 있고, 또 속과 다르다는 의미의 밖이 아니다. 아직은 완전한 통일(또는 자기)에 이르지 못한 이념의 자기 모습이다. 또 자연은 이런 외면적 대상들의 세계이기도 하다. 따라서 두 개의 자연이란 존재하지 않는다. 즉 우리가 목도하는 자연 현상 이외의 또 다른 본질적 자연이 존재하는 것이 아니다. 전통적 존재론은 본질과 현상, 필연과 우연, 영원과 시간, 존재와 생성 등 존재하는 것 일체를 상호 대립적인 두 규정을 동해서 존재자의 본질을 탐구해 왔기 때문에, 자연은 항상 본질적 자연과 비본질적 자연으로 대비되어 왔다. 넓은 의미에서 칸트도 예외는 아니다. 반면 헤겔에게 자연은

---

33) 헤겔은 자신의 사변적 자연 개념을 다음과 같이 규정한다 : "자연은 타재 (Anderssein)의 형식에 있어서의 이념으로 나타난다. 따라서 이념은 자기 자신의 부정으로 또는 스스로 외적으로 존재하기 때문에 자연은 이 이념(및 이념의 주관적 실존인 정신)에 대해서 상대적으로만 외적인 것이 아니라, 외면성이 그 안에서 자연으로서 존재하는 규정을 형성한다." *Enzyklopädie der philosophischen Wissenschaften II*, 제9권, §247, p.24.

34) G. W. F. Hegel, *Wissenschaft der Logik II*, 제6권, p.572.

35) G. W. F. Hegel, *Wissenschaft der Logik II*, 제6권, p.573.

다른 그 무엇이 됨으로써 비로소 자기 자신이 되는 것, 즉 그 자체가 이념의 타재이다.

이처럼 헤겔은 자연을 이념으로 소급시킨다. 그리고 이념이 자연으로 외화하는 것을 밖을 향한 것이 아니라 안을 향한 것으로 파악함으로써 하나의 자연만이 존재하며, 자연을 곧 이념의 외면성으로 규정한다. 그리고 이 이념 내부에서 이루어지는 이념의 외면성 자체가 유일한 자연의 모습이다. 단순히 어떤 본질이 있고 그것의 현상이 따로 있다는 의미에서의 외면성이 아니다. 이념 내부에서 이념이 자신을 개념의 원리에 따라 규정한 이념 자신의 자기 부정의 모습이 자연 그것인 것이다.36) 그리고 이렇게 자연이 개념으로 파악되기 위해서는 먼저 절대자로서의 이념 자체가 개념으로 파악되지 않으면 안 된다. 또한 이러한 개념 파악을 수행하는 그 본질에 있어서 정신인 인간 또한 개념이지 않으면 안 된다. 그래야만 이념으로서의 자연은 비로소 개념으로 파악될 수가 있다. 역으로 이 말은 이념이 자신을 스스로 (자연으로) 개시하기 위해서는 정신인 인간을 중재자로 삼아야만 한다는 것을, 다시 말해 (주관적) 개념으로서의 인간은 자신을 매개로 하여 이념으로서의 자연이 그 자신이면서 또 자신과 다른 존재라는 것을 비로소 알게 된다. 결국 헤겔에 있어서 자연 그 자체가 무엇인가 하는 것은 이념을 넘어서 정신이란 무엇인지에 대한 이해로 귀착된다. 자연을 포함하여 우리가 마

---

36) 헤겔은 이를 다음과 같이 설명한다: "외면적인 것은 내면적인 것과 동일한 내용이다. 내면적으로 존재하는 것은 또한 외면적으로 현존하기도 하고 그 반대도 마찬가지이다. 현상은 본질 속에 있지 않은 아무 것도 보여 주지 않고 현상으로 나타나지 않은 아무 것도 본질 속에 존재하지 않는다." *Enzyklopädie der philosophischen Wissenschaften I*, 제8권, §139, p.274.

주치는 "현실을 개념적으로 파악하기 위해서는 사변적인 자연철학 이외에도 사변적인 정신철학이 불가결한 것"[37]도 이 때문이다.

2) 인간(정신)과 자연

헤겔 철학에 있어서의 대전제이자 대원칙은 정신은 반드시 구체화되어 나타나지 않으면 안되며, 이런 구체화 없이 정신은 존재하지 않는다는 것이다. 헤겔에 있어서 이념은 본래 그 자신으로 되어가는 정신이다. 이념이 자연으로 외화하는 것은 자연의 최고 형태인 생명(체), 그리고 생명 형태들 중에서 궁극적으로 인간의 생명에서 (영혼과 의식의 단계를 거쳐) 정신으로 발현하기 위해서다. 결국 이념의 일시적인 타재의 형태가 자연이며, 자신으로 되어 가는 정신이 자연이며, 또 그런 점에서 자연은 생성하는 정신(der werdende Geist)이다. 그러므로 자연은 그 본질에 있어서 이미 정신이다. 헤겔의 말을 빌리면 "정신은 우리에 대하여 자연을 자신의 전제로 삼으며, 자연의 진리 곧 그 절대적 우선자가 정신이다."[38] 결국 헤겔적 의미에서 자연이란 곧 정신철학의 문제에 다름 아니며, 정신은 자연의 진리태로 정립된다.

자연에서 정신으로의 전개는, 정신의 관점에서 볼 때, 자연에 대한 정신의 지배를 허용한다. 왜냐하면 정신(생명)이 결여되어 있는

---

37) L. G. Richter, 『헤겔의 자연철학』(Hegels Begeifende Naturbetrachtung als Versöhnung der Spekulation mit der Erfahrung), 양우석 옮김, 서광사 1998, p.160.

38) G. W. F. Hegel, Enzyklopädie der philosophischen Wissenschaften III, 제10권, §381, p.17.

자연은 "스스로의 힘으로 완전한 자기 규정에 이를 수 없는 유한적 존재"[39]이기 때문이다. 그러나 자연은 이미 그 본질에 있어서 정신이기에 그것은 일방적인 지배를 의미하지는 않는다. 그런데 헤겔이 말하는 정신은 우주적 정신이면서 또한 구체화된 주체로 파악된다. 그런 정신 또는 우주적 정신은 구체화되어 나타나려면 반드시 어떤 방식으로든 매개되어야 하고 외면화되어야 한다. 경험적 자연 대상들, 무생물, 생물, 생명 등은 다 그렇게 구체화된 것들이다. 보다 추상적인 것에서 보다 구체적인 것으로의 운동 과정은 언제나 그때마다 정신(이념)과 동일한 것이면서도 그 자신과 대립한다. 따라서 절대 정신이 구체화되어 완전한 인식에 도달할 때까지 유한한 정신이 필연적으로 존재해야 한다. 그가 인간이다. 결국 정신은 유한한 정신으로서의 인간을 매개로 해서 구체화되어 나타난다. 이런 점에서 소위 규제적 이념으로서의 칸트적 의미의 자기형성적 유기체(자연)의 목적론이 헤겔에게서는 존재론적 의미의 (자연) 목적론으로 전화되고 있다.[40]

이러한 존재론적 과정들은 시간적 발생이나 자연적 진화가 아니라 어디까지나 그 본질에 있어서 정신인 이념 안에서 일어나는 개념의 자기 운동이며 자기 규정이자 자기 실현 과정이다. 따라서 헤겔의 관점에서 보자면, 진화 자체가 정신으로서의 자연 자체의 운

---

39) 최신한, 「자연과 정신의 화해는 가능한가?」, 『헤겔 연구』 7, 한국헤겔학회 1997, p.19.

40) 칸트의 「판단력비판」, 특히 그의 '목적론적 판단력비판'에 대한 헤겔의 해석과 수용에 대해서는 K. Düsing, "Naturteleologie und Metaphysik bei Kant und Hegel," in *Hegel und die 'Kritik der Urteilskraft,'* Hans-Friedrich Fulad and Rolf-Peter Horstmann (ed.), Stuttgart: Klett-Cotta 1990 참조.

동의 결과인 것이다.[41] 그런데 인간은 자연의 일부분이면서 동시에 그 본질에 있어서는 정신이다. 인간과 더불어 자연 또한 정신의 자기 실현 및 귀환의 한 단계를 형성한다. 이 과정에서 인간을 포함한 일체의 것들은 전체의 부분으로 현존하며, 또 인간은 자연을 정신과 대립하는 것으로 정립한다. 그러나 만일 인간이 자신을 자연과 대립시키고 분리시키기만 한다면, 이는 결국 인간 자신을 분열시키는 것에 지나지 않는다. 인간은 정신과 자연의 분열과 대립을 극복함으로써만 자신과 자신의 생명을 보존할 수 있다. 따라서 정신으로서의 인간은 자신의 의지에 따라 자연을 이용하고 지배함으로써 자신을 실현해야 하지만, 이는 자연과의 대립 자체가 아니라 종극에는 자연과의 조화와 통일을 위한 행위이어야 한다. 이는 곧 정신과 자연은 서로 대립하기도 하지만 기본적으로는 상호보완적임을 의미한다. 따라서 자연의 위기는 곧 정신의 위기요 인간 자신의 위기와 동일한 존재론적 의미를 갖는다. 절대 정신이라는 거시적 관점에서 보면, 인간과 자연의 조화와 통일이란 인간 정신을 통한 우주적 자연과 우주적 정신과의 그것이어야 한다. 결국 인간과 자연의 대립과 불화란 이념 자신의 시초(Anfang)의 추상적 통일이 구체적으로 실현되는 과정에서 야기된 불가피한 것이며, 나아가 정신의 자기 실현으로서의 절대 이념에서 다시금 시초의 추상적 통일이 복구되고 화해에 도달해야 한다는 것을 의미한다. 그리고 그 가능성은 전적으로 그 자신이 정신이기도 한 인간이 그러한 대립과 갈등의 근원을 철저히 사유할 경우에만, 다시 말해 스스로가 직면한

---

41) O. Breidbach, "Hegels Evolutionskritik," in *Hegel-Studien* 22 (1987), pp.165–172. 참조.

위기를 극복하고자 전력을 다할 경우에만 헤겔적 의미에서의 화해에 도달할 수 있다는 것을 의미한다. 그렇다면 그러한 사유는 어떠한 사유이어야 하는가?

헤겔 존재론의 논리에 따르면, 인간과 자연의 분열은 필연적이고 분열이야말로 화해를 위한 필연적 전제이다. 정신의 자기실현을 위해 분열이 불가피한 것처럼 화해 역시 필연적이다. 그렇다면 인간과 자연, 나아가 정신과 자연의 화해는 어떻게 이루어지는가? 그 과정에서 절대 정신의 한 계기인 유한한 정신으로서의 인간은 어떤 의미에서의 주인공인가? 한 가지 분명한 것은 이러한 분열과 화해를 주도하는 주인공은 유한한 정신으로서의 인간 자신, 더 정확하게는 인간의 사유라는 사실이다.[42] 그리고 이를 통해 먼저 인간은 자기 자신이 되지 않으면 안 된다. 그것은 인간 자체가 갖는 "개념과 실재"의 존재론적 규정에서 볼 때 당위적인 요구가 된다. 그리고 "인간이 자기 자신이 되기 위한 유일한 기회는 자신의 개념을 실재에로 도야시키는 것이며, 그런 후에야 인간은 절대 정신 자신의 모습으로서 절대자에 참여하게 된다."[43] 그 때에만 진정으로 인간 자신의 위기이기도 한 자연의 위기 역시 극복될 수 있는 것이다.

이러한 인간의 자기 이해로서의 사유에서 그 화해의 가능성을 찾을 수 있다는 것은 곧 우리가 원시적인 자연으로 돌아간다거나 막연한 자연 보호의 차원이 아니라 작게는 인간에게 크게는 정신에게 자연이란 무엇인지를 정확하게 사유해 내야만 하며, 그럴 경우에만

---

42) L. G. Richter, 『헤겔의 자연철학』, pp.172-174. 참조.

43) M. Theunissen, "Begriff und Realität," in *Seminar: Dialektik in der Philosophie Hegels*, p.349.

생태학적 위기의 극복도 가능하다는 것을 의미한다. 이것이 미래의 생존이 문제시되고 있는 인류에게 헤겔이 들려주는 지혜이다.

5. 인간은 '무엇'인가?

칸트와 헤겔은 방법과 원리상의 차이에도 불구하고 모두 오성적 합리성, 즉 근대의 자연과학적 합리성의 일면성과 데카르트와 뉴턴의 실체론적 자연관을 적극적으로 수용하면서도 그 한계를 사유한 인물들이다. 그리고 그들은 그러한 일면성과 한계 너머에 있는 보다 중요한 세계의 존재를 인정했다. 칸트는 자연의 메커니즘을 통해서만 역설적이게도 자연의 진정한 의미와 목적에 도달할 수 있음을 보여주었고, 헤겔은 자연의 메커니즘을 역동적인 자연 자체의 한 존재방식으로 파악했다. 이와 같이 자연이 인간에 대해서 갖는 근원적 의미를 칸트는 (자연)과학적 인식을 넘어서 인간과 자연의 근원적 관계에 근거한 도덕의 세계에서, 헤겔은 인간과 자연 모두를 포괄하는 정신의 세계에서 찾았다. 그들에 따르면 자연이 인간에게 부여하는 진정한 가치는 각각 도덕 및 정신을 통한 자유의 실현에 있다. 칸트는 인간이 진정한 도덕적 자유를 성취하려면, 제한적으로나마, 자연 생명체들에 대한 고려가 필요하며, 그것은 자연에 대한 인간의 의무임을 강조한다. 헤겔은 자연의 위기가 곧 인간의 위기이며, 또 위기를 초래한 책임은 다름 아닌 인간 자신에게 있음을 일러주고 있다.

이상의 고찰을 통해 우리가 귀담아 들어야 할 점은 현재 인류가 직면한 자연의 위기를 극복하려면 무엇보다도 먼저 우리는 자연을 위해 무엇을 할 것인가를 고민하기만 할 것이 아니라 우리 자신이 어떤 존재이며, 또 우리 자신을 위해 무엇을 해야 할 것인지를 철저히 사유하지 않으면 안 된다는 사실이다. 우리 자신을 충분히 그리고 올바로 알지 않고서 진행되는 해법들은 모두 일과성에 그치거나 우리를 잘못 인도할 공산이 크다. 한스 요나스의 말처럼 그동안 인류가 자행해온 "자연에 대한 강간 행위와 인간 자신의 문명화는 서로 맞물려 있다."[44] 칸트와 헤겔의 관점을 따를 경우, 요나스의 말은 현재의 인류 문명이 인간의 존재 목적에 어긋나는 문명을 건설해왔으며, 따라서 자연을 잘못 다루어왔다는 것으로 해석할 수 있다. 또 잘못된 문명화에는 인류가 역사적 성취과정에서 자신을 충분히 그리고 올바로 통찰하지 못한 대가라 할 수도 있다. 헤겔은 그의 예나 실재철학 강의 수고에서 "인간은 자기 자신의 주인이 될 때까지 자연의 주인이 되지 못한다."[45]라고 적고 있다. 자연의 위기를 진지하게 고민하고 있는 오늘에도 헤겔의 이 경고는 여전히 유효하다.

그러나 다른 한편으로 다양한 줄기에서 나온 근대적 자연관들은 칸트와 헤겔의 시도에도 불구하고 모두가 공유할 수 있는 종합과 화해에 이르지 못한 채 오늘의 우리에게 전해져 왔다. 아니 오히려 그들의 노력에도 불구하고 자연과학적 자연관의 위세에 눌려 역사

---

44) H. 요나스, 『책임의 원칙: 기술 시대의 생태학적 윤리』, 이진우 옮김, 서광사 1994, p.25.

45) G. W. F. Hegel, *Jenaer Realphilosophie. Vorlesungsmanuskripte zur Philosophie der Natur und des Geistes von 1805-1806*, Johannes Hoffmeister (Hg.), Hamburg: Felix Meiner 1967, p.273.

의 뒤안길로 밀려나 방치되어왔다고 할 수 있다. 칸트와 헤겔은 인간에게 자연은 정녕 무엇인지에 대해서 보다 멀리 볼 것을 그리고 보다 넓고 깊게 사유할 것을 촉구했던 인물들이었다. 우리는 그들의 통찰에 보다 진지하게 귀기울이지 않으면 안 될 것이다. 그들간에도 상당한 의견 차이가 있듯이 여전히 선택과 결정은 우리 자신의 몫이다.

[참고문헌]

김용정, 『칸트 철학 : 자연과 자유의 통일』, 서광사, 1996.

리히터, L. G., 『헤겔의 자연철학』(*Hegels Begeifende Naturbetrachtung als Versöhnung der Spekulation mit der Erfahrung*), 양우석 옮김, 서광사, 1998.

슈미트-코버르칙, W., 「쉘링의 자연철학」. 『자연에 관한 철학저 탐구』(*Das dialektische Verhältnis des Menschen zur Natur*), 이종관 옮김, 철학과 현실사, 1994.

요나스, H., 『책임의 원칙: 기술 시대의 생태학적 윤리』, 이진우 옮김, 서광사, 1994.

최신한, 「자연과 정신의 화해는 가능한가?」, 『헤겔 연구』 7, 한국헤겔학회, 1997.

Breidbach, O., "Hegels Evolutionskritik," in *Hegel-Studien* 22 (1987).

Bubner, R., "Die 'Sache selbst' in Hegels System," in *Seminar: Dialektik in der Philosophie Hegels*, hrsg. u. eingel. von Rolf-Peter Horstmann, Frankfurt am Main: Suhrkamp 1978.

Düsing, K. "Naturteleologie und Metaphysik bei Kant und Hegel," in *Hegel und die 'Kritik der Urteilskraft,'* Hans-Friedrich Fulad and Rolf-Peter Horstmann (ed.), Stuttgart: Klett-Cotta 1990.

_____, "Spekulation und Reflexion. Zur Zusammenarbeit Schelling und Hegels in Jena," *Hegel-Studien* 5 (1969).

Hartmann, N., *Die Philosophie des deutschen Idealismus*, Berlin 1960.

Hegel, G. W. F., *Enzyklopädie der philosophischen Wissenschaften*, in *Werke in zwanzig Bänden*, Theorie Werkausgabe, Ed. Eva Moldenhauer und Karl Markus Michel, Frankfurt am Main: Suhrkamp 1970. 이하 헤겔 전집.

_____, *Wissenschaft der Logik II*, 전집 제6권.

_____, *Enzyklopädie der philosophischen Wissenschaften I*, 전집 제8권.

_____, *Enzyklopädie der philosophischen Wissenschaften II*, 전집 제9권,

_____, *Enzyklopädie der philosophischen Wissenschaften III*, 전집 제10권.

_____, *Jenaer Realphilosophie. Vorlesungsmanuskripte zur Philosophie der Natur und des Geistes von 1805-1806*, Johannes Hoffmeister (Hg.), Hamburg: Felix Meiner 1967.

Kant, I., *Gedanken von der wahren Schätzung der lebendigen Kräfte und Beurteilung der Beweise, derer sich Herr von Leibniz und andere Mechaniker in dieser Streitsache bedienet haben, nebst einigen vorhergehenden Betrachtungen, welche die Kraft der Körper überhaupt betreffen*, Wilhelm Weischedel (Hg.), I권. (이하 바이셰델판)

_____, *Allgemeine Naturgeschichte und Theorie des Himmels, oder Versuch von der Verfassung und dem mechanischen Ursprunge des ganzen Weltgebäudes nach Newtonischen Grundsätzen abgehandelt*, 바이셰델판 I권.

_____, *Grundlegung zur Metaphysik der Sitten*, 바이셰델판 VII권.

_____, *Kritik der praktischen Vernunft*, 바이셰델판 VII권.

_____, *Die Metaphysik der Sitten*, 바이셰델판 VIII권.

_____, *Kritik der Urteilskraft*, 바이셰델판, X권.

Kaulbach, F., "Welchen Nutzen gibt Kant der Geschichtsphilosophie?", in *Kant-Studien* 66 (1975).

Krebs, A., "Einleitung," in *Naturethik. Grundtexte der gegenwärtigen tier- und ökoethischen Diskussion*, A. Krebs (Hg.), Frankfurt am Main: Suhrkamp, 1997.

McLaughlin, P., *Kants Kritik der teleologischen Urteilskraft*, Bonn: Bouvier Verlag 1989.

Model, A., *Metaphysik und reflektierende Urteilskraft bei Kant: Untersuchungen zur Transfor- mierung des leibnizschen Monadenbegriffs in der "Kritik der Urteilskraft,"* Athenäum: Hain Verlag 1986.

Ward, K., "Kant's Teleological Ethics," in *Immanuel Kant : Critical Assessments*, Vol. III, Chadwick, R. F./Cazeauk, C.(ed.), London/New York: Routledge 1992.

Williams, H., *Kant's political philosophy*, Oxford: Basil Blackwell 1983.

생태위기와 기독교

-린 화이트(Lynn White)의 이론에 대한 재검토-

들어가며 :
린 화이트의 글 『생태계 위기의 역사적 근원』(1967)

오늘날 종교와 환경 문제를 논할 때 약방의 감초 격으로 등장하는 이름은 아마도 린 화이트일 것이다. 화이트는 서양 중세 과학사를 전공한 미국 역사학자로, 그가 1967년에 발표한 『생태계 위기의 역사적 근원』[1]은 오늘날 환경과 관련된 글들의 고전으로 평가되고 있다. 이 글에서 화이트는 "자연에 대한 기독교의 오만함"이 오늘날 환경 재난의 근원적 원인을 제공했다고 주장함으로써, 기독교인들의 환경 파괴 책임 논쟁에 불을 지폈다. 40년이 지난 오늘날까지도 그의 주장이 학계와 종교계에 커다란 논쟁을 불러일으키고 있다는 사실만으로도 화이트의 글이 차지하는 비중을 잘 알 수 있을 것이다. 무엇보다도 많은 환경론자들은 "기독교가 환경 파괴의 큰 책임을 지고있다"라는 화이트의 주장을 받아들이는 데 거리낌이 없는

---

1) Lynn White, Jr., "The Historical Roots of our Ecological Crisis", *Science* no. 155(1967), pp. 1203-1207.

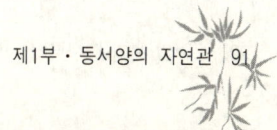

것 같고, 기독교 내부에서도 적지 않은 신학자들이 기독교의 반생
태학적인 측면을 강조하는 목소리를 내기 시작했다.[2]

린 화이트는 오늘날 환경 위기의 근원이 유대-기독교 전통에서
기인하는 인간중심주의(Anthropocentrism)에 있다고 다음과 같이
주장한다.

"오늘날 지구 환경은 급속도로 파괴되고 있다. 이는 서양 중세 세
계에서 나온 역동적인 기술과 과학의 산물이다.…역동적인 기술의 성
장은 기독교 교의에 깊게 뿌리를 내리고 있는 자연에 대한 특정한
태도를 고려하지 않고서는 역사적으로 이해될 수 없다. 대부분의 사
람들이 이러한 태도를 기독교적이라고 생각하지 않는 것은 적절하
지 못하다. 우리 사회는 기독교의 기본적인 가치를 대신해서 다른 가
치들을 받아들이려고 하지 않았다. 따라서 우리가 자연은 오직 인간
에게 봉사하기 위해 존재한다는 그리스도교적 원리를 거부하지 않
는 한 환경 위기는 더욱 악화될 것이다."[3]

화이트는 오늘날의 환경 위기가 자연에 대한 인간의 비교 우위론
을 강조하는 구약성서의 창조 교리에서 비롯되었다고 보았다.[4]

---

2) Th. Berry, *The Dream of Earth* (San Francisco: Sierra Books, 1988),
pp.113-115, S. McFague, Models of God: Theology for a Ecological, Nuclear
Age (Philadelphia: Fortress Press, 1987), p.68, M. Fox, Original Blessing
(Santa Fe: Bear 1983), pp.10, C. Amery, *Das Ende der Vorsehung. Die
gnadenlosen Folgen des Christentums* (Hamburg: 1974), pp.16, E.
Drewermann, *Der tödliche Fortschritt. Von der Zerstörung der Erde und des
Menschen im Erbe des Christentums* (Freiburg: 1981), pp.15-18, pp.62, G.
Kade, Ökologische und gesellschaftliche Aspekte des Christentums,
Gewerkschaftliche Monatshefte nr. 51(1971), pp.5.
3) White, "The Historical Roots of our Ecological Crisis", p.1207.

"우리 모습을 닮은 사람을 만들자! 그래서 바다의 고기와 공중의 새, 또 집짐승과 모든 들짐승과 땅 위를 기어다니는 모든 길짐승을 다스리게 하자!"(창세기 1, 26)

"하느님께서는 그들에게 복을 내려주시며 말씀하셨다. '자식을 낳고 번성하여 온 땅에 퍼져서 땅을 정복하여라. 바다의 고기와 공중의 새와 땅위를 돌아다니는 모든 짐승을 부려라.'"(창세기 1, 28).

"하느님께서 노아와 그의 아들들에게 복을 내리시며 말씀하셨다. '많이 낳아, 온 땅에 가득히 불어나거라. 들짐승과 공중의 새와 땅 위를 기어다니는 길짐승과 바닷고기가 다 두려워 떨며 너희의 지배를 받으리라. 살아 움직이는 모든 짐승이 너희의 양식이 되리라. 내가 전에 풀과 곡식을 양식으로 주었듯이 이제 이 모든 것을 너희에게 준다.'" (창세기, 9, 1-3).

화이트의 논지를 따르자면, 기독교의 창조교리는 자연을 인간에 종속시키고, 인간에게 자연에 대한 통치권을 위임함으로써 인간의 '자연에 대한 오만함'과 '피조물에 대한 무한정한 지배'가 가능하게 되었다는 것이다. 기독교가 자연에 대한 인간의 우월성을 강조하면서 자연에 대한 지배적 세계관이 나오게 되었고, 인간과 자연의 분리 과정을 통해서 자연의 타자화가 이루어지게 되었다. 그로 인해서 인간은 자연을 도구적 가치만을 갖는 대상으로 보게 되고, 자연의 무분별한 남용을 부추기는 결과가 초래되었다. 이 같은 이유들로 화이트는 기독교가 환경 위기의 근원이라고 주장한다.

---

4) 본 글의 성서 구절들은 공동번역 성서(대한성서공회, 1977)에서 인용되었다.

지구 온난화 현상, 오존층의 파괴, 황사 현상, 산성비, 대기오염과 같은 환경 문제들로 질식사 직전에 놓여 있는 우리 사회의 환경 위기를 해결하기 위해서는, 그 문제점을 진단하고 원인을 살펴볼 필요가 있을 것이다. 올바른 원인 규명이야말로 문제 해결의 필수적 요소가 아닐까 생각되어진다.

1. 서양의 인간중심적 자연관

화이트는 인류의 종교들 중에서 기독교를 "가장 인간중심적 종교 (the most anthropocentric religion)"로 보았다. 자연은 늘 인간에 종속적인 위치에 있었고, 자연에 대해서 인간은 통제권을 행사해 왔다는 것이다. 하지만 기독교가 인간 중심적 자연관을 배태하고 있다는 견해는 화이트만의 것은 아닌 것 같다. 영국의 문명사학자 아놀드 토인비(A. Toynbee)도 기독교로부터 파생된 인간과 자연의 대립적 자연관에 대해서 언급한 바 있다.

"인류는 한 때 신적인 영역으로 간주되어 온 자연에서 성스러운 분위기를 박탈함으로써 그를 둘러싼 자연에서 분리되었다. 자연은 더 이상 가까이할 수 없는 신성한 자연이 아니기에 인간은 그 자연을 착취할 수 있는 특허를 받았다고 생각한다. 이렇듯이 인류가 자연에 대해 근원적으로 가졌던 유익한 경외심이 이스라엘에서 발원되는 기독교와 이슬람, 유대교적 유일신에 의해서 추방되었다."[5]

---

5) A. Toynbee, *The Toynbee-Ikeda Dialogue* (Tyoko: Kodansa International, 1976), p.39.

이러한 자연에 대한 인간의 비교 우위를 주장하는 인간중심적 자연관은 서양 사회에서 오늘날까지도 존속되고 있다고 한다. 미국 대학에서 오랜 동안 인류학을 강의했던 김중순은 동양과 서양의 자연관의 차이점을 다음에서처럼 정리하고 있다.6)

"미국인들은 자연이 사람을 지배한다기보다는 사람이 자연을 지배할 수 있다는 가치관을 가지고 있으며, 이런 가치관은 결국 사람을 달에 가서 걸어보게 만들었다...인간이 자연을 조종할 수 있다는 미국인들의 가치관은 인간중심으로 생각하게 만들었다. 그러한 가치관은 그림에도 잘 나타나 있다. 동양화는 자연을 중심으로 그릴 뿐, 사람을 자연의 일부분에 지나지 않는 것으로 보는 것이 다르다...그러나 미국인을 비롯한 서양인들은 동양인들과는 달리 그림을 그릴 때인간 중심으로 그리고, 자연은 인간을 위해 존재하는 보조 역할을 한다. 인물 중심의 그림에서 사연은 인간을 돋보이게 하기 위해서 그려지는 것이다....동양 잡지나 책들이 표지에 자연을 즐겨 그리는 반면에, 서양 잡지나 책들은 인물을 표지로 하는 경우가 많다...그러나 요즈음은 서양 흉내를 내어 한국 잡지들도 사람을 표지 모델로 하는 경우가 많다. 특히 여성 잡지의 경우가 흔하다."

이상에서 본 것처럼, 다수의 사람들이 서양의 자연관은 인간과 자연의 대립적 양상으로 특징지어진다고 보았다. 그리고 그 원인은 바로 기독교가 배태한 자연관이라는 것이다. 이러한 이유로 지난 반세기동안 거의 무비판적으로 수용되고 있는 환경 위기의 기독교 책임론에 대해서 좀더 구체적으로 살펴볼 필요가 있을 것으로 보인다.

---

6) 김중순, 『문화를 알면 경영전략이 선다』, 일조각, 2001, pp.196-197.

2. 성서에 나타난 자연의 소외

화이트에 의하면, 서양 기독교 세계는 17세기와 18세기의 이른바 과학 혁명과 산업혁명 이전에 이미 과학·기술 분야에서 두드러진 업적을 달성했다. 서기 1000년 이전에 수력을 이용했고, 12세기부터 풍력을 농경과 산업에 사용한 서 유럽은 중세 말기에 이미 비잔틴과 이슬람을 능가하기 시작했다. 이 두 세계의 과학 기술을 자양분으로 해서 서 유럽의 과학 기술이 발달하기 시작했다는 사실을 간과하지 않는다면, 불과 1~2세기만에 상황이 뒤바뀐 것이다. 유럽의 이러한 기술적 급성장은 결국 몇몇 서구의 국가들이 전 세계 영토의 2/3를 지배하는 계기가 되었다('제국주의 시대'). 요약하면, 서구의 부상은 근대가 아니라 11세기에 이미 시작되었다는 것이 화이트의 주장이다.

특히 농업 기술의 급진적인 발달로 토지에 대한 인간의 집단적인 "공격"이 시작되었고, 인간은 더 이상 자연의 일부가 아니라 자연의 주인으로 자연을 약탈하기 시작했다는 것이다. 이로써 자연과 인간의 분리가 시작되었다. 화이트는 더 나아가서 과학과 기술을 발전시켜서 자연에 대한 인간의 지배가 가능하게 했던 것은 기독교 때문이라고 주장한다. 화이트는 강조하기를, 기독교의 창조신앙은 전지전능한 인격신이 무로부터(*ex nihilo*) 인간과 자연을 창조(*creatio*)하면서 "자연의 탈신격화" 혹은 피조 세계의 비마력화(非魔力化)가 이루어지게 되었다.

이 점에 있어서 화이트의 지적은 올바르다. 실제로 기독교가 본격적으로 등장하기 이전의 그리스-로마 세계에 있어서 산, 바다, 숲에는 신들이 사는 신성한 장소로 여겨졌다. 산과 들판에는 판(Pan)이 살고, 바다에는 포세이돈이, 숲에는 아르테미스(Artemis)가 산다고 생각되었다. 따라서 탈레스는 "만유가 신으로 가득하다"고 한 것처럼, 고대인들은 자연 현상들을 신적인 것으로 숭배했다. 스토아 철학자들도 신과 우주를 동일시했고, 제논에게는 "신의 실체가 온 세계이며 하늘이다." 기독교 세계 이전의 서양 고대 세계에서 자연에 대한 경외심은 팽배해 있었다.

그러나 모든 것이 기독교의 등장과 더불어 바뀌게 되었다. 창조 교리를 앞세운 성서는 고대 그리스와 로마인들이 가지고 있던 자연계에 대한 공경심이라는 옷을 벗기고, 더 나아가 자연의 신화적 성격을 부정하기 시작했다. 창조신앙은 자연을 하느님의 단순한 피조물로 보았고, 그 결과 자연이라는 신의 존재로부터 분리된다. 이제 신과 자연의 관계는 창조주(*creator*)외 피조물(*ens creatum*)의 관계로 변하게 되었다. 자연의 불행한 운명은 여기서 그치지 않는다. 조물주가 자연을 인간에게 맡겼기 때문이다. 이러한 자연의 도구화 과정을 거치면서 결국 자연을 '자원'으로만 인식하는 사고가 태동하게 되었다. 창세기 9, 3은 이러한 자연의 불행한 운명을 간략하게 묘사하고 있다.

"살아 움직이는 모든 짐승이 너희의 양식이 되리라"(창세기 9, 3)

창세기의 인간중심적 세계관은 '하느님-인간-자연'이라는 계서적 구분을 단행함으로써 자연은 더 이상 인간의 운명을 지배할 수 없게 되었다. 반대로 인간은 자연의 예속으로부터 해방되면서, '자연의 타자화'는 현실로 나타나게 된다. 자연은 주체로부터 분리된 대상으로 전락하게 된다. 성서의 인간중심주의적 세계관이 결국은 반생태적 자연관을 증폭시켜 인간의 이기적 이익과 편리만을 위하여 자연에 대한 지배와 착취의 길을 열게 하였다는 것이다.

그렇다면 이러한 "환경 파괴에 대한 기독교 공모설"은 과연 어느 정도 역사적으로 입증이 될 수 있을까? 화이트의 『생태계 위기의 역사적 근원』은 생태학적 무관심과 자연에 대한 인간의 우월성을 부각시켰던 기독교의 전통적 자연관을 재고하는 기회가 되었다는 점에서 높이 평가될 수 있을 것이다. 하지만 창세기에 대한 그의 해석에 많은 문제점들이 지적되었다. 자연 파괴의 사상적 근원이 유대-기독교적 창조관이라면, 비서구 지역에서 자행되는 환경 파괴 행위들은 어떻게 설명될 수 있을까? 또한 일부 학자들은 화이트의 창세기 해석 방법에 문제점을 제기하기도 한다.[7] 성서의 창조 신앙은 '하느님의 형상(*Imago dei*)'에 따라 창조된 인간에게 자연에 대한 무제한적인 통치권을 위임한 것이 아니라, 인간은 자연의 생명을 빌려쓰는 차용인에 불과하다는 것이다. 그러나 이러한 비난들은 화이트의 논지들을 올바르게 해석하지 못하고, 논지의 부수적인 측면에 손상을 입혔을 뿐이다. 화이트가 『생태계 위기의 역사적 근원』에서 강조하고자 했던 점은 성서 구절들이 지난 시대에 어떻게

---

7) R. Doughty, Environmental Theology: Trends and Prospects in Christian Thought, *Progress in Human Geography* 5(2)(1981), J. Passmore, *Man's Reponsibility for Nature* (London: Duckworth, 1974). C. Glacken, *Traces on the Rhodian Shore: Nature and Culture in Western Thought from Ancient Times to the End of the Eighteenth Century* (Berkley: University of California Press, 1973).

해석되어 왔는가하는 신학적 사유 혹은 성서 해석사의 문제이다. 따라서 반세기가 지난 지금의 시점에서 화이트의 논지를 근본적으로 재검토할 필요가 있다고 생각된다.

3. 화이트 논지의 재검토

(1) 화이트는 환경 위기의 직접적인 원인이 창조신앙에 나타난 기독교적 자연관에 있다고 주장하면서, 생태계 파괴를 기독교적인 현상으로 본다. 그러나 역사적으로 기독교가 전파되지 않았던 시대와 지역에도 환경 파괴가 자행되었다. 따라서 환경 파괴가 기독교의 특수한 현상이라는 그의 주장은 환경 문제가 역사에서 보편적이었다는 사실을 간과한 결과가 아닌가 생각된다. 원인을 지나치게 단순화하는 것은 원인의 복합성을 간과하여, 결국 해결책 마련을 그 만큼 왜곡시킬 뿐이다. 창세기의 몇 구절만 가지고 설명하기에는 서양의 환경 파괴의 역사가 너무 중층적으로 진행되었기 때문이다. 물론, 아래에서 고찰해보겠지만, 성경이 생태계 파괴에 이데올로기적 배경으로 이용되었던 사실을 부정할 수는 없다. 하지만 그 외에도 각 시대의 정치적 상황, 인구 급증으로 인한 사회적 압력, 과학 기술적 한계, 국가와 국가 간의 정치 경제적 역학 관계가 환경 훼손의 중요한 동인(動因)으로 작용했던 것으로 보인다.

(2) 서구 근대 과학·기술의 발전에서 창세기가 이데올로기적 배경이 되었다는 화이트의 지적은 옳았다. 그러나 17세기 이전 중세

시대에 성서가 자연 지배의 근원이었다는 그의 지적은 잘못된 것이다. 물론 중세 신학에서도 자연의 소외 현상은 여실히 나타나고 있지만 말이다. '하나님과 세계'와의 관계보다는 '하나님과 인간의 영혼' 관계에 더 많이 집중했던 아우구스티누스 이래로 서방 교회에서는 자연이 신학적 논의에서 줄곧 소외되었다. 아우구스티누스는 인간이 다른 피조물과는 달리 하나님의 광채를 반영할 수 있는 존재라는 점에서 자연세계보다는 우위에 있는 존재임을 강조했고, 그것은 결국 자연에 대한 인간의 지배를 정당화하는 결과를 낳았다.[8] 아우구스티누스의 인간 중심적 자연관은 중세 기독교 사상 안에 면면히 흐르고 있었다. 아우구스티누스 이후 가장 중요한 중세의 신학자 토마스 아퀴나스는 자연과 인간의 관계를 다음과 같이 정의했다.

"우리는 자연적인 사물들의 경우에 종들이 단계적으로 질서 지어져 있는 것을 본다. 예컨대 원소들보다는 그 혼합체들이 더 완전하고 또 광물들보다는 식물이, 그리고 식물들보다는 동물들이, 동물들보다는 사람들이 더 완전하며 또한 이런 것들에 속하는 각각의 종들 사이에서도 한 종이 다른 종보다 더 완전한 것으로 발견된다."[9]

아퀴나스의 인간 중심적 자연관에 따르면, 인간은 이성을 지니고 있다는 점에서 동물보다 우위에 있는 존재다. 이 같은 사물들의 불

---

8) G. S. Hendry, *Theology of Nature* (Philadelphia, 1980), p.16.

9) Th. Aquinas, *Summa Theologiae*, I, 47, 2: Unde in rebus naturalibus gradatim species ordinatae esse videntur, sicut mixta perfectiora sunt elementis, et plantae corporibus mineralibus, et animalia plantis, et homines aliis animalibus; et in singulis horum una species perfectior aliis invenitur; 『토마스 아퀴나스의 신학대전』 1(정의채 옮김, 서울: 성바오로 출판사, 1999), p.207 참조.

균등과 인간의 존재론적 우월성을 아퀴나스는 신으로부터 유래한다고 밝힌다.

"하느님의 지혜가 우주의 완전성 때문에 사물들의 구별의 원인인 것과 마찬가지로 그것은 불균등의 원인이기도 하다."[10]

계층적 우위성을 가진 존재인 인간은 다른 피조물을 지배할 특권을 신으로부터 부여받았다. 이렇게 자연은 하느님에 의해서 인간에게 맡겨진 존재로 인식되면서, 성서적-기독교적 인간 중심성은 중세 신학자들에게 있어서 확고하게 드러나게 되었다. 따라서 자연을 인간으로부터 분리시켜 하나의 독립적인 대상으로 파악하는 세계관은 중세 기독교적 전통의 산물이다.

그러나 근대 이전에는 자연 개발과 창세기의 기독교 창조론 사이의 어떤 확실한 연관성도 발견되고 있지 않다. 창세기 1, 28은 중세의 신학자들에 의해서 '타락한 죄인들'에게 주어진 정태적인 지배권으로 해석되면서, 자연에 대한 인간의 적극적 간섭권으로 이해되지 않았다. 그래서 중세에는 인간에 의한 무절제한 자연 파괴가 이루어지지 않았다고 한다. 11세기 이래로 자연에 대한 인간의 비교 우위가 강조되기 시작했으나, 이는 착취적 자연 이해를 규정한 것은 아니었다. 인간과 자연에 대한 새로운 해석이 등장한 것은 15세기 이후의 르네상스 시대로, 인본주의적 사상에 세례를 받은 그 당시의 사람들은 자연에 대한 지배권을 '자유의지'의 표현으로 이해했

---

10) Th. Aquinas, *Summa Theologiae* I, 47, 2: Sicut ergo divina sapientia causa est distinctionis rerum propter perfectionem universi, ita et inaequalitatis.

다. 이러한 인간 중심적 사고는 16~17세기에 자연을 대상화하고 도구화하는 것으로 발전했다. 결론적으로 요약하자면, 인간을 자연의 주인으로 여기는 사고는 근대적 자연관의 결과이다.[11]

오히려 모든 피조물들은 동일한 근원을 가지고 있기 때문에 "형제자매"라고 생각했던 성 프란치스꼬는 중세의 생태학적 세계관을 보여준다.[12] 화이트 자신도 프란치스꼬 성인을 "생태학자들의 수호성자"로 칭송했을 정도로, 그는 모든 자연을 유사인격화하였다. 따라서 화이트가 기독교를 시대적 구분 없이 무조건 환경 파괴적 종교로 규정한 것은 역사의 지나친 단순화라는 비난을 면하기 어려울 것이다. 성서의 창조론은 시대마다 달리 해석되어져 왔다.

(3) 화이트가 강조했던 인간의 자연에 대한 지배(*Dominum Terrae*)에 성서가 이론적 근거가 되었다는 사례들은 17세기에 집중적으로 발견된다. 특히, 자연 과학을 통해 자연에 대한 통치 개념을 정립했다고 할 수 있는 베이컨(Francis Bacon)은 자연에 대한 통치권의 정당성을 창세기에서 찾는다.

"인간은 아담의 타락으로 순수 상태와 피조계에 대한 지배로부터 떨어지게 되었다...그러나 이 두 가지의 상실은 현세의 삶에서 부분적으로 회복될 수 있다. 전자는 종교와 신앙을 통해서, 그리고 후자는 예술과 과학을 통해서 회복될 수 있을 것이다. 왜냐하면 피조계

---

11) U. Krolzik, *Umweltkrise-Folge des Christentums?* (Stuttgart/Berlin, 1979), pp.70-84.

12) 프란치스꼬 성인의 자연관에 대해서는 문영석, 「생태계와 화해에 관한 프란치스꼬 영성의 재조명」, 『종교연구』 제14집, no.1 (1997), pp.73-84.

는...어느 정도는 사람들에게 식물을 공급하도록 복종하게 되었고, 인간의 삶을 위해 사용되게 된 것이다."

따라서 이제 인간은 그가 상실한 태초의 무죄성은 신앙을 통해서, 그리고 자연 통제권은 과학적 탐구를 통해서 회복해야 한다고 베이컨은 역설한다.

"자연적 지식의 광산을 점점 더 깊이 파면 팔수록 우주에 대한 인간의 통치의 좁은 한계를 넘어서 약속된 풍성함에까지 이를 수 있다"[13]

이 같은 이유로 베이컨은 "자연의 사물에 대한 인간의 권리"를 되찾으려는 과학적 탐구가 기독교 신앙과 모순되지 않는다고 생각한 것 같다.

"자연으로부터 떨어져서" 자연을 관찰하는 인간의 행위는 신앙을 위한 "가장 진실한 봉사"이고, 그것은 "미신을 방지하는 가장 안전한 의약이요 신앙을 위한 가장 확실한 토양이다"[14]

자연과학과 신앙은 대립하는 것이 아니라, 오히려 과학을 신앙의 봉사자로 생각한 베이컨은 자연을 하나의 '탐구 대상'으로 보았다. 이제 자연은 '자원'으로서 인간을 위한 도구적 가치만을 갖는 존재

---

13) C. Merchant, *The Death of Nature: Women, Ecology and the Scientific Revolution* (New York: Harper and Row, 1990), p.170에서 재인용.
14) 김균진, 「창조신학의 관점에서 본 자연과 인간의 관계 – 자연과 인간의 생명 공동체를 위하여」, 『조직신학논총』 제4집(1999), p.16에서 재인용.

가 되었다. 더 나아가 인간의 완전한 행복을 위해서 인간은 자연에 대한 통제권을 통하여 신의 창조적 섭리를 이 땅에 회복시킬 의무가 있다. 자연에 대한 이 같은 베이컨적 통치개념은 유럽 대륙에서는 데카르트가 과학을 통해 인간을 "자연의 주인이자 정복자"로 만들 수 있다는 생각에서도 발견된다. 이러한 자연과학자들의 물질-정신 이원론적인 자연관은 근대의 신학적 사유에 지대한 영향을 끼쳤고, 그 결과 '인간중심적' 창세기 해석이 등장하게 된다. 창조자의 세계초월성과 자연의 피조성이 강조되면서, 자연은 죽어있는 물질적 소재로 전위되었다.

이처럼 기계론적 신 개념이 기독교의 신 개념과 어울리는 것은, 기계론적인 자연관이 자연을 기계로 본다는 것이다. 즉, 기계인 자연을 만든 어떤 존재를 가정하고 있는 것이다. 자연을 만든 어떤 존재는 바로 창조자 혹은 자연의 설계자로서의 신이다. 이러한 기계론적 신 개념은 기독교의 신의 개념과 잘 어울리는 것처럼 보였던 것이다. 따라서 자연은 생명이 없는 물질적 대상으로 파악되고, 자연은 인간의 조작과 개입을 허용하는 대상이 된다. 신은 자연 너머에 있는 초월적 존재라는 신(神) 개념을 가지고 있던 기계론자들은 객관화된 자연은 인과적인 법칙을 따라서 움직이고, 자연의 원인을 올바르게 이해하면 자연을 정복하고 이용하는 일이 가능하다고 생각한다.

베이컨적 자연관의 세례를 받은 17세기 또 다른 학자 토마스 스파트(Thomas Spat)는 영국 왕립 학회의 목적을 "사물들에 대한 통치"를 재수립하는 것이라 했고[15], 죠셉 그랜빌(Josef Glanvill)은 왕립 학회를 옹호하는 한 연설에서 새로운 철학은 "자연을 사로잡고,

자연을 우리의 목적과 의도에 맞게 사용되도록 하는 방법"을 제시하여 "자연에 대한 인간의 통치"를 회복하는 데에로 인도하는 것이라고 선언했다.[16] 그는 또한 "자연은 인간의 삶을 위해서 정복되고, 경영되며, 사용되도록" 운명지어졌다고 했다.[17] 따라서 기계론적 자연철학자들은 성서에 호소해 자연에 관여하는 것을 정당화하려 했다는 사실이 밝혀진 셈이다. 신에 의해서 인간에게 부여된 것으로 해석되어진 인간의 자연 통치, 그리고 그로 인해서 야기된 자연 파괴는 자연을 "지배하라"는 창세기 본문에 대한 근대론자들의 성서 해석과 밀접한 관계를 갖고 있다.

(4) 기독교적 신의 초월성, 인간의 자연 지배와 같은 개념들이 자연 질서에 대한 인간의 오만한 태도로 직결된다는 화이트와 그의 추종자들의 견해 역시 재고되이야 할 것이나. "지배하라"는 성서적 명령을 자연에 대한 기술 정복의 정당화로 이용했던 근대 자연과학자들은 자연은 무질서와 황폐화로 얼룩져있고, 이를 저주의 결과로 보았다.

"그리고 아담에게는 이렇게 말씀하셨다. 너는 아내의 말에 넘어가 따먹지 말라고 내가 일찍이 일러 둔 나무 열매를 따먹었으니, 땅 또한 너 때문에 저주를 받으리라." (창세기 3, 17)

이들은 땅에 대한 인간의 지배가 원죄로 인해서 상실되었다고,

---

15) Th. Spat, *History of the Royal Society* (London, 1667), p.62.

16) J. Glanvill, *Scepsis Scientifica* (London, 1665), Sig. b.3v.

17) J. Glanvill, *Plus Ultra* (London, 1668), p.87.

그 결과 타락한 인간이 살고있는 자연도 저주받고, "신음하며 고통하고 있다"(로마서 8, 22)고 생각했다. 17세기의 성경 주석가들에게 있어서 땅이 "가시덤불과 엉겅퀴" (창세기 3, 18)로 뒤덮여있는 이유는 바로 이러한 인간의 타락 때문이었다. 따라서 인간은 신앙을 통해서 태초의 무죄성을 회복해야 하며, 야생적 자연을 원래의 낙원으로 '복원'하는 일은 자연에 대한 인간의 원주권 회복을 통해서만 가능하다. 그렇기 때문에 자연 지배에 대한 17세기의 논의들은 거의 모두가 '회복'이라는 대의명분과 함께 나타난다.18) 요약하면, 자연 정복은 저주받은 땅을 에덴의 동산으로 만들려는 복구 계획으로 여겨졌고, 황폐한 자연을 본래의 온전함으로 돌려놓으려는 관심의 표현으로 이해되어졌다. 따라서 환경 파괴의 정도 문제를 떠나서, 근대 개발론자들의 사고 저변에는 자연 운명에 대한 오만함과 무관심보다는 상처를 치유하려는 청지기적 생각이 깔려있었다.

(5) 기독교의 역사에 있어서 자연과 인간의 관계가 인간 우위적으로 파악되었음은 부인할 수 없는 사실이다. 서양 고대의 목적론적 자연관은 자연의 중심에 생명체가 있다고 본다. 그러나 이러한 아리스토텔레스적 물활론은 기독교의 "신화공포증(Mythenphobie)"에 무릎을 꿇어야만 했다. 자연은 인간 앞에서 신화의 옷을 벗어야 했고, 성서는 자연의 신격화를 거부하면서 '자연의 죽음'이 예견되

---

18) G. Walker, *The History of the Creation* (London, 1641), pp.23-25, J.-F. Senault, *Man Becom Guilty, Or the Corruption of Nature by Sinne, according to St. Augustin's Sense* (London, 1650), pp.319-390, R. Franck, *A Philosophical Treatise* (London, 1687), pp.124-170.

기 시작한다.[19] 사도 바울은 갈라디아 교회에 보낸 서신에서 고대인들 사이에 만연해 있었던 자연 숭배 풍조를 단호한 말투로 정죄하고 있다.

"이와 같이 우리도 어렸을 때에는 자연숭배에 얽매여 종노릇을 하고 있었습니다. 그러나...이제 여러분은 하느님의 자녀가 되었으므로...여러분은 이제 종이 아니라 자녀입니다. 자녀라면 하느님께서 세워 주신 상속자인 것입니다. 여러분이 하느님을 모르고 있을 때에는 본래 하느님이 아닌 신들의 종노릇을 하였습니다. 그러나 이제는...하느님께서 여러분을 알고 계신데 왜 또다시 그 무력하고 천한 자연숭배로 되돌아가서 그것들의 종노릇을 하려고 합니까? 여러분이 날과 달과 계절과 해를 숭상하기 시작했다고 하니 여러분을 위한 내 수고가 허사로 돌아가지나 않았나 염려됩니다." (갈라디아서 4, 3-10)

그러나 자연에 대한 인간의 비교 우위론은 화이트의 주장과는 달리 기독교만의 독특한 견해는 아니다. 아리스토텔레스는 이성적 영혼을 가진 존재로서의 인간을 다른 자연계의 사물들과 구분하고, 모든 자연계는 인간을 위해서 만들어졌다고 생각했다.

"식물은 동물을 위해 존재한다... 동물은 인간을 위해서 존재한다. 동물은 식량이나 의복이나 도구를 만드는데 사용할 수 있다. 자연은 일정한 목적이나 의도를 위한 것이라는 우리의 믿음이 타당하다면, 그것은 다름 아닌 인간을 위한 것임에 틀림없다."[20]

---

19) J. Moltmann, *Gott in der Schöpfung. Ökologische Schöpfungslehre*, 김균진 역, 『창조 안에 계신 하나님』, p.44.

또한 기독교의 인간중심적 자연관은 고대 그리스 철학의 영향으로 나타난 역사적 결과물이다. 그리스 철학자들은 영혼과 정신은 영원히 사멸하지 않으나, 육체와 자연 세계는 이 세상에 속한 허무한 것으로 보았다. 따라서 인간은 영적 존재, 정신적 존재, 이성적 존재로서 자연적, 물질적 존재보다 우위에 있게 된다. 이러한 사상적 배경 속에서 그리스-로마 세계에 전파되어진 기독교는 성서를 인간중심적으로 설교하기 시작했다. 이러한 이유로 기독교가 환경 위기의 유일한 근원이라고 말할 수는 없을 것이다. 창세기의 인간중심적 해석은 그리스-로마의 이원론적 사고로부터 지대한 영향을 받았기 때문이다. 인간과 자연에 대한 이분법적 사고, 즉 정신으로서의 인간과 물질로서의 자연의 분리는 기독교 고유의 사고는 아니었다.

(6) 화이트의 논지들 중에서 재고되어야할 또 다른 사항은 중세인들의 자연관이다. 물론 화이트의 주장대로 자연에 대한 중세인들의 대규모 '공격'이 있었던 것은 사실이다. 대규모 개간과 경작을 가능하게 했던 8 마리의 말이 끄는 큰 쟁기, 수력을 이용한 물레방아, 풍차의 사용은 11~13세기가 "숲 개발의 시대"로 불릴 정도로 유럽의 지도를 바꾸었다.[21] 따라서 중세에 인간은 이미 "자연의 수탈자(the exploiter of nature)"가 되었고, 여기에는 기독교가 내포하고 있는 인간중심적 '이기주의'가 배경이 되었다는 주장이다. 그 결과,

---

20) Aristoteles, 『The Politics』, 1권, 8당, 1256b, 김명식, 「환경윤리에 관한 연구: 공리주의와 생명중심주의를 중심으로」(고려대학교 철학과 박사학위논문, 1996), p.14에서 재인용.

21) L. White, *Medieval Technology and Social Change* (Oxford: Oxford University Presse, 1964), p.56, 129.

화이트의 주장을 따르자면, 중세 기독교인들은 나무란 단순히 하나의 물질적인 대상일 뿐이며, 성스러운 나무에 대한 개념은 생소한 것이 되었다. 자연 안에 영이 깃들어 있다고 간주되어 온 성스러운 나무(神木)들은 우상 숭배라고 간주하여 가차없이 베어 버렸다. 그러나 역사적으로 볼 때 중세에는 자연에 대한 적대감보다는 오히려 두려움이 더 컸던 시대였다.22) 동시에 어떤 중세 신학자도 자연을 죽음으로 모는 성서 주해를 한 적은 없었다.

(7) 화이트의 논지는 과학과 종교의 조화설(Harmony Thesis)의 범주에 속한다고 볼 수 있다. 과학 기술의 이면에는 이미 인간의 가치관과 세계관이 반영되어 있어서, 기독교가 과학의 발달에 지속적인 영향을 미쳤다는 주장이다. 화이트에 의하면, 인간의 우월성을 강조하는 기독교적 자연관이 자연을 탈신격화함으로써 기계론적 세계관이 가능하게 된다. 그러나 기독교가 지배했던 유럽에서 과학이 탄생하였다는 사실로부터 기독교와 과학의 발흥 사이의 밀접한 인과관계를 유추한다면, 이는 너무 자의적인 해석이 아닌가? 화이트는 문화에 대한 기독교의 영향을 너무 과장한 것으로 보인다. 과학기술을 통한 자연의 환경 파괴는 성서를 행동 규범으로 삼았던 중세보다는, 오히려 자연을 인간에게 유익을 주어야할 과학적 연구의 대상으로 삼았던 17세기에 자행하였다. 따라서 성서가 환경 위기를 초래한 '근본적인 원흉'이 아니라, 세속적인 이익을 위해서 이루어진 근대인들의 성서 '해석'이 문제가 된다고 할 수 있을 것이다.

---

22) J. Le Goff, La Civilisation de l'Occident médiéval, 유희수 역, 『서양 중세 문명』 (서울: 문학과 지성사, 1995), pp.155-158.

(8) 기독교에서 환경 위기의 직접적인 원인을 찾으려는 화이트는 성서의 여러 표현들 가운데서 창세기만을 인용하였다. 하지만 자연에 대한 성서의 이해가 다양하기 때문에 어느 한 구절만을 택하여 그것이 마치 성서적 자연관의 전부인양 매도하는 것은 무리한 해석이 아닌가 생각된다. 물론 창세기의 구절들이 다분히 자연에 대한 인간의 우월성을 강조하는 경향이 있으나, 성서에는 '환경 친화적', '환경 보전적'인 구절들도 들어있다. 예를 들어 신은 우주 창조의 매 단계마다 그가 만드신 것을 보고 "좋다"라고 반복하신다 (창세기 1, 3-25). 이는 결국 조물주가 인간의 창조이외에도 다른 피조물에서도 좋은 것을 발견하였다는 말이다.

혹은 "너는 먼지이니 먼지로 돌아가리라" (창세기 3, 19)라는 구절은 인간과 자연의 본질적 동질성을 의미한다. 아래의 성서 구절들은 하느님이 스스로 창조한 세계에 대해 무관심한 초월자가 아니라 자신이 창조한 세계에 얼마나 많은 관심을 갖고 있는지 묘사하고 있다.

"인생은 풀과 같은 것, 들에 핀 꽃처럼 한 번 피었다가도 스치는 바람결에도 이내 사라져 그 있던 자리조차 알 수 없는 것" (시편 103, 15-16).

"한 세대가 가면 또 한 세대가 오지만 이 땅은 영원히 그대로이다…사람의 운명은 짐승과 다를 바 없다" (전도서 1, 3-4; 3, 19).

"칠 년째 되는 해에는 땅을 놀리고 소출을 그대로 두어 너희 백성 중에서 가난한 자들이 먹게 하고 남은 것은 들짐승이나 먹게 하여라.

너희 포도원도, 올리브밭도 그렇게 하여라. 너희는 엿새 동안 일을 하고, 이레째 되는 날에는 쉬어라. 그래야 너희 소와 나귀도 쉴 수가 있고, 계집종의 자식과 몸붙여 사는 사람도 숨을 돌릴 것이 아니냐?" (출애굽, 23, 11-12)

"너희는 육 년 동안 밭에 씨를 뿌리고 육 년 동안 포도순을 쳐, 그 소출을 거두어라. 칠 년째 되는 해는 야훼의 안식년이므로 그 땅을 아주 묵혀 밭에 씨를 뿌리지 말고, 포도순을 치지도 말라. 너희가 거둘 때 떨어진 데서 절로 자란 것을 거두지 말고, 순을 치지 않고 내버려 둔 덩굴에 절로 열린 포도송이를 따지 말며 땅을 완전히 묵혀야 한다. 너희 땅을 묵히는 것은 너희뿐 아니라 너희 집에 머무는 너희 남종과 여종과 품꾼과 식객까지 모두 먹여 살리기 위한 것이다. 그러면 너희 가축과 너희 땅에 사는 짐승도 땅에서 나는 온갖 소출을 먹고 살 수 있을 것이다." (레위기, 25, 3-7)

따라서 성서에 나타난 기독교적 자연관을 올바르고 총체적으로 이해하기 위해서는 좀더 신중한 '창세기 다시 읽기' 작업이 필요할 것이다.

나가면서

이상에서 필자는 지난 반세기 동안 무비판적으로 수용되었던 린 화이트의 논지를 재검토하면서 서양 기독교적 자연관의 본질과 특성에 대해서 살펴보았다. 린 화이트의 주장 곧 인간중심적 자연관을 가지고 있는 유대교와 기독교가 생태계 파괴의 이데올로기적 배경이 되었음 우리는 부정할 수 없을 것이다. 그러나 "기독교=환경 파괴의 주범"이라는 화이트적 단순 도식에는 분명히 문제가 있다. 우선 환경 파괴는 기독교 문명이 지배하지 않았던 시대와 지역에도 일반적이었다는 사실만으로도 "기독교가 환경 파괴의 주범"이라는 화이트의 공식은 신중히 재고되어야 할 것이다.

다음으로 17세기 이전 고대와 중세의 기독교가 인간중심적이고 자연에 대한 인간의 비교 우위를 인정하였음에도 불구하고, 이것이 자연의 무절제한 파괴로 이어지지 않았다는 사실이다. 자연 파괴는 15세기 르네상스 이후 인본주의적 사상의 세례를 받은 근대인들이 창세기를 자의적으로 해석하면서 본격적으로 자행되었던 것으로 보인다. 셋째로 자연에 대한 인간의 비교 우위론은 기독교만의 독특한 견해가 아니고 이미 고대 그리스 철학에서 나타나고 있으며, 창세기의 인간중심적 해석은 고대 플라톤의 이원론적 사고로부터 영향을 받았다. 그렇기 때문에 기독교만이 오늘날 환경 위기의 이데올로기적 주범이라고 단정하기는 어렵다. 마지막으로 화이트가 성경의 창세기만을 인용하면서 기독교가 환경 위기의 근원이라고 주장한 것도 문제가 된다. 창세기에 나타난 성경이해가 성서적 자연관의 전부인 것처럼 해석되어서는 안될 것이다. 성경의 다른 곳에는 환경 친화적이면 환경 보전적인 주장들도 많이 있기 때문이다. 그렇기 때문에 성경에 나타난 기독교의 자연관을 좀 더 올바르게 이해하는 것이 필요하며 그런 의미에서 '창세기 다시 읽기 작업'이 필요하다.

서양 역사에 있어서 기독교 신학의 등장과 더불어 고대의 자연관은 흡수 내지는 소멸하게 된다. 고대인들은 자연을 능동적, 근원적, 자립적인 것으로 설명한 반면에, 기독교 교리는 신의 비파생적 창조성과 자연의 파생성 및 의존성을 구분한다. 결국 소산적 자연(natura naturata)은 비신성화의 길을 걸으면서 더 이상 숭배의 대상이 되지 못했다. 중세 기독교의 자연관에 의해서 세례 받은 근대인들은 자연을 신적인 것이 아닌, 인간에게 맡겨진 신의 선물로 생각하게 되었다. 자연에 대한 인간의 우월성을 믿었던 근대인들은 자연을 물질적 대상(物質的 對象)으로 전락시켰고, 자연은 '자원'으로 인식되었다.

이상에서 우리는 서구의 신학전통이 하나님과 영혼, 인간과 역사의 문제에만 관심한 결과 신학이 인간학으로 귀결되었고, 그 결과 창조신앙이 '자연 없는 창조'(Schöpfung ohne Natur)로 곡해되었음을 살폈다. 자연이란 기껏해야 하나님과 인간이 주역이 되는 구원 드라마의 배경이나 무대로서, 부차적이고 이차적인 의미만 지니는 것으로 이해되었다. 물론 서구신학에서 자연친화적인 신학사상을 전혀 찾아볼 수 없다는 말은 결코 아니다. 성 프란치스꼬의 자연친화적 사상도 등장하지만, 그러한 자연친화적 주장들이 서구신학사상 속에서 신학적 주류를 형성하지는 못했다. 동시에 몇몇 다른 생태론자들의 논의는 근대의 자연과학적 자연관이라는 흙더미 속에 매장되고 말았다. 그리고 이러한 잘못된 인간중심적 자연이해가 인간에 의한 자연의 지배와 착취를 정당화하는데 기여했음을 부정할 수 없다는 점에서 기독교가 오늘의 생태위기의 전적인 책임은 아니더라도 부분적인 – 간접적인 – 책임을 피할 수 없을 것이다.

[참고문헌]

김균진, 「창조신학의 관점에서 본 자연과 인간의 관계 - 자연과 인간의 생명 공동체를 위하여」, 『조직신학논총』 제4집(1999), pp.7-43.

김명식, 『환경윤리에 관한 연구: 공리주의와 생명중심주의를 중심으로』(고려대학교 철학과 박사학위논문, 1996).

김중순, 『문화를 알면 경영전략이 선다』(서울: 일조각, 2001).

문영석, 「생태계와 화해에 관한 프란치스꼬 영성의 재조명」, 『종교연구』 제14집, no.1 (1997), pp.73-84.

C. Amery, *Das Ende der Vorsehung. Die gnadenlosen Folgen des Christentums* (Hamburg: 1974).

Th. Berry, *The Dream of Earth* (San Francisco: Sierra Books, 1988).

E. Drewermann, *Der tödliche Fortschritt. Von der Zerstörung der Erde und des Menschen im Erbe des Christentums* (Freiburg: 1981).

M. Fox, *Original Blessing* (Santa Fe: Bear 1983).

R. Franck, *A Philosophical Treatise* (London, 1687).

C. Glacken, *Traces on the Rhodian Shore: Nature and Culture in Western Thought from Ancient Times to the End of the Eighteenth Century* (Berkley: University of California Press, 1973).

J. Glanvill, *Scepsis Scientifica* (London, 1665).

J. Glanvill, *Plus Ultra* (London, 1668).

G. S. Hendry, *Theology of Nature* (Philadelphia, 1980).

U. Krolzik, *Umweltkrise-Folge des Christentums?* (Stuttgart/Berlin, 1979).

J. Le Goff, La Civilisation de l'Occident médiéval, 유희수 역, 『서양 중세 문명』(서울: 문학과지성사, 1995).

S. McFague, *Models of God: Theology for a Ecological, Nuclear Age* (Philadelphia: Fortress Press, 1987).

C. Merchant, *The Death of Nature: Women, Ecology and the Scientific Revolution* (New York: Harper and Row, 1990).

J. Moltmann, *Gott in der Schöpfung. Ökologische Schöpfungslehre*, 김균진 역, 『창조 안에 계신 하나님』(서울: 한국신학연구소, 1994).

J. Passmore, *Man's Reponsibility for Nature* (London: Duckworth, 1974).

J.-F. Senault, *Man Becom Guilty, Or the Corruption of Nature by Sinne, according to St. Augustin's Sense* (London, 1650).

Th. Spat, *History of the Royal Society* (London, 1667).

A. Toynbee, *The Toynbee-Ikeda Dialogue* (Tyoko: Kodansa International, 1976).

G. Walker, *The History of the Creation* (London, 1641).

L. White, *Medieval Technology and Social Change* (Oxford: Oxford University Presse, 1964).

L. White, Jr., "The Historical Roots of our Ecological Crisis", *Science* no. 155(1967), pp.1203-1207.

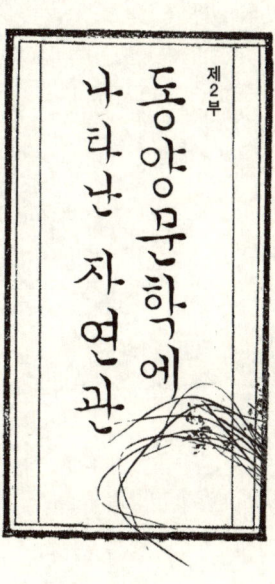

제2부

동양문학에 나타난 자연관

16C 士林派 文學의 自然觀

Ⅰ. 序論

16세기는 新儒學으로 무장한 一群의 지식인이 집권 勳舊派에 대항하여 역사의 전면에 등장했던 시기이다. 士林派로 지칭되는 이들은 鄕村의 在地的 地主로서 書院에서 朱子學的 이념을 탐구하고 그것을 현실에 구현하려는 강력한 개혁적 성향을 지니고 있었다. 그리하여 國初 이래 오래도록 功臣으로서의 권력과 富를 거의 독점적으로 享有해 온 勳舊派와의 사이에 심각한 갈등을 유발한다. 그 결과 勳舊派의 士林派에 대한 탄압으로 士禍가 일어나 많은 선비들은 목숨을 잃었고, 그 와중에서 백성들은 탐관오리들의 학정에 시달리면서 잦은 공역과 공물로 인하여 도탄의 수렁에 빠져 고향을 등지고 男負女戴하여 떠돌아다니게 된다. 이러한 역사적 배경 아래에서 지금까지 士林派 문학은 연구되었고 또한 일정한 성과를 이룩하였다.

그리하여 이 방면에 있어서의 기존연구는 江湖文學을 논의하는 과정에서 특정 작가의 작품에 天人合一이나 자연과의 조화를 지향하는 性理學的 思惟가 두드러지게 드러나고 있음을 밝히고 있다. 이에 본고는 이러한 연구 성과의 연장선상에서 恬退, 盜名, 隱遁, 流配 등의 사유로 江湖에 의탁하여 吟風弄月로 悠悠自適하던 士林派 선비들의 자연인식이 과연 동일한 양상을 지니고 있는지 의문을 가지고 因物起興, 託物寓意의 대상인 자연에 초점을 맞추어 그 실체를 해명하고자 한다.[1]

주지하다시피 因物起興이라 할 때 因物은 시적 대상인 사물 곧 자연이요, 起興은 시인의 표출된 정서를 일컫는다. 그러므로 因物起興은 인식의 주체인 시인이 문학적 대상인 사물로부터 어떠한 감흥을 받았으며 또한 그러한 감흥을 유발하는 사물을 어떻게 形象思惟하였는가를 해명하는 이론이자 작품감상의 비평법이라 할 수 있다. 이러한 시적 대상인 자연을 바라보는 觀物精神은 문학작품과 상호 연계되어 李敏弘[2], 鄭珉[3], 孫五圭[4], 鄭羽洛[5] 등에 의하여 논의되었다. 그러나 이들의 논의는 대부분 대상작품에 작가의 성리학적 이념이 어떻게 형상화되어 있는 가를 밝힐 뿐이다.

사물을 인식한다는 것은 인식 주체인 '자아'가 인식의 대상인 '자연'을 인식의 내용인 '개념'으로 이해한다는 것이다. 여기서 '개념'은

---

1) 인식의 주체인 시적 자아 즉 인간과 시적 대상인 자연에 대하여 趙東一은 自我와 世界(『韓國小說의 理論』, 知識産業社, 1977), 李敏弘은 內我와 外物(『朝鮮中期 詩歌의 理念과 美意識』, 成均館大學校出版部, 1993), 鄭羽洛은 自我와 事物(南冥의 事物接近에 관한 理論과 그 文學的 形象化의 一 局面, 『南冥學研究論叢』5, 南冥學研究所, 1997)로 각각 용어를 달리하여 사용하고 있다.

2) 李敏弘, 위의 책.

3) 鄭珉, 觀物精神의 美學 意義, 『한국학논집』, 한양대학교 한국학연구소, 1995.

4) 孫五圭, 山水文學에서의 因物起興, 『비교어문학』 11, 비교어문학회, 2000.

5) 鄭羽洛, 앞의 논문.

작가의 사상이나 경험의 유형에 따라 바뀔 수 있는 가변적인 것이다. 즉 '개념'은 한 시인에게 일관되게 나타나는 것이 아니라 시적 상황에 따라 변할 수 있다는 것이다.

자연의 사실적 묘사를 추구하는 卽物的 認識의 경우에는 개념이 곧 자연 그 자체가 되고, 자연을 이치가 드러나서 유행하는 것으로 보는 理念的 認識의 경우에는 개념은 시인이 추구하는 하나의 추상적 이념이 된다. 그리고 객관적으로 존재하는 자연이 지니고 있는 역사적 의미를 주체적으로 재해석해 내는 歷史的 認識의 경우에는 역사적 사실을 내포하는 구체적 개념이 된다. 문학작품에 있어서 이것은 중첩되어 나타나거나 또는 비유 상징되어 주개념·보조개념으로 나타나기도 한다. 그러므로 이에 대한 考察은 분석 대상인 문학작품을 감상하는 審美眼을 갖게 하고 아울러 작가 정신을 온전히 밝히는 첩경이 될 것이다.

이에 본고에서는 16세기 嶺南士林의 양대 산맥으로 崇仰 받는 嶺左歌壇의 李滉과 嶺右歌壇의 曺植의 時調 작품을 대상으로 그들의 작품에 드러난 자연인식 양상을 穿鑿하고자 한다. 퇴계와 남명의 시조작품을 선택한 이유는 첫째 時調는 江湖歌道의 士林派 성리학자들의 性情을 가장 잘 표출한 문학 장르이고, 둘째 퇴계와 남명 두 사람은 同時代人이면서도 異端思想의 수용적 측면에서는 이질성을 보이며 그들의 삶의 궤적이 恬退之士와 山林處士로 명확하게 구분되기 때문이다.

Ⅱ. 士林派와 天人合一의 自然觀

士林派는 고려의 權門勢族을 물리치고 조선 왕조의 지배세력으로 등장한 이른바 能文能吏의 사회 계층 가운데 일찍 중앙 정계에 진출하여 정치 주도권을 잡은 勳舊系列 士大夫에 대립하여, 왕조 교체기와 世祖 執政을 전후하여 중앙 정계로 진출하지 못하거나 또는 在野로 밀려나 있다, 15세기 후반부터 전면적으로 정치 무대에 등장하기 시작한 계열의 사대부 곧 士林이다. 이들은 자기 田莊에 생활 근거지를 두고 직접 경작을 감독하는 중소 지주로서 중앙에 거주하면서 지방에 대규모 토지를 세습하며 소유하던 勳舊派와 경제적 기반에서 차이를 보인다.6)

한편 학문적으로 볼 때, 사림은 性理學을 보다 강조함으로써, 科擧之文으로서의 詞章을 보다 강조하는 훈구계열 사대부에 비해 道學的 名分的 우위를 확보하려고 힘쓴다. 즉 훈구계열 사대부는 사장을 통한 중앙 정계에서의 세력 구축에 힘을 기울인 반면, 사림은 사장보다는 성리학을 더 강조함으로써 儒敎立國의 이념에 더욱 충실하고자 한다.7)

이러한 성리학을 중시한 道學的 학문집단인 사림은 16세기 후반 훈구파와의 정치투쟁에서 마침내 승리한 후 자체 분열을 통한 새로운 정치 투쟁을 일으킨다. 東西分黨의 黨爭이 그것이다.

당쟁의 원인은 대체적으로 보아 중소 지주로서의 경제기반을 가진 사림의 지방별 이해관계, 학파에 따른 성리학적 견해상의 차이,

---

6) 신영명, 『사대부시가의 연구』, 국학자료원, pp.20~22 참조.
7) 李秉烋, 『朝鮮前期 士林派의 現實認識과 對應』, 一潮閣, 1999, pp.10~14 참조.

또는 연령과 지위의 고하에 따른 현실 대응 자세의 차이 등을 들 수 있다.8)

이와 같이 王道政治의 구현이라는 명분을 내세우고 훈구파와의 세력다툼, 사림파 자체 내의 당쟁 하에서 사림은 때로는 정치 현실의 중심에 서서 出將入相의 가치관을 실천하고, 한편으로는 당쟁하의 明哲保身이나 致仕閑客의 생활을 염원하면서 향리로 복귀하여 훗날 중앙 정계로의 진출을 위한 자기 수양의 修己에 힘쓴다. 즉 지방 향리로 복귀하였거나 미처 중앙 정계로 진출하지 못 하였을 경우에는 獨善을 위한 修己에 힘쓰고, 중앙 정계로 진출하였을 때는 兼善을 통한 治人에 힘쓰는 것이다.

이렇듯 사림은 淸淨한 강호에 一身을 의탁하여 혼탁한 현실정치를 염려하면서 강호 자연을 심성 수양의 가장 이상적인 대상으로 생각하고 이를 통해 성리학적 세계관의 순수성과 정당성을 對外에 闡明하고자 한 것이다. 즉 사림은 강호 자연을 하나의 至高至善한 이상세계로 인식하고 불합리한 인간은 자연을 매개로 하여 끊임없는 수양과 성찰을 통해 자연과 서로 보완적인 존재로 합일되는 경지에 이를 수 있다고 생각한 것이다. 그리하여 "인간 사회의 도덕질서(人)와 객관적 자연질서(天)를 하나의 근원으로 보려는 天人合一의 인본주의적 존재론인 宋代의 性理學"9)을 받아들여 信奉하게 된 것이다.

---

8) 李秉烋, 書院과 朋黨, 韓國史研究會 編, 『韓國史研究入門』, 知識産業社, 1982, p.297 참조.

9) 宋榮培, 유교사상의 역사적 이해와 반성, 『泰東古典研究』第6輯, 泰東古典研究所, 1990, p.182.

性理學에서의 '合一'은 흔히 '天人合一'로 일컬어진다. 이것은 인간의 사유나 행위가 자연의 理法과 일치하는 데서 그 가치가 실현된다고 보는 하나의 인식체계이다. 이러한 天人合一의 자연관은 戰國時代의 『莊子』에서 출발하여 『易』과 『淮南子』를 거쳐 宋代에 이르러 張橫渠의 『正蒙』으로 결정된 氣의 철학을 토양으로 하여 朱子가 완성했다. 즉 "天은 人間의 내면적 원리로 작용하는데 인식 주체인 인간이 이를 體得할 때 비로소 事物과 교섭을 통해 合一을 이루어낸다."10)가 그 要諦이다. 이에 朱子를 신봉한 士林派 性理學者들은 사회전반에 대하여 주자학적 해석을 시도하고 획일화를 추구하고자 했다.

陰陽論에서의 太極을 動靜과 陰陽에 구분 없이 항상 존재하는 보편자라 한다면, 태극의 動靜, 陰陽에서 생긴 '人物'은 상호 다른 기질적 성격을 갖고 있는 개별자라 할 것이다. 이 개별자는 다시 '人'과 '物'로 나눌 수 있을 것인데 전자를 인식의 주체인 자아라 한다면 후자를 인식의 객체인 사물이라 할 것이다. 合一論은 보편자가 개별자의 우위에 있을 때 개별자인 '人'과 '物'이 상호간의 引力에 의해 合一의 관계에 놓인다는 이론이다. 여기서 '人'은 인식의 주체인 인간으로 '物'은 인식의 객체인 자연으로 환치가 가능하다.11) 이 경우 '物'은 天地萬物의 모든 것을 指稱한다. 시인에게 있어서 우선 눈앞에 있는 景物을 말한다 하겠다. 그러한 景物은 '山水', '自然', '江湖' 등으로 具體化 할 수도 있고 '桑麻雨露'라고 列

---

10) 朱子, 『朱子語類』 ; 天人一物, 內外一理, 流通貫徹, 初無間隔

11) 鄭羽洛, 南冥의 事物接近에 관한 理論과 그 文學的 形象化의 一局面, 『南冥學研究論叢』5, 南冥學研究院, 1997, pp.234~240 참조.

擧해 例示할 수도 있을 것이다.12)

그러므로 天人合一이란 인식의 주체인 인간과 인식의 객체인 자연이 마치 서로 待對하는 陰과 陽이 이상적인 太極으로 조화를 이루듯이 하나로 통일된다는 것이다. 이러한 天人合一의 자연관은 문학에도 그대로 적용된다.

사림파의 문학관인 載道論은 性理學의 始祖라 할 수 있는 周廉溪 '文所以載道也'라는 말에서 비롯되었는데. 이에 대해 朱子는 車가 載物之器이듯이 文은 載道之器라고 했다.

이러한 載道論은 이른바 文이 貫道之器라는 唐儒의 文學論에 비해 經文重道를 표방한다. 다시 말하면 貫道之器論의 경우 道와 함께 文을 존중하는 重文重道의 입장을 취하나, 載道之器論은 文은 道를 위해 존재하는 手段에 불과한 것으로 보는 것이다. 이와 같이 文을 道와 관련지어 논한 것은 儒家의 일관된 입장이다13).

그리하여 朱子를 중심으로 하여 완성된 宋代의 載道的 문학론이 문학을 통해 天人合一의 경지에 도달함을 최대의 이상으로 생각하듯이 士林의 경우 자연을 통한 道心의 시적 형상은 그들의 주된 지표였으며 동시에 人性과 物性의 合一의 추구이기도 했다.

---

12) 조동일, 山水詩의 경치·흥치·주제, 『국어국문학』 98, 국어국문학회, 1987, p.10 참조.

13) 李東英, 古典詩歌의 吟詠性情論, 『林下 崔珍源 博士 停年紀念論叢』, 刊行委員會, 1991, pp.369~370.

Ⅲ. 退溪와 南冥時調의 自然認識 樣相

1. 退溪의 自然認識의 樣相

자연을 매개로 시인의 情緒나 意志를 시로 형상화함에 있어서 시인이 자연을 어떤 태도로 인식하느냐 하는 명제가 바로 자연인식이다.

자연에 대한 인식을 성리학적 관점에서 보면 主理的 認識, 主氣的 認識, 主理主氣를 배합한 절충적 認識으로 분류할 수 있다. 또한 인식 주체인 자아가 인식의 대상인 자연을 어떠한 개념으로 인식하느냐에 따라 자연의 사실적 묘사를 추구하는 卽物的 認識, 자연을 이치가 드러나서 유행하는 것으로 보는 理念的 認識, 그리고 자연을 구체적인 현실로 상징화된 사실로 보는 歷史的 認識으로 구분할 수 있다. 여기서 시인이 시적 대상인 자연을 그 外顯에 치우치지 않고 그 내면에 관심을 기울여 적당한 거리에서 觀照하듯 인식하여 형상화하면, 즉 자연을 작가가 드러내고자 하는 개념의 매체로 이용한 경우에는 物我一體의 경지에 접어들 수 있다. 그러나 만약 작가의 자아가 자연의 외현에 지나치게 집착되어 發出하여 中節之和를 이루지 못하면 즉 자아가 자연에 부림을 당하면 자연의 理를 보지 못하고 외형만 관찰하여 감정의 범람으로 인한 말장난과 문자의 희롱에 빠지게 된다. 그러므로 자연을 진심으로 즐기는 것은 자연과 인간이 하나가 되어 피차의 분별이 없는 物我一體의 경지에 이르러야만 가능하다.

그리고 자연의 시적 형상에 있어 시인의 '意'와 '興' 가운데 어느 것을 중시하느냐에 따라 작품의 品格이 달라진다. 성리학의 두 계

파인 主理派와 主氣派의 자연인식은 한결같이 시인의 자아가 시적 대상인 자연을 관조하듯 부리는 것이다. 여기서 '意'는 단순한 정감이 아니고, 성리학적 道心과 연관된 것이다.

성리학에서 인식의 주체인 자아가 내적 성찰을 통한 道心의 발로를 인식의 객체인 사물을 부리는 입장에서 작품화 할 때, '意'를 중시한 경우는 托物寓意 이고, '興'을 중시한 경우는 因物起興 이다. 여기서 '意'와 '興'은 비슷한 개념이긴 하나 차이가 있다. '意'에 비해 '興'은 보다 정감적인 정서에 가깝다. 그러므로 托物寓意의 경우는 道心이 성리학 쪽으로 보다 경사했고, 因物起興은 시적 흥취 쪽으로 많이 치우친 것으로 생각된다. 만약 시인이 자연에서 '理'를 감지하여 그 理를 자신이 보존하고 있던 理와 합치시켜 작품에 형상화시키고자 한다면 托物寓意의 자연인식 양상이 보다 적합할 것이다. 그런 면에서 托物寓意의 자연인식 태도는 文以載道論의 꽃이라고 할 수 있다.

　　<雪月竹>
　　차디찬 옥가루(雪) 무더기로 누르고,　　　玉屑寒堆壓
　　얼음의 수레바퀴(月) 멀리 비친다.　　　　氷輪逈映徹
　　여기서 괴로운 절개 알겠거니와　　　　　從知苦節堅
　　더욱 더 빈 마음의 깨끗함이여.　　　　　轉覺虛心潔

　　<檞竹>
　　천 가닥 뿔이 겨우 소처럼 돋더니　　　　千角纔牛沒
　　어느 새 열 길(十尋) 이나 칼처럼 뽑아졌네　十尋俄劍拔

비로소 비와 이슬의 자태를 가지니 方持雨露姿
이미 바람과 서리의 절개가 나타나네. 已見風霜節

<枯竹>
가지와 잎사귀는 반쯤 말랐으나, 枝葉半成枯
기운과 절개는 전혀 죽지 않았다. 氣節全不死
膏粱珍味 먹는 사람에게 말하노니 寄語膏粱兒
말라 여윈 선비를 업신여기지 말라. 無輕憔悴士

<析竹>
굳센 목은 어쩌다 꺾이었지만, 疆項誤遭挫
곧은 마음(貞心)은 깨어질 것이 아니다. 貞心非所破
꼿꼿이 서서 흔들리지 않으니 凜然立不撓
쓰러지고 나약한 자 격려할 만하도다. 扸堪激頹懦

　위에 인용한 한시는 申元亮이 그린 十竹畫에 퇴계가 題한 十首
가운데 四首이다. 일상 생활 속에서 손쉽게 접할 수 있는 평범한 대
나무를 현재 눈 앞에 펼쳐져 있는 그 상태에 따라 각각 달리 형상화
하고 있다. 눈을 덮어쓴 차고 하얀 雪月竹, 이제 막 죽순 상태를 벗
어난 어린 穉竹, 오래되어 반쯤 메마른 姑竹, 줄기가 꺾여 마치 목이
꺾인 듯 처진 析竹이 그것이다. 그러나 퇴계는 이를 한결같이 君子
가 추구해야 할 도덕적 가치인 節槪로 개념화하여 이념적으로 인식
하고 있다.
　만약 눈앞에 펼쳐진 대나무를 현 상태 그대로의 모습으로 사실적
으로 형상화한다면 '눈을 덮어쓰고, 어리고 뾰족뾰족한, 오래되고

메마른, 줄기가 꺾인' 대나무의 개념으로 인식될 것이다. 이는 사물의 사실적 묘사를 추구하는 즉물적 인식의 결과이다. 그러나 퇴계는 외형보다는 내재하는 추상적 이념에 관심을 기울인다. '눈을 덮어쓴, 어린, 메마른, 꺾여진' 대나무의 외형에서 한결같이 權力과 威武 그리고 富貴에 마음이 흔들리지 않는 추상적 가치인 節槪로 개념화하여 인식하고 있는 것이다.

이에 반하여 다음의 한시에서는 대나무를 구체적인 하나의 역사적 개념으로 인식하고 있다.

<孤竹>

養老 잘함을 듣고도 왜 돌아오지 않으랴	聞善蓋歸來
폭력으로 폭력을 바꾸었으니 장차 어디로 갈 것인가	易暴將安適
지금부터는 더욱 외롭게 되리니	從此更成孤
곡식이 있어도 내 먹을 것 이니라	有粟非吾食

눈앞에 존재하는 사시사철 잎이 푸르고 속은 비었으며 재질은 단단하되 마디가 있고 일직선으로 쪼개어지는 일상의 평범한 대나무를 孤竹君의 두 아들 伯夷와 叔齊로 개념화하여 인식하고 있다. 伯夷와 叔齊가 周文王이 노인을 잘 섬긴다는 말을 듣고 "내가 듣건대 西伯(周文王)이 養老를 잘 한다니, 왜 그리로 돌아가지 않으랴" 하고 周나라로 돌아간 故事를 환기하고 "양로 잘함을 듣고도 왜 돌아오지 않으랴"로 형상화 한 것이다. 여기서 인식 대상인 대나무는 추상적 이념인 忠節이 아니라 바로 伯夷와 叔齊로 하나의 구체적인 특정한 역사적 개념으로 인식되고 있다.

이상으로 볼 때 인식의 주체인 시인에게 인식의 대상인 사물은 항상 동일한 개념으로 인식되지는 않는다. 이는 시인의 인식 태도 즉 즉물적 인식, 이념적 인식, 역사적 인식에 따라 달라지는 것이다. 그렇다고 하여 시인이 선호하는 인식 양상이 존재할 수 없다는 것은 아니다.

보내준 淸夜吟에 대한 그대의 생각은 대략 수긍이 가지만, 내 생각으로는 '아무런 생각 없이 스스로 깨달은(無欲自得)' 사람이 '맑고 깨끗하며 고상하고 심원한(淸明高遠)' 마음 상태에서 한가롭게 '光風霽月'이 나타나는 때를 만나 자연히 '景'과 '意'가 융합하여 '天人合一'이 되면 '興趣'가 超妙해져 '潔淨靜微'하고 '從容灑落'한 기상이 있게 될 것이다. 이를 말로 형용하기 어려울 뿐 아니라 즐거움도 또한 끝이 없으려니 邵康節이 지은 시의 내용은 다만 이 같은 의경에 불과할 뿐이다.

示唯淸夜吟意思 大槪得之 但愚恐只是無欲自得之人 淸明高遠之懷 閒遇著光風霽月之時 自然景與意會天人合一 興趣超妙 潔淨精微從容灑落底氣象 言所難狀 樂亦無涯 康節云云只此意耳[14]

退溪는 소강절이 느끼고 있는 「淸夜吟」의 意境을 두 가지 방식으로 밝혔다. 하나는 「景與意會」이고 또 하나는 「天人合一」이다. 전자는 문학적 접근이고 후자는 철학적 접근방식이다. 전자를 좀 더 구체적으로 말한다면 '景'은 客觀物景이고, '意'는 主觀情意이다. '景'과 '意'가 만난다는 것은 엄밀히 보아서 客觀物景이 主觀情

---

14) <答李宏仲>, 『陶山全書』, p.100.

意에 녹아들거나 아니면 主觀情意가 客觀物景 속으로 스며드는
식의 일방적인 침투로 설명할 수 없다. 말하자면 서로 침투하는 '相
乘'작용이 전제된 만남이다. 후자의 천인합일도 마찬가지이다. 그렇
기 때문에 퇴계는 客觀物景과 主觀情意가 '한가롭게 만나야한다
(閑遇)'고 하였고 '自然'스러워야 한다고 했다.[15] 이로 볼 때 퇴계의
문학 정신은 사물에 대한 이념적 인식에 밀착되어 있다. 그리하여
사물을 '이치'가 드러나서 유행하는 것으로 보고 대상사물을 주체화
하여 인식한다. 이념은 모든 경험에 통제를 부여하는, 즉 순수 이성
에서 얻어진 최고의 개념이기 때문에 사물과 자아가 '理'로 통할 수
있고 수양에 의해 그렇게 되어야 한다고 본다. 그러므로 그의 문학
정신에는 언제나 '道學的 含意'가 깃들어 있게 된다.

　　退溪에 있어서 자연은 風流와 起興의 대상으로서 인간의 심성을
양성하는 절대적 준거로 인식된다. 여기서 風流란 고려조 <翰林別
曲>류에시의 官能的 享樂을 제공해주는 공간으로서의 호사스러운
풍류가 아니다.

　　　　홀로 정자에 앉으니 여름 햇살은 밝고　　　　獨來林亭夏日明
　　　　푸른 시내는 거문고이며 푸른 산은 병풍이라네. 淸溪琴節壁山屛
　　　　시 읊조리며 조용히 생각하니　　　　　　　　通詩遙想人如玉
　　　　어진 이의 풍류 백세에 이름나겠네.　　　　　淸獻風流百世名[16]

　　위 詩에서 보듯 退溪의 風流는 그윽한 정신적 遊泳을 지향한다.

---

15) 李鍾虎, 退溪美學의 基本性格 (下),『安東文化』第10輯, 安東文化硏究所, 1989,
　　p.148.
16) 李滉, <書季任倦遊錄後>,『退溪集別集』卷一.

朝鮮朝 사대부들이 대부분 그러했듯이 退溪도 자연을 인간의 정서를 순화시켜주고 미적 쾌감을 주는 대상, 즉 興을 일으키는 대상으로 인식하여 작품마다 그러한 세계를 표출했다.

退溪는 "좋은 경치를 만나면 흥취가 절로 일어 한껏 즐긴다", "너무 춥거나 너무 덥거나, 또는 바람이 불거나 큰비가 올 때가 아니면, 어느 날이나 어느 때나 나가지 않는 날이 없다"라고 할 만큼 자연을 모름지기 하나의 興을 일으키는 대상으로 파악했다. 산수의 奇絶處를 만나면 지팡이를 끌고 나가 홀로 시를 읊조렸으며, 강을 굽어볼 수 있는 곳에 書室을 짓고 책 속에 파 묻혀 있다가 花朝月夕을 만나면 조각배를 강물에 띄우고서 홀로 오르내리며 흥이 사라져야만 돌아 왔다. 이것이 바로 퇴계가 자연에 의해 흥을 일으키고 그 속에서 유유자적했던 생활의 일면이다. 卽物的 인식에 의한 因物起興의 발로라고 말할 수 있다. 그러나 퇴계에 있어서의 흥은 항상 성리학적 도심을 전제로 한 시적 흥취이다.

어디까지나 隱의 자만을 피하고 山水 속에서 悠悠自適하는 자아와 자연이 合一되는 경지의 溫柔敦厚한 성정의 표출을 전제로 하는 것이다. 자연을 통해서 심신수양을 쌓은 노력의 결실이다. 여기서 자연은 단순한 一身의 안식처가 아니라 보다 적극적인 의미를 지닌다. 자연 속에서 자연과 더불어 삶으로서 자연의 理法을 깨닫고 배우는 것이다. 자연을 매개로 하여 道義를 기뻐하고 심성을 기르는 즐거움을 얻는 것이다. 자연의 법칙과 도덕의 법칙이 그 근원이 일치되는 것으로 보고 윤리적인 행위를 필연적인 행위로 이해하는 것이다. 그러니까, 자연을 노래한 시는 道義의 구속에서 벗어나 潔身亂倫 하는 것이 아니고 성현의 말을 좇아 道義의 근본에 이르러서 마음을 바로잡고자 한 것이다.

<陶山十二曲>은 이러한 퇴계의 자연관이 蘊蓄된 대표적인 작품
이다.

> 天雲臺 도라드러 玩樂齋 蕭灑흔듸
> 萬卷 生涯로 樂事ㅣ 無窮 ㅎ얘라.
> 이 듕에 往來風流를 닐어 므삼홀가[17)]

　1행의 '天雲臺'는 陶山書堂을 둘러싸고 있는 주위 山水의 대표적
인 자연물을 표현한 것으로 遠景描寫이며 自然景觀으로서 風景이
다. '玩樂齋 蕭灑흔듸'는 陶山書堂 안의 近景이다. 이것은 退溪의
文化空間인 동시에 認識空間 이기도 하다. 2행은 그 속에서의 독
서생활을 그리고 있다. 3행은 '天雲臺'를 중심으로 陶山書堂을 둘
러싼 遠景과 '玩樂齋'를 중심으로 한 近景 사이의 깨끗한 공간 속
에서 독서하는 風流를 이야기하고 있다. 정갈한 자연 경관 속을 거
닐며, 만 권의 책을 벗하고 살아가는 도산에서의 풍류스러운 삶의
모습이 잘 그려져 있다.

　여기서 퇴계는 자연을 起興의 대상으로 보았으며 이때의 興은
'抒情的인 것'에서 출발하여 天理의 질서정연함을 인식하는 데서
오는 '本質的, 理念的'인 것으로 통하고 있음을 확인할 수 있다. 결
코 서정의 放逸과 淫亂에 흘러 移情蕩心의 藝慢戲押으로 나아가
지 않는다. 그렇다고 관념적 託意나 載道的 寓意가 드러나는 것도
아니다.

---

17) <陶山十二曲> 後六曲 其一.

어디까지나 자연이 이룩한 형상은 현실계에서 동시에 공존하는 형상이 아니라 退溪의 관념 속에 통일되어 지는 敍景이다. 따라서 감동을 동반하여 敍景이 관념 속에서 통일되어 지는 것이며 이것은 理의 경지에서만 가능하다. 理의 경지에서 보면 四時佳景의 所以然과 四時佳興의 所以然은 동일하기 때문이다. 이러한 理念的 감동은 「陶山十二曲」의 詩的 感動이기도 할 것이다.

> 幽蘭이 在谷ᄒ니 自然이 듣디됴해
> 白雲이 在山ᄒ니 自然이 보디됴해
> 이듕에 彼美一人를 더욱닛디 몯ᄒ얘[18]

> 靑山난 엇뎨ᄒ야 萬古애 푸르르며
> 流水는 엇뎨ᄒ야 晝夜에 긋디아니는고
> 우리도 그치디마라 萬古常靑 호리라[19]

첫째 首에서 골짜기에 있는 그윽한 난초와 산에 있는 흰 구름에서 興을 일으키고 있다. 난초와 흰 구름을 매개로 하여 일어난 興이 이념적인 존재인 '아름다운 한 사람'에게로 귀결된다.

幽蘭의 '듣디됴해'와 白雲의 '보디됴해'라고 노래하고 있어 退溪는 陶山 山水의 아름다움을 노래하기 위하여 白雲과 幽蘭을 매개로 사용하고 있다.

'白雲在山'과 '幽蘭在谷'을 바라보는 賞心을 퇴계는 "듣기 좋고 보기 좋다" 라고 표현한 것이다. 그리고 終章에서는 道學者요 士大

---

18) <陶山十二曲> 前六曲 其四.
19) <陶山十二曲> 後六曲 其五.

夫의 입장에서 군주를 그리워하고 있다.

둘째 首에서는 청산의 '萬古애 푸르르며'와 流水의 '晝夜애 긋디 아니논고'를 통하여 인간 속에 내재하고 있는 변하지 않는 性을 기르고자 했다.

대자연의 理法을 退溪는 所以然으로서의 理라고 하였다. 이 理는 氣의 작용으로 말미암아 비로소 어떤 형체를 지니게 되며, 원래 理는 무형적인 것으로 이론적으로 설명되어지고 관념적 사유에 의해서 인식되어지는 존재인 것이다. 退溪는 이 理를 우주의 眞有로서 至高의 가치로 인식했다. 따라서 退溪는 山水景物을 감상하면서도 외형적 현상으로서의 감각적 형식에만 머물지 않고 그 현상 속에 내재하는 대자연의 理法, 즉 理의 세계를 인식하고자 한 것이다. 그리고 이것을 인간이 갖고 있는 性에 연결시켜 그 本性을 기르고자 한 것이다. 때문에 靑山의 푸르름과 流水의 끊임없음을 본받아 인간 性의 푸르름과 끊임없음에 對應시키고자 하였다. 이는 그의 持敬思想의 문학적 표출이라고도 할 수 있다.

그리고 첫째 首의 '幽蘭'과 '白雲' 둘째 首의 '靑山'과 '流水'는 각각 自然에 연결되며, 각 수의 '萬古常靑'과 '彼美一人'은 같이 人間과 자연스럽게 연결되고 있다. 여기서 萬古常靑은 '義'를 나타내는 것이고 彼美一人은 '忠'을 나타내는 것으로 본다면 自然의 완상을 통해 人間의 心性, 즉 義와 忠 등 儒家的 心性을 길러야 할 것이라는 주장을 노래를 통해 나타내고 있다고 볼 수 있다.

그러므로 위의 두 시조에서 退溪는 일상생활의 주변에서 쉽게 만날 수 있는 평이한 사물에서 因物起興하여 이를 이념적으로 인식, 종국에는 義와 忠의 추상적 이념으로 형상화하고 있는 것이다.

退溪는「聖學十圖」의 第二圖「西銘」에서 "무릇 聖學은 仁을 구하는 데에 있다" 라고 하였다. 求人聖學은 곧 天人合一의 경지를 추구하여 성인의 경지에 도달하는 것을 말하는 것이다. 退溪는 이러한 理를 실현하기 위하여 老佛을 비판하지 않을 수 없었으며 비판과 동시에 대안을 제시하고 있는데 그것은 體察을 통한 人間과 自然의 合一 그것이다. 「後六曲」其五 初章과 終章에서 '青山'과 '流水'를 제시하고 다시 終章에서 "우리도 그치디마라 萬古常青호리라" 라고 하여 결국 人間인 우리가 自然인 青山과 流水의 정신을 본받아 일치되어야 할 것이라 하였다. 이는 곧 퇴계가 因物起興의 사유방식을 통하여 자연을 이념적으로 인식한 결과이다.

그러므로 退溪는 자연의 본성을 깨달아서 인간이 설정한 미적 기준으로 자연을 이해하고 適宜하게 해석하는 가운데서도 자연을 있는 그대로 관조하여 그 속에 내재하고 있는 자연의 아름다움을 발견하는 동시에 거기에 따르는 理法을 유추하여 그 理法에 충실하고자 하였다. 그러니까「陶山十二曲」에 보이는 退溪의 自然觀과 人間觀의 주제는 인간의 本性을 회복하고 인륜과 도덕의 원리를 밝혀서 이를 실천해 나가는 데 있다. 退溪는 이러한 本性, 즉 仁義禮智를 완전히 실현함으로써 天理와 合一되는 경지에 있는 사람을 聖人이라 불렀다. 이러한 聖人의 경지는 自然과 人間이 만나는 바로 그 지점임을 말해주는 것이다.[20]

---

20) 金光淳, 退溪文學에 있어서의 自然觀과 人間觀, 『淵民學志』第1輯, 淵民學會, 1993, pp.39~56 참조.

2. 南冥의 自然認識 樣相

16세기 사림들은 勳戚勢力들에 대한 비판의식에서 기존의 성리학이 실천의 측면에서 한계가 있었음을 비판하고, 修己를 바탕으로 한 기반 위에서 성리학의 이념을 사회적으로 실천하는 문제에 주력하였다. 16세기 사림과 학자들의 이러한 입장은 중앙의 勳戚 세력들의 반격을 받았다. 이들의 정치적, 사회적, 사상적, 문학적 대립은 네 번에 걸친 士禍로 구체화되었으며, 이러한 사화를 겪으면서 지방의 士林들은 出仕보다는 隱居의 삶을 선택하는 경향이 많았다. 士禍라는 시대적 상황에서 은거의 삶을 선택한 士林派 학자들은 '處士', '逸士', '隱逸', '居士', '徵士' 등의 호칭으로 불리었으며, 이들 스스로는 '處士'로 지칭되는 것을 큰 영예로 생각하였다.21)

16세기 處士形 士林의 대표적인 인물은 南冥 曺植(1501~1572)을 들 수 있다. 南冥은 勳舊派와 士林派가 대립하여 여러 차례 士禍가 발생한 16세기 전반기를 살면서 出處의 大節을 보였다. 또한 性理學이 한창 꽃피던 시절에 形而上學的 명제의 탐구로 흐르는 학풍을 걱정하여 철저하게 실천적인 학풍을 내세웠다. 그래서 南冥의 학문은 性理說을 이론적으로 전개하는 것을 지양하고, 심성 수양의 수양론 위주로 학문의 방향을 잡았다. 이런 실천적 학풍은 '下學人事 上達天理' 와 '斂繁就簡 反躬造約'으로 요약된다.22)

남명의 학문적 특징은 뭐니뭐니 해도 敬과 義로 대표된다. 물론 이 敬·義는 宋代 학자들이 앞서 말한 것이고, 특히 敬은 우리나라

---

21) 신병주, 『남명학파와 화담학파의 연구』, 일지사, 2000, pp.11~12.
22) 최석기 외 옮김 『선인들의 지리산 유람록』, 돌베개, 2000, p.99.

성리학자들이 중시한 것이다. 따라서 남명만의 특이한 학설은 아니다. 문제는 남명이 敬과 아울러 義를 상징적으로 드러냈다는 것인데, 이 점은 그의 성리사상이 수양론에 치중해 있다는 점에서 그 실마리를 찾을 수 있다.

남명은 내적 存心養性의 바탕으로 敬을 내세우고, 마음이 움직였을 때 외적 省察의 기준으로 義를 내세웠다. 대체로 성리학자들은 義를 敬안에 포함 시켜 보다 근원적인 敬만을 내세웠는데, 그는 이 둘을 해와 달에 비유하여 안으로 마음을 밝히는 것과 밖으로 일을 처리하는 두 단계로 나누어 보았다. 즉 靜時와 動時의 수양으로 나누어, 외적 수양을 내적 수양과 동등하게 보고 있다. 이 점은 그가 두 자루의 칼에다 敬과 義를 나누어 새긴 데에서도 알 수 있다.

이처럼 義를 敬에 포함시키지 않고 따로 드러내 두 축으로 내세운 데는 내적 存養과 마찬가지로 외적 省察을 중시한 것인데, 이 성찰을 단순히 의리를 강명하는 窮理의 일로서만 보지 않고 범위를 넓혀 보면 마음이 발동하여 應事接物하는 모든 외적인 면을 다 포함시킬 수 있다. 그렇게 보면 이 성찰 속에는 審幾 克治하는 克己의 일이 저절로 뒤따라 이루어진다고 할 수 있다. 결론적으로 선생의 학문의 要諦는 敬과 義인데, 그것을 좀더 풀어보면 存養 ― 省察 ― 克己의 3단계 수양론이라 하겠다.[23]

南冥은 61세 되던 해 지리산 산록 德山으로 이주해 書室을 짓고 堂號를 山天齋라 명명했다. 堂號 山天은 『周易』 畜卦의 "剛健하고 篤實하게 修養해 안으로 德을 쌓아 밖으로 빛을 드러내서 날마다

---

23) 최석기, 南冥集 해제, 『南冥集』, 이론과 실천, 1995, pp.25~26.

그 德을 새롭게 한다(剛健 篤實 輝光 日新 其身)” 는 말에서 뜻을 취한 것으로 강건한 기상과 독실한 자세로 세상에 나가지 않고 깊숙이 묻혀 心性을 올바로 修養하고자 한 그의 뜻을 闡明한 것이다.

　　頭流山 兩端水를 녜듯고 이지보니
　　桃花뜬 묽은 물에 山影조ᄎ 잠겨세라
　　아희야 武陵이 어디미오 나는 옌가 ᄒ노라

이 時調에서 두류산 양단수는 조선조 士林의 정신적인 고향인 朱子가 기거했던 중국 福建省 武夷山의 九曲을 연상시킨다. 陶淵明이 강물에 흘러오는 복숭아 꽃잎을 따라 이상향 武陵桃源을 찾았듯이 朱子 또한 배를 띄워 九曲의 發源地를 찾아 상류로 올라가듯 인간의 本性을 회복하고자 했다. 南冥 역시 三壯의 흘러가는 물을 보면서 天理가 깃든 本性에 내한 자각을 염원한다. 이렇듯 지리산 山天齋는 心性을 수련하는 이상향으로서의 자연 공간이다.

제1행에서 공간과 시간이 서로 對偶되어 조화를 이루면서 詩想이 선명하게 부가된디. 제1구 ‘두류산 양단수’는 공간을, ‘녜듯고 이지보니’는 시간을 나타내어 時空이 하나가 되어 간결한 이미지를 드러낸다.

제1구 1·2 음보의 ‘山’과 ‘水’는 공간으로, 제2구 3·4 음보의 ‘녜’와 ‘이지’는 시간으로 그리고 ‘듣고’와 ‘보고’는 감각으로 다시 대우를 이룬다.

훌륭한 시적 표현이 詩語로 선택된 客觀的 相關物들이 지니는 辭典的 의미의 상이함 속에서 유사성을 드러내는 것이라면 제1행의 중첩된 대우의 시적 구사는 가히 絶調로서 손색이 없다. 여기서 공간으로 형상된 山水는 비유적 언어로 수식되어 특정한 개념으로 인식되기 이전의 자연 즉 현실로서 단지 눈앞에 펼쳐진 자연 그대로의 산수이다. 그런데 이 자연 그대로의 눈앞에 존재하는 산수는 예로부터 지금까지 退溪의 마음 속에 일관되게 자리 잡은 理想鄕으로서의 산수이다. 陰과 陽이 조화를 이루어 太極이 되듯이 두류산(陽)과 양단수(陰)가 合一한 곳 그 곳이 바로 武陵桃源으로서의 이상향인 곳이다.

제2행은 점층법을 사용하여 詩想을 한층 강화하고 있다.

도화뜬 맑은 물 속에 산 그림자가 잠겨 있다는 것은 수평의 물 위에 수직으로 가라앉았다는 의미이다. 수평적 사유가 수직적 사유로 전환한 셈이다. 이는 수직이 상징하는 바와 같이 곧고 굳은 결의의 表象이다. 곧 제1행에서 마음속으로 希求하던 이상향이 현실로 다가온 것이다. 다시 말하면 이상향의 확인인 것이다.

제3행은 돈호법으로 시작된다. 시상의 전환이 여기서 이루어지는 것이다. 그리고 문답법으로 완결된다. 물음에 대한 해답이 제시되면 의문이 해소되듯이 사물로 인하여 촉발된 홍취나 사물에 依託하여 드러내고자 하는 뜻이 首尾相應 하여 완결되는 것이다.

제1음보의 '아희야'는 신체적으로 미숙한 나이 어린 소년이 아니다. 세속의 티끌이 묻지 않은 순진무구한 仙童을 가리킨다. 時調 제3행 제1음보의 감탄사가 신이나 절대자에 대한 시적 자아의 의지를 表明하는 시적 기능을 지닌다[24]고 볼 때 南冥은 제2행에서 스

---

24) 拙稿, 古詩歌에 나타난 感歎詞의 意味機能,『時調學論叢』第14輯, 韓國時調學會, 1999.

스로 다짐한 이상향을 여기서 순수한 良心을 지닌 오로지 진실만을 말할 仙童에게 다시 한 번 묻고 "나는 옌가 ㅎ노라" 하여 武夷九曲과 같이 道義를 닦고 後學을 기를 이상향임을 제삼 확인한다. 그리하여 持敬實行의 이상향으로 신념화시킨다. 南冥의 이러한 신중한 자세는 평소 그가 愼獨의 수양 자세가 흐트러질까 바 스스로를 경계하기 위해 "內明者敬, 外斷者義"가 새겨진 佩劍과 惺惺子를 지니고 다닌 사실에서 미루어 짐작 할 수 있다.

전체적으로 사물에 의해 촉발되는 감흥을 노래한 것이 아니라 사물을 이용하여 자신의 뜻을 드러내고 있다. 즉, 形象思惟는 因物起興보다는 托物寓意에 더 가깝다. 그리고 자신의 뜻을 드러내기 위해 선택한 詩語를 인식하는 태도는 卽物的, 理念的, 歷史的 認識이 두루 통용된다. 하지만 일반적으로 時調의 주제가 제 3행에서 드러나듯이 <頭流山歌>에서도 '아희'와 '武陵桃源'의 인식 양상과 같이 역사석 인식이 주조를 이룬다.

즉물적 인식이 사물 인식의 기본 태도로서 세계와 자아간의 근원적인 관계라면, 이념적 인식과 역사적 인식은 세계의 자아화로서 서정의 표출 양상이다. 그러나 因物起興의 이념적 인식과 역사적 인식이 다소 奔放하고 시원한 서정의 표현이라면, 托物寓意의 이념적 인식과 역사적 인식은 다소 절제된 端雅한 서정의 표출로 나타난다. 그런 점에서 <頭流山歌>는 역사적 인식 양상으로 托物寓意의 형상화를 통하여 物外閒適의 品格을 지닌다고 하겠다.

천 석들이 종을 보게나　　　　　　　請看千石鐘
크게 치지 않으면 소리가 없다네　　　非大扣無聲

어떻게 하면 두류산처럼   爭以頭流山
하늘이 울어도 울지 않을 수 있을까   天鳴猶不鳴
<題德山溪亭柱>25)

이 시에서 南冥은 자신을 천 가마니의 쇠로 주조한 커다란 鐘으로 비유했다. 俗人이 감히 범접할 수 없는 千石鐘은 바로 암반으로 형성된 두류산 최고봉인 天皇峰을 가리킨다. 하늘을 떠받치고 말없이 우뚝 솟아 흰 구름을 두른 외경스러운 天皇峰은 高邁한 기상과 物外閒適한 서정을 지닌 인간으로 表象된다.

일반적으로 "溫柔敦厚의 서정영역에는 戀君이 포함되지만, 閒美淸適은 溫柔敦厚에 비해 약간 유미적인 까닭으로 戀君이 없는 것인지 모른다. 이와는 대조적으로 소위 物外閒適의 서정 양상에는 戀君과 兼善의 의지는 없다"26)고 해석된다. 왜냐하면 物外에 있어서의 '物'은 經國濟民과 관련된 것인데 '物' 밖이라 함은 바로 '物'을 부정적으로 인식하는 것이기 때문이다. 그러므로 物外閒適은 비록 현실이라는 사회체제 안에서 살아가지만, 현실에 대해 불만을 품고 일종의 저항 수단으로 정치현실을 떠난 서정적 주체의 얼마간의 부정적 저항감을 내포한다. 그런 점에서 明宗과 宣祖의 거듭된 出仕 권유에도 나아가지 않고 江湖의 山林處士로 남은 南冥의 고민을 일견 이해할 수 있다.

그러나 南冥에 있어서 戀君과 兼善은 근본적으로 부정의 대상은 아니었다. 어디까지나 黨爭과 士禍로 점철된 당시의 조정 사정은

---

25) 경상대학교 남명학연구소 편역, 『교감국역』 南冥集, 이론과 실천, 1995.
26) 李敏弘, 『증보 사림파 문학의 연구』, 月印, 2000, p.276.

그가 비록 出仕해도 돌이킬 수 없다는 일차적인 판단과 아울러 遺逸之士를 求한다는 그럴듯한 명분만 내세웠지 실상 능력 있는 선비를 크게 등용하지 않은 明宗과 宣祖에 대한 일종의 저항이다.

　猜忌와 反目으로 분열을 거듭하는 조정에서의 微官末職 벼슬길보다 江湖에 은거하여 본성을 회복하고 後學을 講學하는 삶이 보다 뜻 있는 길이었던 것이다. 또한 處士로서 좀더 자유롭고 비판적인 위치에서 현실의 모습을 지적할 수 있다고 인식하였기 때문이다. 이러한 저간의 사정은 承句 "크게 치지 않으면 소리가 없다네" 에 잘 나타나 있다. 여기서 크게 친다는 것은 크게 登用한다는 뜻이요, 소리가 없다는 것은 크게 登用하지 않기 때문에 비록 王命일지라도 出仕하지 않는다는 의미로 해석된다.

　이렇듯 南冥이 오롯이 處士像을 견지한 것은 무엇보다도 그의 현실인식이 철저함에 기인한 것이다. 南冥은 자신이 살고 있던 시대를 일관되게 비판의 눈으로 바라보았다. 士禍期는 말 할 것도 없고 文定王后가 죽고 戚臣 세력의 일부가 제거되었을 때도, 그리고 선조의 즉위로 士林들이 거의 政界의 주도권을 쥐었을 때도 '救急'이라는 표현으로써 낙관론에 가득 차 있었던 士林의 경각심을 촉구하였다. 南冥이 모순된 현실과 타협을 거부하는 자세에는 그의 직선적이고 엄격한 기질도 많이 작용한 것으로 보이는데 南冥이 門人인 鄭逑, 崔永慶, 河沆 등과 덕천동을 유람하면서 읊은 다음의 시는 南冥의 기질을 잘 나타내고 있다.[27]

　　온몸 40년 간의 더러움을　　　　　　　　全身四十年前累

27) 신병주, 『남명학파와 화담학파의 연구』, 일지사, 2000, pp.121~122.

천 섬의 맑은 못에 다 씻어 낸다.　　　　　　千斛淸淵洗盡休

티끌이 만약 창자 속에 남아 있다면　　　　　塵土徜能生五內

바로 배를 갈라 흘러 보내리　　　　　　　　直令割復付歸流

　　　　　　　　　　　　　　　　　　　　　　　<浴川>28)

　배를 갈라 五臟에 끼인 人慾을 세척하여 淸淨한 마음상태를 유
지하고 天理를 보존하려는 南冥의 굳은 의지를 잘 나타내고 있다.
즉 南冥은 山林處士로 남아 天理를 보존하여 자연과 合一을 지향
하고 忘我의 세계를 추구한 것이다.

　轉句와 結句의 "어떻게 하면 두류산처럼, 하늘이 울어도 울지 않
을 수 있을까"에서 '하늘이 운다'는 것은 王命의 부름으로 해석된
다. 그러므로 '울지 않을 수 있을까'는 왕의 거듭된 出仕의 명령에
도 흔들리지 않고 初志一貫 자신의 뜻을 두류산처럼 지키고자 한
굳은 의지의 다짐이다. 이에 대해서 조동일 교수는

　　　큰 종과 같아서 크게 쳐야 소리가 난다고 하고, 지리산은 하늘이
　　울어도 울지 않는다고 했다. 두 말이 서로 다른 것은 앞에서는 일반
　　적으로 인정되는 사실을, 뒤에서는 바람직한 이상을 말했기 때문이
　　라고 말 할 수 있다. 하늘이 운다는 것은 생각할 수 있는 가장 큰 충
　　격이다. 그런데도 울지 않은 지리산은 가장 큰 선비 이다. 심지가 굳
　　고 발라 어떤 충격에도 흔들리지 않는 자세를 갖추고자 해서 그런
　　시를 지었다.29)

---

28) 題德山溪亭記, 『南冥集』, p.20.

29) 조동일, 曺植의 시문에 나타난 지리산의 의미, 『국제학술회의 자료집』, 남명학 연
　　구원, 2001, p.84.

라고 하여 지리산을 이념적으로 인식하고 있다. 그러나 南冥의 경우 그의 문학관은 사물--지리산에 대한 역사적 인식에 좀 더 밀착되어 있는 것 같다. 이 때문에 그는 인식 객체인 자연과 인식 주체인 자아 사이에 탄력을 부여함으로써 객관 사물이 갖고 있는 역사적 의미를 주체적으로 재구해 낸다. 즉 지리산의 역사적 의미는 混濁한 세상을 살아가는 南冥 그 자신인 것이다. 여기서 자연으로서의 지리산은 托物寓意되어 物外閒適의 性情으로 형상화되고 그리하여 物我一體의 天人合一을 이룬다.

IV. 結論

이상으로 嶺南士林의 兩大山脈으로 崇仰 받는 退溪와 南冥의 時調 작품에 나타난 自然認識 樣相을 사물을 인식하는 세 가지 관점을 중심으로 살펴보았다. 사물을 인식하는 세 가지 관점이란 사물의 사실적 묘사를 촉구하는 卽物的 認識, 사물을 이치가 드러나서 유행하는 것으로 보는 理念的 認識, 사물이 지니고 있는 역사적 의미를 객관적으로 재해석해 내는 歷史的 認識이다.

그리하여 士林派의 載道以器論的 문학관은 자연을 매개로 하여 天人合一의 경지에 도달하는 것으로 解明했다.

특히 退溪의 <陶山十二曲>은 인식의 객체인 陶山을 因物起興의 思惟方式을 통하여 이념적으로 인식하고 溫柔敦厚의 性情을 표출하여 天人合一의 경지에 도달하는 것으로 밝혔다.

그리고 南冥의 <頭流山歌>는 전체적으로 사물에 의해 촉발되는 감흥을 노래한 것이 아니라 사물을 이용하여 자신의 뜻을 드러내고 있다. 즉, 形象思惟는 因物起興보다는 托物寓意에 더 가깝다. 그리고 자신의 뜻을 드러내기 위해 선택한 詩語를 인식하는 태도는 卽物的, 理念的, 歷史的 認識이 두루 통용된다. 하지만 일반적으로 時調의 주제가 제3행에서 드러나듯이 <頭流山歌>에서도 '아희'와 '武陵桃源'의 인식 양상과 같이 역사적 인식이 주조를 이룬다.

즉물적 인식이 사물 인식의 기본 태도로서 세계와 자아간의 근원적인 관계라면, 이념적 인식과 역사적 인식은 세계의 자아화로서 서정의 표출 양상이다. 그러나 因物起興의 이념적 인식과 역사적 인식이 다소 奔放하고 시원한 서정의 표현이라면, 托物寓意의 이념적 인식과 역사적 인식은 다소 절제된 端雅한 서정의 표출로 나타난다. 그런 점에서 <頭流山歌>는 역사적 인식 양상으로 托物寓意의 형상화를 통하여 物外閒適의 品格을 지닌다고 하겠다. 또한 <題德山溪亭柱>는 인식의 객체인 지리산을 托物寓意의 思惟方式을 통하여 역사적으로 인식하고 物外閒適의 性情을 드러내어 두 작품 모두 인간과 자연의 조화로운 삶을 구현하는 宋代 性理學의 天人合一을 추구하는 것으로 밝혔다.

[참고문헌]

『南冥集』『朱子語類』『退溪集』
金光淳, 退溪文學에 있어서의 自然觀과 人間觀 ; 陶山十二曲을 中心으로, 『淵民學志』, 第1輯, 淵民學會, 1993.
金一根, 曺南冥의 國文詩歌에 대한 深層研究, 『南冥學研究論叢』 7, 南冥學研究院, 1999.

金周漢, 退溪와 南冥의 文學批評, 『영남문화』 17, 영남대, 1984.

朴洋子, 退溪의 自然觀, 『退溪學報』 75·76, 퇴계학연구소, 1992.

孫五圭, 山水文學에서의 因物起興, 『비교어문학』 11, 비교어문학회, 2000.

宋榮培, 유교사상의 역사적 이해와 반성, 『泰東古典硏究』 第6輯, 泰東古典硏究所, 1990.

申龜鉉, 李退溪의 自然哲學, 『退溪學報』 75·76, 퇴계학연구소, 1992.

신병주, 『남명학파와 화담학파 연구』, 일지사, 2000.

신영명, 『사대부시가의 연구』, 국학자료원, 1996.

신영명 외, 『조선중기 시가와 자연』, 태학사, 2002.

安炳周, 儒教의 自然觀과 人間觀, 『退溪學報』 75·76, 퇴계학연구소, 1992.

尹絲淳, 退溪에서의 自然과 人間, 『退溪學報』 75·76, 퇴계학연구소, 1992.

李東英, 朝鮮朝 嶺南詩歌의 硏究, 釜山大出版部, 1984.

李東翰, 退溪의 山林詩에 나타난 自然觀, 『退溪學報』 75·76, 퇴계학연구소, 1992.

李敏弘, 『朝鮮中期 詩歌의 理念과 美意識』, 成均館大學校出版部, 1993

_____, 『증보 사림파 문학의 연구』, 月印, 2000.

李秉烋, 書院과 朋黨, 韓國史研究會 編, 『韓國史研究入門』, 知識産業社, 1982.

_____, 『朝鮮前期 士林派의 現實認識과 對應』, 一潮閣, 1999.

李政喜, 頭流山遊覽錄에 나타난 嶺南士林의 精神世界, 慶尙大 教育學碩士論文, 1995.

李鍾虎, 退溪美學의 基本性格 (下) ; 人格-自然-文藝美의 儒家的 統一, 安東文化 第 10輯, 安東文化硏究所, 1989.

李滦旭, 古詩歌에 나타난 感歎詞의 意味機能, 『時調學論叢』 第14輯, 韓國時調學會, 1999.

張勝求, 退溪의 自然性의 世界觀硏究, 『退溪學硏究』 第6輯, 檀國大退溪學硏究所, 1992.

張立文, 李退溪의 人間과 自然과의 關係論, 『退溪學報』 75·76, 퇴계학연구소, 1992.

鄭景柱, 朝鮮中期 處士文學의 傾向, 『釜山漢文學研究』 2, 釜山漢文學會, 1982.

鄭 珉, 觀物精神의 美學 意義, 『한국학논집』, 한양대학교 한국학연구소, 1995.

鄭羽洛, 南冥의 事物接近에 관한 理論과 그 文學的 形象化의 一局面, 『南冥學研究論 叢』 5, 南冥學研究院, 1997.

_____, 南冥의 事物認識 方法과 詩精神의 行方, 『학술대회자료집』, 南冥學研究院, 2002.

趙南旭, 南冥의 士林精神, 『南冥學研究』 第四輯, 慶尙大 南冥學研究所, 1994.

조동일, 『韓國小說의 理論』, 知識産業社, 1977.

_____, 山水詩의 경치·흥치·주제, 『국어국문학』 98, 국어국문학회, 1987.

_____, 曺植의 시문에 나타난 지리산의 의미, 『南冥선생 탄신 500주년 기념 국제학술 회의 논문자료집』, 남명학연구원, 2001.

崔珍源, 『國文學과 自然』, 成均館大出版部, 1977.

中國 古典詩歌에 나타난 自然觀의 變化

-'以我觀物'에서 '無我之境'까지-

1. 들어가는 말

古代 중국에서 自然을 보는 전통적인 관점은 自然 속에서 도덕적인 가치(善)나 기능 가치로써의 쓰임(用)을 찾아내는 것이다. 이러한 감상법이 주류를 이루었으므로 先秦 문헌에서 대단히 많은 관련 자료를 찾아 볼 수 있다. 가장 대표적인 예가 「論語・子罕篇」에 나오는 孔子의 다음과 같은 탄식일 것이다.

孔子가 냇가에서 말했다. 흘러가는 것이 이와 같은가, 밤낮을 가리지 않으니!

(子在川上 曰 : 逝者如斯夫, 不捨晝夜!)

여기서 孔子가 이야기 한 것은 세상사일 수도, 인간사일 수도, 개인의 도덕 생명일 수도 있지만 결코 물 그 자체가 아닌 것만은 쉽게 알 수 있다. 孔子는 단지 물이 흘러간다는 성질을 빌어 이와 비슷한 현실 인생을 이야기하고 있는 것이다. 그러므로 '物(시냇물)'과 '나(공자)' 사이는 대립적인 관계이고 그 경계는 比擬에 머무르게 된다.[1]

또, 「論語·雍也」에서 孔子가 말한 "知者는 물을 좋아하고, 仁者는 산을 좋아한다. (子曰: 知者樂水, 仁者樂山; 知者動, 仁者靜)" 운운한 것도 孔子가 잠시 산과 물을 빌어 군자의 도덕과 인격을 찬양한 것이지, 산수 자체의 성질에 대한 인정이나 감상이 아닌 것을 알 수 있다. 즉, 先秦 시기의 山水는 군자 덕행의 비유와 상징으로 쓰였을 뿐이다.

「荀子」에도 이와 유사한 문답이 실려 있는데 孔子가 동으로 흐르는 물을 보고 있으려니까 子貢이 군자가 모름지기 큰물을 보아야 하는 이유를 물었다. 孔子는 "흐르는 물은 군자의 德·義·道·勇·法·止·察 등의 미덕을 표현하기 때문"이라고 대답하였는데 이 역시 위의 예와 같이 군자의 덕을 물에 비유한 것이지 물 그 자체를 언급한 것은 아니다. 그리고 「荀子·疆國篇」에 나오는 "山林川谷美"라는 언급도 거기서 나는 자연물들이 인간에게 유용하고 地勢가 사람에게 유리하다는 뜻으로 말하고 있다.

그렇다면 春秋시기의 北方詩歌와 戰國시기 南方詩歌를 각각 대표하는 詩經과 楚辭에는 어떻게 自然이 표현되고 있는지 살펴보기로 한다.

---

1) 『錢鍾書』, 談藝錄, p.63 참고.

2. 先秦시기 詩의 自然觀

1) 詩經의 自然觀

詩經에 나타난 自然은 춘추시기 당시의 周나라 사람들의 종교, 신앙, 경제, 조건, 그리고 당시의 사회 배경과 밀접한 관계가 있다. 험준한 산과 도도한 강물의 기세 그 자체만으로도 경외심을 주기에 충분한데다 산과 강이 하늘의 뜻을 반영하는 인간 사회 질서의 거울이라고 周民族은 여겼기 때문에 자연을 대하는 태도가 더욱 경건하고 그 해석 또한 정치적 혹은 교훈적이었다. 즉, 山川의 자연계에서의 지위는 인간 세계의 君王과 같고 둘 다 하늘의 명을 받아 자연과 인간 세계를 주재한다고 생각한 것이다. 그러므로 산이 무너져 내리지 않고 강이 요동치지 않으면 이는 王權이 공고하고 사회가 안정된 징조로 받아들였다. 또 초목이 무성하면 군주가 덕이 있고 백성들이 복을 누린다고 생각하여 자연스럽게 자연을 끌어 군주의 덕을 칭송하는 노래가 나오게 되는 것이다. 「小雅·天保」편을 그 예로 들 수 있다.

天保爾定, 以莫不興.　하늘이 主君을 보우하시니, 크게 흥하지 않음
　　　　　　　　　　　이 없을지니,
如山如阜, 如岡如陵,　산과 같이 언덕과 같이, 산등성이처럼 큰 언
　　　　　　　　　　　덕처럼,
如川之方至, 以莫不增. 내가 흘러 모여들듯이, 福이 끝없이 커지리이다.

이와는 반대로 산과 강이 그 균형을 잃어 산에는 나무가, 강에는 물이 없어 수확을 할 수 없게 되어 그 고통을 백성이 짊어지게 된다

면 이는 君王이 하늘을 두려워하지 않고 德治를 행하지 않은 결과로 해석하였다. 그리고 한 걸음 더 나아가서 산과 강이 그 원형을 잃을 정도로 붕괴된다면 이는 국가가 장차 망할 징조로 읽었다. 후에 漢代에 와서 극성하게 되는 天人感應說의 원형적 사유방식으로 볼 수 있는데 BC 780년에 발생한 지진을 묘사한 「小雅·十月之交」를 그 예로 들 수 있다.

爗爗震雷,	번쩍번쩍 불꽃일고 쿵쿵 천둥치듯,
不寧不令.	온 천하에 평안한 곳은 어디도 없이.
百千沸騰,	수백 개의 강이 끓어오르고,
山冢崒崩.	산꼭대기 산봉우리 모두 무너져 내리고.
高岸爲谷,	높은 언덕은 계곡이 되어 버리고,
深谷爲陵;	깊은 계곡은 언덕이 되어 버렸다.
哀今之人,	오늘날 간신배가 많음을 슬퍼한다,
胡憯莫懲!	어찌 이 재앙을 경계로 삼지 않는가!

이 시는 직접적으로는 지진을 묘사하고 있지만 이를 빌어 周幽王이 無德한데다 인재 등용에도 실패하였기 때문에 하늘이 지진과 일식(이 시의 2장은 일식을 묘사하고 있음) 등의 재앙을 일으킴으로써 나라가 곧 망하게 될 징조를 내리는 것으로 풀이하고 있다. 맨 끝의 '胡憯莫懲!'句에서 분명히 시인의 의도를 읽을 수 있으며, 따라서 여기에 책임있는 '今之人'은 周幽王, 혹은 조정의 간신배로 해석하는 것은 매우 타당하다. 이 지진이 있고 나서 9년만에 西周시기는 막을 내리게 되므로 고대 중국인의 天人感應에 대한 관념은

더욱 확고해 질 수밖에 없었고 詩人은 자연스럽게 인간 사회의 禍福을 자연 현상과 연결하여 경고하게 되었다. 이를 좀더 논리적이고 직접적으로 풀이한 언급은 『國語』에 보인다.

幽王2년에 西周 도읍인 鎬京 부근의 漢水·渭水·洛水 일대에 지진이 발생하였다. 伯陽父가 말하기를, "周나라는 이제 망할 것이다!……대저 물과 땅이 기름져야 백성들이 살아갈 수 있는데, 물과 땅이 기름지지 않으면 백성들이 쓸 財貨가 모자라게 되는 것이니, 나라가 안 망할 수가 있겠는가? 옛날 伊水와 洛水가 말라 夏나라가 망했고 黃河가 고갈되어 殷나라가 망했다. 지금 周나라의 德은 夏나라·殷나라 두 왕조의 말기에 해당되는데, 그 하천의 근원 또한 막혔으니, 막히면 필히 말라버릴 것이다. 대저 나라는 필히 山川에 의지하여야 하거늘 산이 무너지고 내가 말랐으니 이는 망할 징조이다!"……그 해에 세 강이 마르고 歧山이 무너졌으며, 幽王은 피살당하고 周나라는 동쪽 洛邑으로 옮겼다. (幽王二年, 西周三川皆震, 伯陽父曰: "周將亡矣! ……夫水土演而民用也, 水土無所演, 民乏財用, 不亡何待? 昔伊洛竭而夏亡; 河竭而商亡. 今周德若二代之季矣, 其川源又塞, 塞必竭. 夫國必依山川, 山崩川竭, 亡之徵也! 川竭山必崩."……是歲也, 三川竭, 歧山崩, 十一年, 幽王乃滅, 周乃東遷.)[2]

그렇다면 詩經의 자연은 모두 君王의 덕과 정치의 盛衰와 연결되어 있을까? 물론 그렇지는 않다. 國風을 중심으로 한 대부분의 시들은 자연의 景物 묘사에 이어 시인의 감정을 노래하는 두 부분으로 나누어져 구성되어 있다. 그러나 이 두 가지가 서로 상관없이

---

2) 『國語』卷1,「周語·上」, pp.23-24, 藝文印書館, 1974, 臺北.

나뉘어 진 것이 아니라 詩人의 감정을 고양시키거나 詩想 전개를
도와주는 일종의 보조 역할로 前者가 작용하고 있다. 바꾸어 말하
자면 첫 두 句나 네 句로써 자연 景物을 묘사하여 詩想 전개의 도
입부로 활용할 뿐, 자연 景物 자체가 詩人이 표현하고자하는 직접
대상은 아니라는 얘기이다. 예를 들어 「小雅·采薇」편의 제6장 첫
네 句를 보기로 한다.

昔我往矣,	전에 내가 떠날 때는,
楊柳依依	버들가지 길게 늘어져 있더니.
今我來思,	지금 내가 돌아오는 길에는,
雨雪霏霏	함박눈이 펑펑 내린다.
行道遲遲,	가는 길은 느릿느릿,
載渴載飢	목마른 듯 배고픈 듯.
我心傷悲,	내 마음은 슬픔으로 가득한데,
莫知我哀!	누가 이 슬픔 알리오!

이 시는 詩經 三百首 중에서 描寫·感情·想像의 세 요소가 가
장 잘 갖추어진 名篇 중의 하나로 회자된다. 북방 匈奴를 정벌하는
전쟁에 끌려나갔다가 해를 넘기고 돌아오는 병사의 비애와 안도감
을 그리면서 전혀 다른 두 계절을 묘사하는 것으로 시작하고 있다.
그러나 詩人이 정작 그려내고자 하는 것은 내 마음속에 가득 찬 슬
픔이기 때문에 본래 밝은 이미지로도 그릴 수 있는 버들가지나 함
박눈을 여기서는 슬픔의 강도를 더해 주는 도구로 쓰고 있다.
　또 詩經 속에서 묘사되는 山水와 景物은 篇마다 다른 목적과 기

능으로 쓰인다. 즉 추상적인 사상 감정을 구체화시키는데 있어서, 山水와 景物을 빌어 비유하는 수사기법을 동원하고 있는데「大雅·卷阿」편을 그 예로 들 수 있다.

鳳凰鳴矣, 于彼高岡.　봉황이 운다, 저 높은 언덕 위에서.
梧桐生矣, 于彼朝陽.　오동나무가 서 있다. 저 산의 동쪽에.
菶菶萋萋, 雝雝喈喈.　가지도 무성하게, 울음소리도 화락하게.

여기서 가지가 무성한 것은 여러 신하들이 한데 모여 성황을 이룬 것을 비유한 것이며, 봉황의 울음소리는 여러 신하들이 화기애애하게 어울리는 것을 비유한 것이다.

이 밖에 시경에는 자연에서 채취하거나 흔히 볼 수 있는 유용한 동식물들이 많이 등장하고 있으나 이 또한 賦比興 등 수사 전개의 수단으로 쓰였을 뿐, 자연을 관조하거나 자연과 합일되는 매개체로는 쓰이고 있지 않다.

그러므로 詩經에서 山水와 景物에 대한 감상은 그것의 개별적인 모습 묘사에서 시작하여 기쁘거나 슬픈 감정 표현을 돕거나, 아니면 연상작용을 일으키는 비유를 끌어내거나, 분위기를 돋구는 등 詩의 主題를 구체적으로 드러내는 보조 역할에 머무르고 있다고 할 수 있겠다.

2) 楚辭의 自然觀

詩經의 뒤를 이어 중국 남방의 낭만 문학을 대표하는 韻文 장르가 楚辭인데 여기에는 남쪽 楚나라의 산과 강, 호수, 산림, 나무와 풀 등이 풍부하게 인용이 되어 있으므로 그 어느 장르보다도 자연에 대한 묘사가 많다고 할 수 있다. 그러나 楚辭에서도 위에서 본 詩經의 경우와 마찬가지로 작자의 목적이 개인의 怨望을 풀어내거나 諷諫에 있는 경우가 많으므로 自然은 작자의 목적이 아니라 수단에 불과한 경우가 많다. 먼저 楚辭에 보이는 자연관을 살펴보기로 한다.

楚辭에 보이는 자연은 楚나라 사람들의 종교와 신앙, 그리고 작자의 사회적인 지위와 밀접한 관계가 있다. 楚나라 사람들은 범신론자로써 하늘과 조상뿐만 아니라 山川草木 등 삼라만상 모두를 숭배한 것은 북방과 같으나, 대자연을 신격화하고 나아가 인격화까지 한 특색을 보이고 있다. 이것이 개념화되고 추상화된 신을 모시고 제사의 대상으로 지위를 한껏 높인 북방과 뚜렷이 구별되는 점이다. 자연 숭배에 그치지 않고 자연에 깃든 神靈까시 숭배하는 예는 「九歌」에서 찾아 볼 수 있는데, 「九歌」에서는 자연물로도 해석이 가능한 湘君·湘夫人·河伯·山鬼를 모두 각자 개성이나 습관, 기호가 뚜렷한 신화 속 인물의 캐릭터를 부여하고 있다. 나아가 신과 인간은 별개라는 개념에서도 벗어나서 인간의 정성에 따라 신은 인간과 함께 하며 인간의 호소를 들어줄 수 있고, 심지어는 연애의 대상이 될 수도 있다고 생각하였는데 「九歌·湘夫人」에 그 예가 보인다.

九嶷繽兮竝迎,　　九嶷山의 여러 신들이 분분히 강림하고,
靈之來兮如雲.　　(湘夫人을) 맞이하려는 神靈들이 구름과 같다.

박수무당이 물 속에 香木과 香草로 만든 아름다운 집을 지어 湘夫人을 기다리는 장면인데 이로써 신과 인간을 평등한 관계로 파악한 그들의 사고 방식을 잘 살펴볼 수 있다. 그렇다면 자연을 최대한 높이는 북방의 詩經과 신을 인간과 평등하게 놓는 楚辭의 이 차이를 어떻게 설명해야 할 것인가? 우선 지리적인 환경의 차이를 들 수 있겠다. 즉 북방은 자연 조건이 가혹하여 사람들이 자연에 의지하여 생을 꾸리면서 자연스럽게 경외심을 가질 수밖에 없는데 비하여, 남방은 기후가 따뜻하고 풍부한 物産을 베풀어주는 大自然에 대해서 두려움보다는 친밀감을 가지기 때문에 그렇다는 것이다. 그러나 이러한 설명은 대체로 틀리지는 않지만 춘추시기에 속하는 詩經과 戰國시기에 속하는 楚辭의 시간적 차이에서 오는 사회 사상 환경의 변화를 간과하고 있다. 즉 春秋시대부터 점차 붕괴되기 시작한 西周의 宗法제도는 戰國 시기로 들어오면서 본격적으로 붕괴해 가면서 그 대신 人本主義(혹은 人文主義) 사상이 점차 싹을 틔우고 있었던 사회 사상적인 변화를 간과해서는 안 된다는 이야기이다. 이에 따라 종교의 권위에 대해서 점차 회의적인 시각을 갖게 되었고 따라서 山川의 신성한 지위도 점차 동요하였다. 그래서 사람들은 당연시하거나 不可知論 속에 묻어 두었던 大自然의 운행이나 변화에 심각한 회의를 내 놓기 시작하였는데 『天問』에서 작자가 던지고 있는 170여 가지의 질문이 이를 잘 말해주고 있다. 또 중요한 한 가지 차이는 자연을 두려워하는 일반 백성이 작자의 대다수를 차지하는 詩經과는 달리 楚辭의 작자는 대부분 실의에 빠진 불우한 관료 출신의 文士라는 점이다. 또 楚辭가 평생을 근심과 우울 속에서 나라를 걱정하다가 결국은 汨羅水에 몸을 던진 애국 시인

屈原이 대표적인 작가이고 그 뒤를 따르는 작가들도 屈原의 정신을 계승하는 것을 표방하고 있기 때문에 그들의 정신 세계의 색깔 내지는 한계가 詩經보다는 상대적으로 매우 뚜렷하다고 할 수 있다. 지식인인 이들은 벼슬길에서의 실의를 달랠 대상을 자연에서 찾았기 때문에 상상력과 남방 특유의 낭만정신을 동원하여 山川 등의 자연 속에서 정신적인 가치를 추구하였다. 그래서 외딴 곳에 홀로 자리하고 있는 나무를 보면 선비의 고결한 기품을 떠 올렸고 굽이치는 물을 보면 마음의 티끌을 씻어내는 정신적 세척작용을 연상하였다. 그러므로 주변의 풀과 나무는 詩經에서처럼 옷을 해 입거나 나물로 무쳐 먹을 수 있는 경제적인 효용으로 본 것이 아니라, 하나하나 성격을 부여하여 그 상징성을 강조하였다. 가장 대표적인 예가 풀을 香草와 惡草로 구분지어 의인화를 한 것인데 屈原의 대표작인 「離騷」 속에 많은 예를 찾을 수 있다.

① 扈江離與辟芷兮,　나는 江離풀과 芷草를 몸에 걸치고,
　紉秋蘭以爲佩.　　秋蘭을 꿰어 붙여 佩玉처럼 둘렀습니다.
② 余旣滋蘭之九畹兮, 나는 이미 春蘭을 매우 많이 심었으며,
　又樹蕙之百畝.　　다시 秋蕙를 百畝나 심었습니다.
　畦留夷與揭車兮,　留夷와 揭車를 나누어 심었으며,
　雜杜衡與芳芷.　　杜衡과 芳芷풀을 섞어 심었습니다.

여기에 나오는 江離·芷草·秋蘭·春蘭·秋蕙 등의 풀은 모두 香草로써 고결한 품성을 지닌 선비를 상징하며, 작가가 섞어서 심었다는 留夷·揭車·杜衡·芳芷 등은 江離 등에는 못 미치지만

국가의 장래를 위하여 미리 기르고 있던 인재를 상징한다. 이와 반대로 저열한 인품의 소유자를 상징하는 풀 또한 드물지 않게 찾아볼 수 있다.

③ 薋菉葹以盈室兮,　온 집(조정)에 가득 조개풀과 도꼬마리 풀인데,
　　判獨離而不服.　　(너만) 남들과 달리 이 풀들을 지니지 않으려
　　　　　　　　　　하는가.

　누님이 혼자 고결하기를 고집하는 '나'에게 걱정하며 하는 말인데 菉(조개풀)과 葹(도꼬마리)는 惡草는 아니고 보통의 풀이지만 그것조차도 몸에 걸치지 않는 모습을 보임으로써 '나'의 고결함을 더욱 돋보이게 하는 장치로 쓰고 있다.

　위에서 보다시피 屈原이 그리고 있는 수많은 식물들은 식물의 본질이 아닌 어떤 인격의 화신으로써 나타나고 있다. 王國瓔은 이를 두고 "작자가 나를 망각할 수 없는 상태, 즉 '나로써 사물을 보고 있는 상태(以物觀物)이기 때문에 왕왕 사물의 본질을 왜곡하게 되므로 이는 순전히 시인의 주관적인 정서가 만들어낸 편견'이며 그 결과 시인은 自然의 觀照者가 되지 못하고 자기 마음 속 자연의 창조자가 된다"고 비판하였다.3) 그러나 이는 특별한 수사법을 통하여 정치적인 목적이나 원망을 해소하려는 楚辭의 보편적인 정서를 도외시하고 楚辭에서의 자연과 '나'의 관계를 '나'의 주관이 개입된 '以我觀物'의 상태로 파악하고, 이를 '以物觀物'보다 낮은 수준으로 폄하하는 것으로, 지나치게 단순한 이분법을 적용하여 우열을 판가

---

3) 王國瓔, 中國山水詩硏究, pp.397-398, 聯經出版事業公司, 1986, 臺北.

름하려는 시도로 보인다.

이어서 楚辭에 보이는 山川의 묘사는 어떤 의미로 쓰였는지 살펴보기로 한다.

詩人이 산에 오르고 물을 건너는 것은 香草를 구하여 자기 만족을 채우는 경우도 있겠지만 대개의 경우에 잠시나마 정신적인 자유를 얻기 위한 목적인 경우가 많다.

登崑崙兮四望,　　崑崙山에 올라 사방을 바라보니,
心飛揚兮浩蕩.(「九歌・湘君」)
　　　　　　　　마음은 날아갈 듯 浩蕩해 진다.
吾將蕩志而愉樂兮,　내 모든 걱정 떨치고 유쾌하게 즐기리니,
遵江夏以娛憂.(「九章・思美人」)
　　　　　　　　江夏를 따라 가며 근심을 날려 버리리라.

또 높은 산에 올라가면 멀리 바라볼 수 있고 흐르는 물가에 가면 가슴속 울적함을 털어버릴 수 있지만 이는 일시적인 것일 뿐, 다시 멀리 보이는 고향에, 떨어져 있는 슬픔에 잠기게 되므로 아래에서 보듯이 자연 속으로 몰입할 수 있는 여유는 찾기 힘들다.

望北山而流涕兮,　　北山을 머리 바라보며 흐느끼다가,
臨流水而太息.(「九章・抽思」)
　　　　　　　　흐르는 물가에 앉아서는 길게 탄식한다.
登石巒以遠望兮,　　작은 돌산에 올라 먼 곳을 바라보니,
路眇眇之默默.(「九章・悲回風」)
　　　　　　　　눈앞의 길은 아득하고도 고요하다.

위에서 언급한대로 楚辭는 忠君과 愛國이 主情調를 이루는데다 不遇한 지식인이 때를 못 만난 것을 탄식하는 내용이 많으므로 때로는 자연을 도피처로 생각하기도 한다.

世溷濁而不分兮,　　세상이 혼탁하여 선악이 구분되지 않고,
好蔽美而嫉妬.　　　다른 이의 아름다움을 가리고 질시하기를
　　　　　　　　　　좋아하네.
朝吾將濟於白水兮,　아침 되면 내가 白水를 건너서,
登閬風而緤馬. (「離騒」)閬風山에 올라가 말을 매어 놓으리라.

이 부분은 想像之辭로 해석할 수 있기 때문에 순전히 자연 속으로의 도피로 보기에는 이론의 여지가 있다. 그러나 다음 「九章·涉江」의 내용을 보면 도피처로써의 자연이 좀 더 명확해진다.

哀吾生之無樂兮,　　내 인생에 아무 낙이 없음을 슬퍼하며,
幽獨處乎山中.　　　홀로 외로이 산 속에서 지낸다.
吾不能變心而從俗兮, 절대로 마음 바꾸어 세속을 따르지 않을 것
　　　　　　　　　　이니,
固將愁苦而終窮.　　차라리 수심과 고통 속에서 생을 마감하리라.

불우한 정치 역정 속에서 깊은 산 속으로 숨거나 江湖에 떠도는 지식인의 비감한 모습이 잡힐 듯 그려져 있다. 그러나 보다시피 상황이 그를 그렇게 몰고 간 것이지 세상을 떠났다고 해서 세상을 잊거나 山川 속 생활에 적응할 수도 없었을 것이다. 그러므로 아무리 아름다운 자연 속에 묻히더라도 楚辭 시인의 붓끝에서 자연에 대한

찬미를 찾기는 힘들다. 그저 불행한 자기 신세를 험한 산에 빗대거나 잠시 世俗을 피하는 안식처쯤으로 여겼을 뿐이다. 그러므로 詩經에 비해서는 자연에 대한 인식과 묘사가 한 걸음 나아갔다고 말할 수 있으나 여전히 자아 의식으로 칭칭 감겨진 자연을 그려내면서 세속의 굴레를 벗어나지 못하고 있다고 할 수 있다.

3. 魏晉시기의 자연관

魏晉시대에 성행한 老莊玄風은 산수시가 태어나는데 중요한 추진력으로 작용한다. 왜냐하면 老莊玄風은 정치사회에서의 遊離를 가져왔으며, 동시에 개인생명과 정신을 중시하게 되어 신선을 찾아가고 隱逸과 山水를 동경하는 풍조가 당시 지식인의 보편 징서가 되었기 때문이다. 山水詩가 비교적 많이 출현한 때는 東晉 이후로 보는데 王國瓔은 그 이유를 다음과 같이 말하고 있다. "江南의 山水가 수려하여 詩人의 審美意識을 촉발시켰으며 유유자적한 行樂의 관념이 보편화되면서 산과 물을 찾아 노니는 풍조를 촉진시킨데다 老莊 사상에 대한 한층 깊은 이해가 自然山水가 바로 道이고 바로 理라는 깨달음을 이끌어 내었기 때문이다. 그래서 詩人들은 점차 玄言과 玄理에서 벗어나 자연 그 자체를 드러내고 그려내는 것으로써 우주 자연의 道와 이치를 闡明하게 되었다."[4] 이 시기의 문단 상황을 劉勰은 「文心雕龍 · 明詩」에서 다음과 같이 간략하게 묘사하고 있다. "宋 초기의 문단은 체제에 변혁이 와서 老莊 사상

---

4) 王國瓔, 같은 책, p.80.

이 물러나고 山水詩가 점차 많아지게 되었다.(宋初文詠, 體有因革; 莊 · 老告退, 而山水方滋.)"

그러므로 이때부터 대량으로 창작되기 시작한 山水詩는 求仙과 隱逸, 그리고 遊覽과 깊은 관계가 있다.

우선, 自然山水와 隱士는 불가분의 관계에 있다. 隱士가 입산하는 동기는 魏晉 시대를 지나면서 그 의미를 달리한다고 말할 수 있다. 즉, 伯夷 · 叔齊나 介之推가 隱士 생활을 선택한 것은 완전히 자발적인 행위로 볼 수 있으며, 이 경우 隱逸은 단지 외재적인 현실 환경에 대한 자연적인 반응에 불과한 것이다. 그러나 儒家와 道家 철학의 이론화를 거치고 난 뒤, 隱逸은 이미 일종의 '개념'이 되어 전체의 도덕과 개인의 性情과 밀접한 관련이 있게 된다. 따라서 隱逸이라는 행위도 점차 복잡성을 띄게 되는 것이다. 즉, 단순한 도피 행위에서 일종의 도덕 비판적인 정치행위로의 전환으로도 볼 수 있고, 일종의 인생 理想을 추구하는 행위로도 불 수 있는 것이다. '隱' 은 '仕'의 상대되는 개념으로, 儒家의 '隱'과 '仕'는 똑같이 도덕 취향의 정치 행위이지만 道家의 '隱'은 일종의 자연 취향의 개인 행위이고 세상을 초월하고 俗을 끊는 성질을 가지고 있다. 世俗을 멀리 떠난 自然山水는 단순한 실용적인 은둔처라는 용도에서 벗어나 정신적인 가치가 더해지는 청정한 곳으로 격상 될 뿐 만 아니라 유유자적하는 隱逸 생활 중에서 감상하는 대상으로 변하는 것이다. 따라서 隱逸詩歌 중에서 자연에 대한 찬미가 나타나는 현상은 매우 자연스런 일이다.

이 시기에 자연 속에 직접 몸을 담고 이상향도, 도피처도 아닌 실재 생활 속의 자연을 가장 담백하고 진실되게 담아낸 시인이 바로

陶淵明일 것이다. 잘 알려진 대로 그는 세상에 크게 쓰이겠다는 포부는 가지고 있었으나 사십 세에 彭澤令이라는 보잘 것 없는 벼슬을 석 달만에 버리고 고향으로 돌아와 죽을 때까지 땅을 일구며 전원에서의 생활을 꾸밈없이 그려낸 적지 않은 빼어난 詩들을 남겼다. 문학사에서는 그를 중국 田園詩의 대표 시인으로서, 山水詩를 대표하는 謝靈運과 나란히 魏晉 시기를 대표하는 두 시인으로 꼽고 있다.

1) 陶淵明 詩의 自然

陶淵明 詩 속의 自然은 '自然의 찬미', 혹은 '自然과의 融和'가 主調를 이루지만, 그 바탕에 깔려 있는 '自然스러움,' 혹은 '自然에의 순응'을 중시하는 그의 사상을 먼저 이해하여야 한다. 그의 '자연스러움'은 '化' 한 글자로 설명할 수 있는데, 세상의 모든 것은 물결 따라 흘러가는 것이니 명예를 쫓으며 안달하고 죽음을 두려워하며 영생을 추구하는 등등이 모두 '化'의 도리를 모르기 때문에 생긴 것이라는 것이다. 그의 「形影神·幷序」은 사람의 몸뚱이·그림자·정신을 각각 대변하는 形·影·神 三者의 대화로 이루어져 있는데, 이런 사상이 잘 그려져 있다. 사람이 만물 중에서 가장 지혜가 있고 신령스러움이 있으면서도 장생 불사 할 수 없는 것을 슬퍼하는 '形'과 장생불사는 불가능 한 것이니 功德과 훌륭한 글을 남길 것을 주장하는 '影'의 말이 이어진다. '形'과 '影'의 苦言에 대해 '神'은 다음과 같은 말을 들려주고 있다.

三皇大聖人,	三皇은 大聖人이었지만,
今復在何處?	지금 또 어디에 있는가?
彭祖愛永年,	彭祖는 永生을 탐해서,
欲留不得住.	머무르고자 해도 시간을 잡아 둘 수 없었다.
老少同一死,	늙은이나 젊은이나 다 죽고,
賢愚無復數.	똑똑한 이나 어리석은 이나 두 번 인생 없는 법.
日醉或能忘,	날마다 취하면 혹 잊을 수 있을 지는 몰라도,
將非促齡具!	목숨을 재촉하는 도구가 아니겠는가!

'神'의 이러한 언급은 평범해 보이지만 당시의 사회 사상에 대한 성찰을 담고 있다. 당시 神仙思想이나 長生不死의 추구는 보편적인 경향이라 陶淵明과 같은 시대의 대표적인 학자인 何晏은 최초로 仙藥을 복용한 것으로 알려져 있으며, 시인인 嵆康·阮籍의 작품 속에도 神仙 사상이 적지 않게 나타나고 있다. 또 당시의 名僧이던 慧遠이 「形盡神不滅論」을 써서 불교를 믿으면 윤회를 통하여 내세의 행복을 얻을 수 있다고 淨土宗의 교리를 전파하고 있었다. 陶淵明은 당시 사회를 풍미하던 神仙 사상과 永生不死 관념에 대한 적극적인 반론을 '神'의 입을 빌어 펴고있는 것이다. 즉 만물은 다 변하는 것(化遷)이니, 약을 먹거나 종교로써 수명을 늘인다는 시도는 부질없다는 것을 강조하고 있다. 즉 자연스럽게 천리를 수용하여 자연으로 돌아가는 것이 가장 자연스러운 것임을 강조하는 것이다. 그의 이러한 사상은 죽음에까지 유연하게 이어져서 벌거벗겨 장례를 치르는 것도 자연 속으로 돌아간다는 관점에서는 무방하다고 생각하였다. 여기에는 故事가 있는데, 漢代 때 楊王孫이 "내가

내 본 모습으로 돌아가게 벌거벗겨진 채 묻히고 싶다."라고 부탁했으나 예법에 어긋난다고 아들도 그 부탁을 따르지 않았다. 陶淵明은 「飮酒・其11」에서 이 故事에 화답하여 "벌거벗겨 장사지내는 것을 어찌 꺼리리요, 사람들이 그 숨은 뜻을 깨달아야 하거늘.(裸葬何必惡, 人當解意表.)"라고 노래하였고 이어서 「擬挽歌辭・其三」에서도 "죽는 것이라고 뭐 달리 말할게 있겠는가, 몸뚱아리를 산언덕에 맡기는 것인데.(死去何所道, 托體同山阿.)"라고 노래하였다. 그의 이러한 자연회귀에 대한 찬미는 세속과 名敎와 예법에 대한 반감을 내포하고 있으며, 동시에 소극적 도피 속에 정치적 암흑에 대한 반항과 통치자와 결별 등의 적극 의지도 포함되어 있다고 볼 수 있다.

그러므로 「歸園田居」에는 自然에의 그리움이 절절이 넘치는 동시에 그의 이러한 인생철학도 자연스럽게 함께 드러나고 있다.

少無適俗韻,　　　젊어서부터 속된 노래에는 적응치 못하고,
性本愛丘山.　　　천성이 산과 언덕을 좋아하였다.
誤落塵罔中,　　　어쩌다 세속의 그물 속으로 떨어져,
一去十三年.　　　한번 떠나니 십 삼 년이 되었다.
羈鳥戀舊林,　　　새장에 가둔 새는 옛 숲을 그리워하고,
池漁思故淵.　　　연못 속 고기는 옛 호수를 생각한다.
開荒南野際,　　　남녘 들판 끝 황무지를 개간하고,
守拙歸園田.　　　옹색해도 만족하며 밭과 들로 돌아온다.
⋯⋯⋯⋯⋯⋯　　　⋯⋯⋯⋯⋯⋯
久在樊籠裏,　　　오랫동안 새장 속에 갇혀 있다가,

復得返自然.　　　　　다시금 자연 속으로 돌아올 수 있었다.

　이렇게 세속의 명예와 벼슬은 그물과 새장이고, 마음과 몸 둘 다 자연과 일치되어야 자유라고 말 할 수 있다고 자신의 인생 철학을 詩 속에서 자연스럽게 드러내고 있으므로 陶淵明을 시인이자 사상가로 부르는 것이다. 이러한 사상은 다른 작품에서도 적지 않게 찾아 볼 수 있다. 「歸鳥」에서

翼翼歸鳥, 馴林徘徊.　한가로이 날아 돌아오는 새는 숲을 따라 이리
　　　　　　　　　　　저리 날고 있다.
豈思天路, 欣反舊栖.　어찌 벼슬길을 생각하겠는가, 기꺼운 마음으
　　　　　　　　　　　로 옛 둥지로 돌아온다.

라고 스스로를 옛 둥지로 돌아오는 새로 비유한 것이나, 또 「歸去來兮辭」에서 똑같이

雲無心以出岫,　　　　구름은 무심하게 산에서 흘러나오고,
鳥倦飛而知還.　　　　새는 날개 짓에 지치면 돌아올 줄 안다.

라고 읊은 것 등이 그것이다.
　그러나 陶淵明 詩의 자연 세계를 가장 잘 보여 주는 시는 뭐니뭐니해도 「飮酒·其五」에 그려진 자연과의 '同化'일 것이다.

結廬在人境,　　　　　사람사는 동네에 초막을 지었으되,
而無車馬喧.　　　　　수레와 말 우는 소리가 들리지 않는다.

問君何能爾?	그대 어떻게 그렇게 될 수 있소?
心遠地自偏.	마음이 멀어지니 땅도 저절로 그렇게 되더이다.
彩菊東籬下,	동 쪽 울타리 밑에서 국화를 따니,
悠然見南山.	멀리 南山이 悠然히 내 눈에 들어온다.
山氣日夕佳,	저녁에 산 속에 자욱한 운무가 기막히고,
飛鳥相與還.	나는 새들도 무리 지어 함께 돌아온다.
此中有眞意,	이 속에 오묘한 자연의 참 뜻이 있으니,
欲辨已忘言.	설명해보려 하지만 이미 말을 잊었다.

맨 뒤 '此中有眞意, 欲辨已忘言.' 두 구절은 원래 莊子「外物」편의 "통발은 고기 잡을 때 쓰는 것이나 고기를 잡고 나면 통발을 잊어버리게 되고, 올무는 토끼를 잡는데 쓰는 것이나 토끼를 잡으면 잊어버리게 되고, 말이란 뜻을 전달하는 것이나 뜻을 파악하고 나면 표현할 말을 잊어버리게 된다.(荃者所以在魚, 得魚而忘荃; 蹄者所以在兔, 得兔而忘蹄; 言者所以在意, 得意而忘語.)"[5]에서 차용한 표현이다. 그러나 魏晉시대에 와서는 玄學 중의 '言意之辨' 명제로 발전하여 당시 지식인의 보편적인 관심사가 되었다. 즉 감정으로 느낀 것을 어떻게 말로 표현해 낼 수 있는가를 규명하는 철학의 명제인데 陶淵明은 생활 속에서 체득하고 詩歌 창작 속에 용해하였다. 이를 같은 시기 王弼의 풀이로 보면 이해하기가 좀 더 쉬워진다. 王弼은 「周易略例·明象」에서 "표현하는 자가 밝히려는 형상은 그것이 파악되었을 때 표현할 말을 잊게 되고, 형상이 갖고 있는 바의 뜻은 그것을 이해하였을 때는 그 형상을 잊어버리게 된다.(言者所

---

5) 莊子今註今譯, 陳鼓應註譯, 臺灣商務人書館, 1981, 臺北.

以明象, 得象而忘言; 象者所以存意, 得意而忘象.)"6)라고 말하였는데 이를 이 두 句의 주석으로 삼을 만하다. 즉, '山氣日夕佳, 飛鳥相與還.'은 형상으로써 그 광경 속에 내가 표현하고자하는 뜻이 이미 들어있다. 그런데 그것을 어떻게 표현 할 것인가? 이미 마음속에서 참된 뜻을 얻었으므로 그냥 '此中有眞意,'로 표현 할 수밖에 없다고 시인은 말하고 있는 것이다. 이 두 句를 王國維는 '無我之境'의 상태로 보고 나의 주관이 배제된 채로 "사물을 사물로써 보니 어느 것이 나이고 어느 것이 사물인지 알 수가 없다.(以物觀物, 故不知何者爲我, 何者爲物.)"7)라고 풀이하였는데, 이 '以物觀物'의 경지는 훗날 中國詩歌에서 주체인 시인과 객체인 自然(혹은 사물)과의 거리 및 관계를 설정하는 중요한 審美 조건이 된다. 위에서 본 詩經과 楚辭에서는 詩人이 자신의 존재를 잊지 않고 의도를 가지고 시종 자연과 거리를 유지하는 '以我觀物'의 상태에 머물렀는데, 陶淵明은 자연과 합일되는 無我之境의 경지를 보임으로써 중국시가 표현의 새 지평을 열었다 할 수 있다. 아울러 이어지는 唐代의 詩歌에 사상적인 면에서 수사적인 기교에 이르기까지 많은 자양분을 제공해 주었다고 말할 수 있다. 이어서 唐詩에 보이는 自然 묘사를 '以我觀物'과 '無我之境' 두 부류로 나누어 살펴보기로 한다.

3. 唐詩의 自然觀

詩人이 자연을 볼 때 눈과 귀를 山水의 형상에 대해서만 정신을

---

6) 王弼, 「周易略例·明象」, 『王弼集校釋』, p.609, 中華書局, 1990, 北京.
7) 王國維, 『人間詞話』 卷4, 上海古籍, 1993, 上海.

집중하면 마음속에 떠오르는 것은 山水의 소리와 색과 모습, 그리고 가슴속에 차 오르는 정신적인 기운일 것이다. 그 속에는 상관되는 실용 가치나 도덕적인 의의는 끼어들 틈이 없게 되는 것인데 이러한 美感의 경험(aesthetic experience)은 공리를 초월한 정신적인 활동이라고 할 수 있다. 詩人은 정신을 집중하여 관조하는 대상 이외에는 곁에 보이는 것도, 다른 생각도 없이 모든 마음과 영혼을 山水 속으로 깊이 침잠 시키면 渾然히 나를 잊는 경계(渾然忘我之境界) 속에 들어가게 된다. 여기엔 '나'라는 존재의 간섭이 없기 때문에 山水의 본래의 면모에 대해서 가장 진실된 관찰과 가장 직접적인 감상을 할 수 있게 된다. 이를 일러 가장 순수한 '觀照性'이라고 부를 수 있으며 현실 인생과는 아무런 상관이 없는 정신적인 도취라고 할 수 있다.8) 詩人은 순전한 관조적인 감상의 태도로써 山水의 형상 그 자체에 대해 直覺을 하는 것이므로 그 과정 속에서 시인은 美感 경험 속에 침잠되어 나를 잊고(忘我), 내가 없는(無我) 지경에 든다고 할 수 있다. 물론 여기서의 '나'는 현실 인생 속의 나를 가리키는 것이지 시인의 '참나(眞我)'를 가리키는 것은 아니다. 이런 상태를 上述한대로 王國維는 '無我之境'이라고 표현하였는데, 이는 실용 목적이나 현실 인생 중의 나를 초월하는 경계를 가리킨다. 더 자세하게 이야기하자면 작품 속에서 절대적으로 '나'가 없다는 것이 아니라 詩人이 自我의 의지를 없앤 것으로써 '나'와 外物 사이에는 어떤 이해 관계도 존재하지 않고 대립적인 충돌도 없이

---

8) 王國瓔, 『中國山水詩研究』, pp.392-393 참고. 이외에도 朱光潛, 『美感經驗的分析』(『文藝心理學』, pp.3-85에 수록). 李澤厚, 『山水花鳥的美--關於自然美問題的商討』(『美學論集』 pp.190-191에 수록) 등을 참고.

'나'와 '物' 사이에 일종의 합치 상태에 이르는 것을 가리킨다.9)

그러나 이와 같은 문학 창작 행위 속의 '忘我'의 경지는 문학 영역 속에서 만의 특별한 경지가 아니라 사실 老莊 철학에서는 일찍부터 언급되어 오던 것들과 일맥 상통한 것이다. 《莊子》에는 '忘我'에서부터 시작하여 道와 합일되는 관념에 이르는 것을 강조하는 부분이 많은데, 예를 들어, 「齊物論」에서는 '忘我'를 할 수 없고, 自我로써 본다면, "仁義의 단초나 시비의 길이 모두 한데 섞여 버려서 내가 이를 구별할 수 없는 지경(仁義之端, 是非之道, 樊然淆亂, 吾惡能知其辨.)"에 이르게 된다고 말하고 있다. 그러므로 '我'의 여러 장애물들을 제거해야 직접적으로 "天地의 아름다움의 근원을 알게 되고, 만물의 본 뜻에 통달하게 된다.(原天地之美而達萬物之情)"(知北遊篇). 《莊子》에는 '忘我' 이 외에도 '無己'·'忘己'·'喪我'·'坐忘' 등의 표현이 나오는데 모두 '忘我'를 가리키는 말들이다. 여기서의 '忘我'는 세속에 얽매어 寄生하는 '나'에서 벗어나 "墮肢體, 黜聰明, 離形去知" 한 '참나(眞我)'가 된 것을 가리킨다. 이는 최고의 수양의 경지로써 '物'과 '나'의 구별이 없어지고 주관의식과 객관 실체의 구분이 느껴지지 않는다.

1) '以我觀物'의 詩

그렇다면 우선 '忘我'를 하지 못하고 '以我觀物'의 경계에서 쓴 시의 예로써 먼저 陳子昂의 「登幽州臺歌」부터 보기로 한다.

_____

9) 葉嘉瑩, 『工國維及其文學批評』, 源流出版社, 1986, 臺北. pp.230-235 참고.

前不見古人,　　　　앞으로는 빼어난 옛 사람이 보이지 아니하고,
後不見來者.　　　　뒤로는 나라 지킬 훌륭한 이 보이지 아니한다.
念天地之悠悠,　　　天地간이 아득함을 생각하고,
獨愴然而涕下.　　　홀로 시름겨워 눈물 흘린다.

　제목은 자연을 묘사하는 것처럼 보이지만 시인은 사실 자연과는
상관없이 자신의 신세를 의탁하여 그려내고 있다. 이 당시 陳子昻
은 李盡忠의 반란을 막을 방책을 建安王 武攸에게 건의하였으나
받아들여지지 않고 오히려 배척까지 당하였으므로 시국에 대한 悲
感과 자신의 불우함에 대한 울분이 마음 가득 차 있을 때이다. 그러
므로 幽州臺에 올랐어도 그가 본 것은 幽州의 자연 풍경이 아니라
망망한 우주와 무한한 시공 중에서 절대 고독한 자신이었을 것이다.
앞 두 句는 시인의 마음 속의 상념을 그려낸 것으로 바깥 자연을
향하고 있지는 않다. 그러므로 시인이 접촉한 것은 주관적인 정서
로 이루어진 '나'의 세계이지 눈앞에 펼쳐진 자연, 즉 '物'의 세계는
아닌 것이다. 뒤이은 두 句의 슬픔은 자연과는 무관한 내 마음 속의
작용의 결과라고 할 수 있다. 다시 말하면 자연 그 자체가 사람을
슬프게 하는 것은 아니라 마음 속에 미리 자리잡은 슬픔을 촉발시
키는 역할을 할 뿐이다.[10)]
　杜甫의 경우에도 이와 같이 자연을 빌어 자기 마음 속 깊은 곳의

─────────────────────

10) 이 점에 관해서는 劉向의 《說苑 · 善說篇》에 나오는 孟嘗君에게 雍門子周가 한
　　말로 보충 설명 할 수 있을 것이다. 雍門子周는 "거문고나 가야금이 사람을 슬프게
　　할 수는 없습니다. 먼저 듣는 사람이 마음 속에 슬픔이 가득한 때라야 연주를 들으
　　면서 서서히 눈물이 옷깃을 적시게 되는 것입니다."라고 하였는데 이는 山水를 보고
　　기쁘거나 슬픈 것은 사람의 마음 속에 미리 자리잡은 감정의 작용에 달린 것이지 山
　　水 그 자체가 사람을 기쁘게 하거나 슬프게 할 수는 없다는 것을 설명해준다.

감상을 드러내는 시가 적지 않은데 「登岳陽樓」를 그 예로 들 수 있다.

昔聞洞庭水,	옛날에 동정호를 말로만 들었더니,
今上岳陽樓.	오늘에야 악양루에 올랐도다.
吳楚東南坼,	吳나라 楚나라가 동남으로 갈라져 있고,
乾坤日夜浮.	온 천지가 밤낮으로 호수에 떠 있다.
親朋無一字,	친한 벗으로부터는 한 자 소식 없으니,
老病有孤舟.	늙고 병든 몸 배 한 척에 몸을 싣도다.
戎馬關山北,	전쟁은 關山의 북쪽에서 끊이지 않고,
憑軒涕泗流.	난간에 기대어 하염없이 눈물 흘린다.

시인은 오래 전부터 오르고 싶었던 동정호의 岳陽樓에 오른 감회를 읊는 것으로 첫 두 句를 시작하고 있다. 그러나 岳陽樓에 오르자마자 눈에 들어온 것은 주변의 빼어난 경관이 아니라 바다같이 넓은 洞庭水에 대비되는 초라한 모습으로 자신의 나라와 백성에 대한 걱정으로 가득 찬 자신의 모습일 따름이다. 그래서 동남으로 드넓게 펼쳐진 옛 吳나라와 楚나라도 洞庭湖가 두 나라를 쪼개놓은 것 같고 온 천지도 바다 같은 호수 속에서 출몰하는 듯한 착각을 주지만 이는 시인의 지성과 개념이 구상한 추상적인 인상일 뿐, 實景을 그려내었다고 보기는 힘들다. 오히려 시인이 토해내고자 하는 심회는 그 다음에 나오는 "親朋無一字, 老病有孤舟." 두 句일 것이다. 여기서 '孤舟'또한 實景이 아니고 시인 자신의 비유일 것이다. 다음의 "戎馬關山北." 句는 시인의 관심사가 개인적인 외로움에 그

치는 것이 아니라 국가의 끊이지 않는 전란에 미치고 있음을 보여준다. 그러므로 이 詩는 숙원을 이룬 기쁨에서 시작하여 불우한 개인사와 국가의 전란을 슬퍼하는 것으로 맺고 있다. 그러므로 시인이 岳陽樓에 올라가서 본 것은 山水의 아름다움이 아니라 망망한 우주 속에 외롭게 홀로 떠있는 보잘 것 없는 자기 자신인 것이다. 그러므로 시인은 樓에 올라서도 자기 자신을 잊을 수가 없었기 때문에 '物'을 '物'로 보지(以物觀物) 아니하고 '나'로써 '物'을 보았기(以我觀物) 때문에 자연히 山水는 드러나지 않고 시인의 감회만 두드러져 보이게 된 것이다.

위에서 든 두 예는 그렇다면 진정한 山水詩 내지는 自然詩는 무엇일까하는 의문을 던져준다. 王國瓔은 '나'의 개입여부를 중요한 판단의 근거로 삼고 있다.

中國山水詩 중의 山水는 시인의 정서와 지성의 개입을 빋지 않는 상황에서라야 그 본래 면모를 순전히 드러낸다. 이는 시인이 사물로써 사물을 볼 줄 알게 됨으로써 '物'과 '나' 사이에 다른 장애가 없어지게 되는 것이다. 단지 自我를 잊어버렸을 때만이 山水의 원모습을 감상할 수 있고 순수한 美感의 경험을 즐길 수 있는 것이다.(王國瓔 같은 책 400쪽 참고.)

王氏의 이런 기준은 자연시를 분석하는데 중요한 실마리를 제공해주고 있다. 그러나 이를 自然詩의 우열을 판가름하는 기준으로까지 제시하는 것은 아무래도 무리한 적용으로 보인다. 자연시의 전체 風格으로 시의 우열을 논해야지 자연이나 산수가 나와 얼마나 떨어져 있느냐가 유일한 판단 기준이 될 수는 없기 때문이다.

2) '無我之境'의 詩

唐代詩人 중에서 詩佛로 불리는 王維는 자연과 융화하는 경지를 가장 잘 보여 주는 시인으로 꼽힌다. 그의 「竹里館」을 보기로 한다.

獨坐幽篁裏,	홀로 그윽한 대숲 속에 앉아서,
彈琴復長嘯.	가야금 켜다가 다시 길게 읊조린다.
深林人不知,	깊은 숲 속에 있어 아는 이 없는데,
明月來相照.	밝은 달이 다가와 서로를 비춘다.

첫 句 '獨坐幽篁裏'는 사람들 무리를 떠나 홀로 자연 속에 융화된 모습을 보여준다. '獨'과 '幽' 두 글자가 세상사와는 동떨어진 외로운 모습을 반영하고 있지만, 둘 째 句 '彈琴復長嘯'는 비록 고독하지만 자유로운 영혼이 스스로 즐기며 자연 속에 녹아 들어간 모습을 잘 그려내고 있다. 그러므로 이는 감정이 개입되지 않고 동정이나 연민 또한 필요 없는 상태이다. 여기에 자연이 화답이라도 하듯이 '明月來相照'함으로써 사람과 달이 한데 어우러져 자연스럽게 자연 현상의 個體가 된다. 詩人은 의인화된 '相'字를 씀으로써 함께 자연의 고요함을 즐기는 주체로 만들었으며, 시종 '나'를 자연 밖으로 몰아내지 않았고, '나' 또한 감정에 휩쓸림 없이 자유로운 영혼으로, 虛靜하고 悠悠自適한 상태에 놓여 있으므로 大自然의 존재와는 서로 조금도 방해되는 것이 없이 한데 어우러질 수 있는 것이다. 그래서 달이 나를 비추고 또 내가 달을 비추듯이 밝은 달빛 아래서 物我가 동반자가 되어 함께 자연 현상의 흐름 속에 함께 참여하는 物我和諧의 경지에 이른 것이다.

또, 李白의 「獨坐敬亭山」에서도 이와 비슷한 경지를 그려내고 있다.

衆鳥高飛盡,　　　　새 떼들은 높이 날아 가버렸고,
孤雲獨去閑.　　　　외로운 구름은 저 혼자 한가하게 떠간다.
相看兩不厭,　　　　서로 아무리 바라봐도 싫증나지 않는,
惟有敬亭山.　　　　오직 敬亭山만 거기에 있네.

첫 句에서 자연 속을 활기차게 나는 새의 모습을 그리는 것으로 시작하지만 곧이어 '盡' 한 글자로 모든 새의 흔적을 지워버리고 있다. 새소리도 그친 적막만 남은 속에서 하늘에 남아 있던 구름 한 조각도 한가하게 떠가고 나니 남은 것은 광활함 속의 적막뿐이다. 그 속에 오직 詩人만 남아있는데 '한가하게' 떠가는 것은 구름뿐만 아니라 시인의 마음 상태를 그대로 그려 주고 있다. 그러므로 詩人이 그 속에 있긴 하지만 어떤 감정이 그 속에 개입되지 않고 자연 속에 한데 어우러져 녹아든 모습으로 나타나고 있다. 그 속에서 독자는 자연스럽게 거기 그대로 서 있는 산을 시인과 함께 발견하게 되는 것이다. 산을 의인화하여 사람의 동반자로 삼은 것은 사람이 자연과 아무런 정서나 지성의 개입 없이 자연스럽게 화해하는 경지를 나타내는 것이며 이것이 바로 '物我相融', 혹은 '以物觀物'의 境界라고 달리 표현 할 수 있을 것이다.

4. 나오는 말

여기까지 中國詩歌에 나타난 자연관을 대략 살펴보았는데, 魏晉 시기를 중심으로 自然觀이 뚜렷하게 구분되는 것을 알 수 있다. 우선 孔子 시대 이전부터 自然에서 도덕적인 '善'과 기능적인 '用'을 찾아내는 것을 중시하였기 때문에 孔子를 전후한 시기의 詩歌文學을 대표하는 詩經과 楚辭에 고스란히 이 생각이 스며들어 있다. 詩經은 북방문학으로써 자연의 거대한 힘에 경외심을 가지고 대하였기 때문에 실제적인 권력을 가진 왕권과 동일시하였다. 그래서 治世와 亂世를 막론하고 모두 자연현상에 빗대어 찬미하고 경계하였다. 楚辭는 표현기법이나 자연을 보는 시야는 넓어 졌지만 自然을 정치나 인격 등과 연결하는 정도가 詩經보다도 더 하였다. 이는 친숙한 自然環境과 울분에 찬 불우한 지식인들이 작가라는 사실과 詩經 시대와는 다른 사회 사상적인 변화에 기인하는 것으로 보인다. 魏晉 시대로 접어들면 자연을 보는 시각에 근본적으로 변화가 온다. 외적인 요인으로는 삼 백년 가까이 지속된 중국 역사상 유래를 찾기 힘든 대 살육의 시대를 지나면서 많은 지식인들이 은둔의 길을 선택하였으며, 사상적으로는 때마침 지성계를 풍미한 老莊사상과 佛敎사상, 거기에다 神仙·淸談사상 등이 혼합되면서 광대한 우주 속에서 '나'라는 존재를 자연에 귀의하려는 쪽으로 사유방식이 전개되었다. 그래서 자연의 찬미에 그치지 않고 자연과 한데 어우러져 일체가 되는 시가 나타났는데 陶淵明은 최고의 경지를 보여주고 있다. 唐代에 들어와서도 自然詩는 다양한 경향으로 최고의 수준을 보여주는데 위에서 본 '以我觀物'의 경지에서부터 이와 상대되는 '以物觀物', 달리 표현하면 '無我之境'·'物我一體'·'情景交融'의 경지에 이른 詩들을 다양하게 보여 주고 있다. 그러나 이 두 경향은 詩人의 개인적인 환경이나 정치적인 得意와 失意에 연관된 것이므로 詩의 優劣을 판가름하는 기준은 될 수 없는 점에 유의해야 한다.

[참고문헌]

『錢鍾書』, 談藝錄.
『國語』卷1, 「周語·上」, 藝文印書館, 1974, 臺北.
王國瓔, 中國山水詩硏究, 聯經出版事業公司, 1986, 臺北.
莊子今註今譯, 陳鼓應註譯, 臺灣商務人書館, 1981, 臺北.
王弼, 「周易略例·明象」, 『王弼集校釋』, 中華書局, 1990, 北京.
王國維, 『人間詞話』卷4, 上海古籍, 1993, 上海.
王國瓔, 『中國山水詩硏究』.
朱光潛, 『美感經驗的分析』.
李澤厚, 『山水花鳥的美-關於自然美問題的商討』
葉嘉瑩, 『王國維及其文學批評』, 源流出版社, 1986, 臺北.

일본 근대시가에 나타난 자연관

-가을을 중심으로-

1. 머리말

일본은 기후가 온화하고 비가 자주 내리는 습한 지역에서 벼농사를 중심으로 한 농경사회였으므로 자연은 생육을 도와 열매를 가져다주는 것으로 인식되어 왔다. 일본인은 여느 동양인과 마찬가지로 조상 대대로 자연과 함께 살붙이며 살다가 자연으로 돌아가는 것을 자기 자신의 길이라고 여겼다. 그런 까닭에 자연을 자신과 일체화시키고 자연의 섭리를 내 마음으로 하여 살려는 감정이 일본인의 철학과 사상, 종교 등의 모든 정신활동에 근본적으로 흐르고 있다. 춘하추동 사계절의 미묘한 변화와 때때로 일어나는 지진이나 태풍은 그들에게 세밀한 관찰을 하게 만들어 자연에 대한 예민한 감각을 키워주었다고 생각된다.

섬나라였기 때문에 외침은 거의 없었으나, 무사들의 권력다툼으로 인하여 인간에 대한 신뢰가 적었던 일본인은 더욱 자연속으로 도피하거나, 아니면 동화해 가는 속에서 자기 자신을 포착하거나 인식해 가는 감성을 키워갔는지도 모른다.[1] 특히 문학에 있어서는, 소나무 바람 소리를 듣고, 벌레소리에 귀 기울이며, 벚꽃을 바라보는 등 자연은 무엇보다도 늘 중요한 테마가 되었다. 고전 와카[和歌]에서 31자의 정형(定型) 속에 아름다운 노래말을 자연에서 빌려 사용하였던 것이나, 하이쿠[俳句]에서 반드시 계절을 나타내는 낱말을 집어넣는 것도 17자의 작은 세계에 자연을 포함시키려는 강한 의지의 표출이라 할 수 있겠다.

사계절의 자연 가운데서도 시인 마사오카 시키[2]는 「소설가가 인간을 해부하는 것과 마찬가지로 시인은 옛부터 끊임없이 천연을 해부하여 왔으며, 또한 자연계에 춘하추동이 있는 것은 사람에게 희노애락이 있는 것과 같고, 사계절 중에서도, 서양인과 달리, 일본인은, 시인은 물론 보통사람들도 지식인(남성)은, 달콤한 봄볕보다는 오히려 씁쓸한 가을 햇살을 사랑하는 경향이 있다」[3]고 가을을 선호했듯이, 옛 와카에도 「봄날은 다만/ 벚꽃만 한꺼번에/ 피울 뿐으로/ 자연과의 정취는/ 가을이 더하구나」[4]라고 노래하고 있다. 그러

---

1) 무가정권 시대였던 중세에 은둔자들에 의한 수필문학(『方丈記』·『徒然草』 등)이 주류를 이루었고, 근세 토쿠가와 시대에도 속세를 떠나 평생을 자연에 몸담으며 나그네처럼 떠돌며 시를 읊었던 대표적 시인 마쓰오 바쇼(松尾芭蕉)의 문학을 보아도 알 수 있다.

2) 마사오카 시키[正岡子規 ;1867~1902 이하, 시키라 칭함]
  사생(寫生)이란 기법을 문학에도 적용시켜, 일본 전통시가의 주제를 관념의 장에서 생활과 풍경의 장으로 옮기는 혁신적 역할을 하여, 새로운 근대 단가(短歌)와 근대 하이쿠[俳句]를 탄생시켰다. 마쓰야마 [松山]에서 태어나, 동경대학 국문과를 중퇴하고 「日本新聞」 사에 들어가 저널리스트로 활약하는 한편, 척추 카리에스로 이승을 떠나기 전까지 하이쿠와 단가에 대한 많은 글과 시를 남기며, 회화첩(繪畵帖)도 남긴다.

3) 마사오카 시키, 「春色秋光」 『子規と繪畵』(子規選集8, 增進會出版社, 2002, p.7~33 참조)

나, 소박한 내용이긴 하지만 일본인이 쓴 첫 번째 문학론이라고 할
만한『고금집(古今集)』5) 서문에서 밝혔듯이, 옛사람들은 마음을 언
어로 나타내어 시를 읊었고, 자연자체가 주제는 아니었다.6)

자연과 인간이 어우러지는 가운데 비애(悲哀)의 감정에 바탕을
둔「모노노 아와레(物のあわれ)」는 헤이안 말기부터 서서히 나타
나기 시작한다. 즉 자신의 마음이나 생각(心 또는 情)을 언어(詞)로
아름답게 펴나가던 와카의 세계는 점차「정의(情意)」에서「경기
(景氣)」로 전환되어 오다가 근대에 들어와 완벽한 물아일체(物我
一體)의 교류를 가져온 것이 아닌가 생각된다.

그것은 사이교[西行]의「세상을 등진/ 이 내몸도 정취에/ 젖어드
누나/ 도요새 퍼덕이는/ 가을저녁 호숫가」7)에서 비롯하여 모키치
[茂吉]의「넓은 잎사귀/ 나무마다 나부껴/ 반짝이면서/ 이리저리
숨으며/ 내 마음 뒤흔드네」8)에까지 이르러 완성을 본다고 할 수 있

---

4)「春はただ花のひとへに咲くばかり物のあはれは秋ぞまされる」(拾遺集・雜下・詠
人不知)

5) 905년 60대 다이고천황[醍醐天皇]의 명에 의해 편찬된 최초의 勅撰和歌集으로 정
식명은『古今和歌集』이다.

6)「秋風にあふたのみこそ悲しけれ我が身むなしくなりぬと思へば」(古今集・戀五・
小町)
  여기서 아키카제[秋風]는 춥고 쓸쓸하다는 것만이 아니라, 권태롭고 질린다는 의미
의 같은 발음인 아키[倦き・飽き]를 연상시키게 함이다. 그럼으로 저물어 가는 가을
과 정이 떨어져 가는 사랑을 동시에 애석해하는 일이 빈번하였다. 떠나가는 님을 애
석해 하는 작가의 마음을 나타내기 위하여 자연을 시어로서 빌어 쓴 것이다.
  (가을바람에/ 님을 만나는 것은/ 쓸쓸하여라/ 이 내몸 허망하게/ 될 것을 생각하
면) 겉으로는 가을 바람에 만나는 님이지만 속으로는 멀어져가는 사랑을 애석해 하고
있다.

7)「心なき身にもあはれは知られけり鴫立つ澤の秋の夕暮」(西行法師 ; 1118~1190)

8)「ひろき葉は樹にひるがえり光りつつかくろひつつしず心なけれ」(齋藤茂吉 ; 1882
~1953)

을 것이다. 그럼 여기서는 귀족들의 생활의 여기(余技)였거나, 미의
식을 나타내는 수단이 아니라, 완벽한 문학의 장르로서 대두되는
개인의 노래인 근대 정형시 17자의 하이쿠와 31자의 단가를 통해
문학에 나타난 자연관을 구체적으로 살펴보기로 한다. 사계절 중에
서도 자연[景]과 인간[情]이 가장 잘 밀접하게 감흥을 일으키는 가
을을 중심으로 감상하기로 한다.

2. 시키[子規]의 하이쿠에 나타난 생명의 풀꽃

일본 작가 중에서 최고의 비평가로 평가받으며 작품세계가 매우
솔직하고 거침없는 것으로 유명한 시키는, 시가의 혁신을 가져온
커다란 업적과는 달리, 생전에 유달리 작고 소박한 풀꽃을 좋아하
였다. 가난한 탓도 있었겠지만 「꽃은 니의 세계로서 풀꽃은 나의
목숨이었다」[9]고 고백할 정도였다. 가을에 태어나 가을에 세상을 떠
난 시키는 이승의 마지막 해인 1902년 8월 19일에도 다음과 같은
장가(長歌)를 남기고 있다.

    가을날 풀꽃/ 일곱여덟 종류를/ 화분하나에/ 한데모아 심었네/
    도라지 꽃이/ 제일먼저 피었고/ 마타리는 아직도

사이토 모키치는 동경대학 의학부 출신으로 마사오카 시키의 사생설을 계승하여 「실
상관입(實相觀入)」을 주창하는 한편, 가집(歌集) 『적광(赤光)』 등을 발표함으로써
근대 가인 중의 최고의 자리를 굳힌 작가이다.
9) 正岡子規, 「吾幼時の美感」(『子規全集』 第12卷, 講談社, 1975, p.258, 이하 『全集』
의 권수로 표기함) 「花は我が世界にして草花は我が命なり」

(秋くさの、七くさ八くさ、一はちに、あつめてうえぬ、
きちかうは、まずさきいでつ、をみなえしいまだ)10),

죽음이 임박해서도 화분 하나의 가을 풀꽃을 바라보며 유유히 계
절감을 맛보고 있는 시키의 모습이다. 여섯 자 되는 병상에서 거의
6년 세월을 꼼짝달싹 못했던 시키였지만 풀꽃을 보며 그 생명을 즐
김과 동시에 살아있는 자신의 기쁨을 한껏 표현하였다. 다음은 시
키의 하이쿠를 통해 좀더 구체적으로 그의 자연관을 들여다보기로
한다.

① 나팔꽃이여/ 소나무 가지 끝에/ 꽃송이 하나
   朝顔や松の梢の花ひとつ   (1898, 朝顔 <秋>)

② 나팔꽃 덩쿨/ 모래필 꽃봉오리/ 많고 많구나
   朝顔にあさっての莟多きかな   (1898, 朝顔 <秋>)

③ 여린 나팔꽃/ 여전히 피어있네/ 한 나절 비속
   朝顔の花猶存す午の雨   (1898, 朝顔 <秋>)

근대 하이쿠는 서경시라 할 수 있다 자연풍경을 될 수 있는 대로
정직하게 그려내고 작가의 감정은 안으로 감춘다. 반드시 계절어를
필요로 한다고 하는 규칙은 자연의 풍경 및 그 현상을 읊는 문학이
라고 하지 않을 수 없다. 근세까지의 하이쿠는 마음이 먼저이고 자
연은 나중이었던 것에 반하여 근대의 하이쿠는 자연이 먼저이고 마

---

10) 正岡子規,「病牀六尺」九十九, (『全集』第11巻, p.354).

음은 그 다음이다.

①과 ②는 나팔꽃의 자연의 풍경을 재현하는데 정성을 쏟고 있다. 그런 가운데 ③의 구는 나팔꽃의 단명(短命)에 주의를 기울이고 있는 작가를 볼 수 있다. 특히 「花猶咲く」라고 하지 않고 「花猶存す」라고 쓴 어구(語句)에서 나팔꽃의 생명의 대한 찬미임을 뚜렷이 였 볼 수 있다. 햇살이 비쳤으면 벌써 시들었어야 할 꽃이 비가 내리므로 여전히 피어있는 사실, 즉 존재하여 살아있음에 감동된 작가를 우리는 만난다. <나팔꽃>으로 상징되고 있는 작가의 짧은 생명에 대한 안타까운 마음이 자연 안에 감추어져 있는 것이다. 자연과 인간을 함께 살리고 싶은 시키의 마음이 가장 잘 나타나 있는 하이쿠이다.

㉠ 맨드라미야/ 초라한 오두막집/ 화려한 비단
　　鷄頭や賤が伏家の唐錦　　　　　　(1896, 鷄頭 <秋>)

㉡ 맨드라미꽃/ 모두 쓸어가 버린/ 폭풍우인가
　　鷄頭の皆倒れたる野分かな　　　　(1899, 鷄頭 <秋>)

㉢ 맨드라미꽃/ 열네다섯 송이도/ 피어있겠지
　　鷄頭の十四五本もありぬべし　　　(1900, 鷄頭 <秋>)

㉣ 맨드라미야/ 두차례 태풍에도/ 무사하구나
　　鷄頭や二度の野分に差なし　　　　(1900, 鷄頭 <秋>)

㉤ 맨드라미의/ 꽃잎에 흠뻑 눈물/ 쏟아부었네
　　鷄頭の花に涙を濺ぎけり　　　　　(1900, 鷄頭 <秋>)

하이쿠를 지은 시기는 달라도, 먼저 맨드라미꽃과 배합이 되어있는 대상은 오두막집이거나 폭풍우 등이다. 담장이 낮은 초라한 시골집 마당에 피어있는 맨드라미꽃, 아름다운 빨간색 꽃이지만 태풍에 시달리고 있는 풍경이다. 시키의 맨드라미는 매서운 비를 동반한 세찬 바람[野分] 속에 설정시켜 놓고 있다. ⓛ의 구는 말할 것도 없이 폭풍우 속에 쓰러져 버린 맨드라미꽃의 생명을, ②의 구도 두 차례의 태풍에도 무사한 끈질긴 꽃의 생명을 주제로 하고 있다.

작품의 가치로서의 평가에 해석이 엇갈리고 있는 ⓒ의 句「맨드라미꽃/ 열네다섯 송이도/ 피어있겠지」[11]에서도 「ありぬべし」,즉 직역하면 <존재할테지>, 또는 <살아 있을 테지>라는 시어에 주목할 필요가 있다. 무미건조한 시가 아니라 실존의 미, 생명의 미를 표현하고자 한 것에 역점을 둔 것이라 생각된다. ⓜ의 구에서도 맨드라미 꽃에 흠뻑 눈물을 쏟고 있는 것으로 얼마나 시키가 작은 자연의 생명을 귀하게 여기고 사랑하였나 하는 것을 알 수 있다.

ⓐ 맨드라미꽃/ 아직 키가 작은데/ 폭풍우인가
　　鷄頭のまだいとけなき野分かな　　　　(1901, 鷄頭 <秋>)

ⓑ 맨드라미야/ 올해의 가을에도/ 너를 보고파
　　鷄頭や年の秋もたのもしき　　　.　　(1901, 鷄頭 <秋>)

ⓒ 나팔꽃이여/ 그림 그리는 동안/ 시들어 졌네
　　朝顔や繪にかくうちに萎れけり　　　(1901, 朝顔, <秋>)

---

11) 長塚節와 齊藤茂吉는 이 句를 子規의 독특한 寫生句라고 평하는 데 반하여 高浜虛子는 그 가치를 인정하지 않았다. 虛子選『子規句集』에도 실려있지 않음.

ⓓ 아침나팔꽃/ 오무라들지 않는/ 가을 되었네

　朝顔のしぼまぬ秋となりにけり　　　　　　(1901, 朝顔, <秋>)

ⓔ 보라 나팔꽃/ 한송이 그자태로/ 시들어 버려

　蕣の一輪ざしに萎れけり　　　　　　　　(1901, 朝顔, <秋>)

ⓕ 맨드라미야/ 수세미야 초막은/ 넉넉하여라

　鶏頭や絲瓜や庵は貧ならず　　　　　　　(1901, 鶏頭 <秋>)

　위의 ⓐ~ⓕ의 구는 1901년의 하이쿠로서 모두 『앙와만록(仰臥漫錄)』속에 있는 것들이다. 『앙와만록』은 시키가 1901년 9월부터 이듬해 죽기 직전까지 하이쿠와 수채화 등을 섞어가며 자신을 적나라하게 기록한 병상일록이다. 생전에 사람들에게 보일 것을 염두에 두지 않은 것이어서 모든 허식을 던져버린 일기이다.

　<맨드라미>는 『앙와만록』의 첫 페이지를 넘기면 먼저 그림으로 그려져 있다. 그 다음 박꽃, 수세미 등을 주로 주제로 한 하이쿠와 함께 9월2일 ⓐ의 구, 다시 9월 7일 ⓑ의 구가 실려있고 9월 12일에는 화분에 나란히 줄지어 심은 맨드라미를 또 그려 놓고 있다.

　ⓑ의구는 대상인 자연과 시인의 마음이 일치되어, 키 작은 맨드라미는 아직은 더 살아도 좋은 34살의 작가 자신인 것이다. 또한 9월 13일자 속에는 나팔꽃도 그려놓고 주위에 ⓒ~ⓔ와 같은 하이쿠를 적어놓고 있다. 역시 나팔꽃의 단명을 읊고 있다. 아침나절 짧게 사는 나팔꽃에서 늘 죽음 같은 「오늘」의 시간을 살아야 하는 자신의 목숨을 함께 보고 있는 것이다. 이때 자연의 생명은 시적 화자인 작가의 생명과 한 치도 떨어져 있지 않고 하나가 되어 있다. 그리고

<맨드라미>를 소재로 한 것으로서는 마지막 구가 되는 ⓕ「맨드라미야/ 수세미야 초막은/ 넉넉하여라」라는 하이쿠가 9월 30일 읊어져 있다.

작가의 밝은 마음은, 수세미 매달린 초막에서 맨드라미를 보거나 그림을 그리는 것으로, 바로 살아있는 순간을 즐길 수 있는 여유였다. 같은 해 여름에 읊은 하이쿠「달팽이머리/ 빼꼼이 쳐든 모양/ 나를 닮았네)」와 같이, 일어나 앉지도 못해 병상에서 달팽이처럼 머리만 이쪽 저쪽으로 움직이고 있는 시키였다. 그러나 그는, 가을 날 마당 한구석에서 시들어가거나 비를 받고있는 풀꽃들과 동화되어, 가을의 비애를 느끼면서도 온 우주를 즐기고 있는 듯 하다. 자신의 모습을 과장하지도 않고, 위선부리지도 않으며 달팽이에 비유한 시키는 자연의 풀꽃들을 보면서 생(生)을 구원받고 있는 것이다.

시키의 단가「누워 지내는/ 병이 언제 나을지/ 모르면서도/ 마당에 가을 풀꽃/ 씨앗 뿌리라 했네」[12]에서도 그의 가을 풀꽃에 대한 관심은 각별하였던 것을 알 수 있는데, 이는 보잘 것 없는 풀꽃마저도 살아있는 생명체로 보고 있는 그의 자연관에서 비롯되었다고 볼 수 있다. 한편 1899년 32살의 가을부터는 모르핀 주사를 맞아가며 본격적인 수채화를 그리기 시작한 시키는 1902년 8월 7일에는 다음과 같은 글을 남기고 있다.

풀꽃가지 하나를 베개 머리맡에 놓고 그것을 정직하게 사생하고 있으면 조화(造化)의 비밀을 점점 알 것 같은 느낌이 든다[13]

---

12)「いたつきの癒ゆる日知らにき庭べに秋草花の種を蒔かしむ」
13) 正岡子規,「病牀六尺」,『子規全集 第14卷』, 講談社, 1975, p.344.

풀꽃가지 하나를 놓고 정직하게 노래로 옳거나 그림으로 그려가는 사이에 우주의 조화, 나아가 생명체계의 비밀을 깨달아 가는 시키의 자연관은, 인간이 자연을 지배하는 것이라고 보는 서양인의 자세와는 달리, 경외심에 가득찬 재래의 동양적 사고이다.

이승을 떠나기 한달 전인 1902년 8월 20일에는 『화초첩』에 마지막 그림으로, 제대로 된 나팔꽃을 정성껏 그려놓고, 보름 가량 후에는 <나팔꽃>을 주제로 한 것으로서는 마지막 시(1902년 9월 3일)인 다음의 하이쿠를 짓고 있다.

　　나팔꽃이여/ 사생을 하고 싶은/ 내 마음 있네
　　(朝顔や我に寫生の心あり)

위의 하이쿠에서 「사생을 하고 싶은 내 마음」이란, 바로 자연과 인간이 하나가 된 생명의 세계를 그림으로도 그리고 싶고, 노래로도 부르고 싶다는. 시키의 문학 이념을 나타내는 동시에 그의 자연관을 잘 나타내주는 것이라 하겠다. 시키의 삶과 시와 그림이 함께 한 물아일체(物我一休)의 세계이다. 자연을 애정의 눈으로 마주하는 시키의 자연관은 밝고 따뜻함으로 인하여 자연과 인간의 생명을 함께 살려내고 있는 경지에 이르고 있다.

3. 모키치[茂吉] 단가에서의 시간적 추이속의 풍경

근대가인 중의 제일인자라고 불리기도 하는 사이토 모키치[齋藤

茂吉; 1882~1953, 이하 '모키치'라 칭함]가 단가(短歌)를 짓기 시작하는 것은 일고(一高) 삼 학년 때 시키의 『대나무마을 노래』14)를 읽고 나서이다. 이때의 작가(作歌) 수업에 관하여 모키치는 "시키의 단가는 나의 기질에 맞는 탓인지 모방할 수 가 있었다. 이 '모방'이란 것은 당시의 나로서는 대단한 일이었으므로, 모방하려고 몹시 노력하며 여러 가지 방법을 찾았다."15)고 회상하고 있다. 이처럼 모키치가 시키의 『대나무마을 노래』 가집에 크게 공감한 것은 고향을 떠나와 동경에서 살게된 그의 특별했던 환경 탓16)이었다고 생각된다. 시키의 단가속에는 모키치의 어린날을 추억하게 만드는 소재들이 많아 그의 기억을 유년시절의 자연으로 돌아가게 만들기에 충분했던 것이다. 시키의 단가에서 감명을 받고 작심(作心)을 일으킨 모키치이므로 그의 단가도 보이는 풍경을 그대로 읊고 있는 데에 신선함이 있다.

그러나 모키치의 단가는 시간에 따른 풍경의 변화가 주목을 끈다. 그의 처녀가집인 『적광(赤光)』의 어머니의 죽음을 애도한 「돌아가

---

14) 『竹の里歌』는 마사오카 시키가 그의 생애에 지은 2347수의 단가를 모아 생전에 책으로 펴낸 것.

15) 新潮日本文學 アルバム, 『齋藤茂吉』, 新潮社, 1985, p.24.

16) 야마가타현[山形縣] 농가에서 태어났으나, 일찍이 초등학교를 졸업하고 동향(同鄕) 출신인 사이토 기이치[齋藤紀一] 씨의 양자가 되어, 고향을 떠나와 살게 된 모키치의 처지가, 일상 현실의 세계를 편안하게 그려 보여주던 시키의 노래에 감동하게 되는 것이다. 시키의 단가속에는 모키치의 어린날을 추억하게 만드는 소재들로 가득 담겨 있었기 때문이다.

육친의 정을 그리워하는 향수에서 모키치의 문학이 출발하였으며 그 동기가 시키와의 만남이었다고 할 수 있다. 그 후 동경대학 의예과 일 학년 때에 사치오에게 사사받으며, 졸업 후는 동경대 대학병원에서 잠시 근무하기도 한다. 결혼 후에는 아오야마[青山]뇌병원 원장을 역임하는 한편 『아라라기』 편집을 담당하며, 1914년 32세 때에 처녀 가집 『적광(赤光)』을 출판하여 가단(歌壇)의 비상한 주목을 받게 된다.

시는 어머니」에서도 이미 모두 네 편으로 나누어 그때 그때마다의 시간의 경과를 배후에 두고, 보이는 자연 환경과 덧붙여 그의 마음을 노래하고 있었다. 여기서는 먼저 『적광』 속의 감나무를 주제로 한 그의 단가를 감상하여 보기로 한다.

> 서리 내리어/ 한그루 뎅그라니 / 있는 감나무//
> 감은 애처럽게도/ 검게 빛바래 가네
> (霜ふりて一もと立てる柿の木の柿はあはれに黒ずみにけり)

> 이내 한 몸을/ 불상히 여기면서/ 돌아오는 길//
> 해질녘 오솔길에/ 감나무잎 떨어져
> (おのが身をいとほしみつつ歸り來る夕細道に柿の花落つも)

> 검디검도록/ 둥글게 익어가는/ 고욤나무에//
> 작은새 가버리고/ 서리는 내려앉고
> (くろぐろと圓らに熟るる豆柿に小鳥はゆきぬつゆじもはふり)

위의 노래는 <감>을 노래함과 동시에 가을도 깊어진 계절감을 아울러 음미하고 있다. 빨갛게 익은 감열매가 끝내는 검게 되어버린 계절의 추이에 대하여 영탄하고 있다. 작가가 성장한 동북지방의 풍경에 대한 원체험의 기억과 전혀 관계가 없는 것은 아니겠으나, 발상의 동기는 혹독한 계절이 올 것에 대한 탄식보다는 잘 익은 열매로서 먹을 수 없게 된 감이, 잎이 다 떨어진 감나무 가지에 점점이 매달려 있다고 하는, 시간의 흐름 속에 내동댕이쳐질 수밖에 없는 감이 처해진 상황에 대한 탄식이다. 그것은 바꿔 말하면 시간의 흐름 속에 방치되어 살고 있는 자신의 존재에 대한 탄식과 다름 없다.

모키치가 고향을 떠나 상경한 것은 1896년 8월로 14살 때의 일이다. 그 후 1904년 여름에 귀성할 때까지 고향은 좀처럼 방문 할 수 없었던 것 같다. 모키치의 자연에 대한 원체험은 우선 14살까지 동북지방의 풍토에서 배양되어진 것이 심층에 살아있어 그의 시혼에 영향을 끼치고 있다. 다음은 1921년 간행된 제2가집 『아라타마』17) 에 실려있는 모키치의 대표작으로 꼽히는 것들이다.

노을이 타는/ 한줄기 오솔길을 / 걸어 가노라//
이 생명 다하도록/ 시와 함께 하면서
(あかあかと一本の道とほりたりたまきはるわが命なりけり)

반짝거리는/ 한줄기 곧게 뻗은/ 오솔길 멀리/
소리내며 세차게// 바람은 지나가네
(かがやけるひとすぢの道遙けくてかうかうと風は吹きゆきにけり)

첫 번 노래는 스승 사치오가 세상을 떠난 후 지은 것으로 「노을이 타는 한줄기 오솔길」은 가을 석양에 빛나는 요요기하라[代代木原]의 오솔길인 동시에 모키치가 가야 할 예술가의 길로서, 홀로 걸어가야 할 모키치의 비장한 마음을 나타낸 것으로 해석되고 있다.18)

한편, 이 노래는 아쿠타가와 류노스케[芥川龍之介]가 "고흐의 태

17) 아라타마[あらたま] : 파내어 가공하지 않은 옥돌이라는 뜻.
18) 海野哲治郎, 『近代短歌の美しさ』, 愛育出版, 1965, p.189.

양은 몇 번인가 일본 화가의 캔버스를 비쳤다. 그러나 '오솔길'의 연작만큼 침통한 풍경을 비춘 일은 반드시 여러 번은 아니었을 것이다."19)라고 후기 인상파의 그림에 비유함으로써 더욱 유명해졌다.

가을의 외적 풍경과 심상풍경이, 걸어가는 동작이나 불어대는 바람으로 시간적 추이를 동반하면서, 일치되어 선명하게 잘 표현되어 있다. 당시의 일본 문단은 산문에 있어서는 자연주의가, 시에 있어서는 상징주의가 거의 동시에 유입되었고 거기에 보조를 맞추듯이 화단의 세계에서는 인상주의가 유입되어, 이들 근대 유럽의 사조가 명치 말기에서 대정 초기에 걸친 일본 예술분야에 크게 영향을 미쳤던 것이다. 다음은 오스트리아 유학시절(1922년 1월~1923년 7월)의 단가를 실은 『원유(遠遊)』에 있는 것이다.

㉠ 색깔 바래진/ 낙엽이 쌓여있는/ 나무들판을 / 밟으며 지나가네//
오늘 이 하루해를
(いろきびて落葉積もりし木原を場踏みつつぞゆくけふの一日を)

㉡ 가는 빗줄기/ 어느새 내리뿌려/ 계곡의 낙엽/ 적시우는 그때 쯤//
돌아갈까 생각해
(ほそき雨いつか降り來て谷落葉ぬるる頃ほひ去りゆかむとす)

㉠의 노래는 모키치의 하루의 일상이 영화의 한 장면처럼 자연의 풍경 안에 그려져 있다. 정(靜)적인 풍경 안에 동(動)적인 사람의 움직임이 있다. 「색깔 바래진」 낙엽에서, 산과 들도 움직이는 것 같지 않지만, 끊임없이 호흡하고 있음을 느끼고 있다. ㉡의 비는 땅에

---

19) 片野達郎著, 『齋藤茂吉のウァゴッホ』, 講談社, 1986, p.132.

떨어진 낙엽을 적시우고, 그런 시간이 오면 인간도 또한 변화에 맞추어 이동하여야겠다는 자연관이 보인다. 모키치의 자연 속에는 살아있는 생명체가 시간의 흐름에 따라 변화하는 것을 놓치지 않고 있다. 마지막으로 1946년 2월부터 1947년 11월까지 두 번째 피난처20)인 오오이시다에서의 노래들만을 엮은 가집 『하얀 산』에서의 가을 풍경을 감상하기로 한다. 연작 「가을, 오다」에서 뽑은 것 들이다. 모키치의 나이 65세 때의 작품이다.

① 내가 와있는/ 모가미강 물줄기/ 강가 들판에//
　　까마귀 퍼덕이는/ 소리가 들려오네
　　(わが來つる最上の川の川原にて鴉羽ばたくおとぞきこゆる)

② 쓸쓸하게도/ 먼 산줄기를 따라/ 해맑게 개인/ 가을 햇살 속으로// 혼자서 나섰다네
　　(かなしくも遠山脈の晴れわたる秋の光にいでて來にけり)

③ 가을날 해는/ 저편 강기슭 산에/ 떨어져가고//

---

20) 전쟁의 공습으로 아오야마(靑山)의 병원과 주택도 모두 불에 타버려 고향인 야마가타현의 카나빈무라(金甁村)로 잠시 피난하여 지내다가 오오이시다(大石田)로 옮겨 모가미강의 자연과 더불어 만년을 지냈다. 모키치는 일생동안 네 차례의 전쟁을 겪었으며, 그럴 때마다 철저하게 천황을 숭배하여 '황국'을 신이 보호하리라는 선민의식에 사로잡혀 일본국민들에게 전쟁을 미화하여 알리는 단가를 짓기도 하였다. 일본적인 미의식을 노래로 표출하였다는 일본학자들의 평가 속에는 애국자 모키치로서의 인식도 깊이 자리하고 있음이 사실이다.
　　모키치는 「군벌이라는/ 말조차도 몰랐던/ 바보같은 나/ 생각하면 저절로/ 눈물만 흘러내려」(軍閥といふことさえも知らざりしわれを思へば涙しながる)라는 단가를 지어 고백할 뿐, 어쩔 수 없이 부화뇌동할 수밖에 없었다는 식의 변명은 하지 않고 만년은 모가미 강가에서 쓸쓸하게 지냈다. 다만 전쟁단가는 한 데 묶어 가집으로 남겨놓지 않았다.

하루해는 빠르게/ 가는 세월 빠르게

(秋の日は對岸の山に落ちゆきて一日ははやし日月はやし)

위의 ①의 단가에서는 예부터 청각에 민감한 일본인의 정서가 여전히 잘 살려져 있음을 느낄 수 있다. 까마귀 날갯짓으로 풍요로이 흐르는 모가미강 주변의 들판에도 가을이 오고있음을 알리고 있다. 앞뜰에 보이는 경치밖에 노래하지 못했던 만년의 시키에 비하여 강가를 마음대로 거닐 수 있었던 모키치의 단가는 그 자연의 공간이 무척 자유롭고 크다.

②의 단가는 해맑게 개인 가을 햇살에 이끌려 말없는 자연 속으로 무아에 빠져 들어가는 극치의 자연과 인간의 하나된 모습이다. 시키가 「춘색추광」에서, 가을 햇살 속에서 비애(悲哀)를 느끼는 것에 쾌감을 가지는 것이야말로 「아와레(정취)」라고 말했던 바로 그 주장을 단가로 표현하고 있는 듯한 세계이다. 거칠지 않은 가녀린 가을 햇살 속으로 사람이 순응하여 다가갈 때, 자연은 팔을 벌려 감싸주고 있다. 결코 둘이 아니라 혼자서 다가 갈 때 진정한 자아를 찾아지는 게 아닐까. 「비애(悲哀) 속에 애정(愛情)을 담고 애정 속에 비애를 포함한다」는 가을날의 자연과의 정취가 참으로 잘 그려진 작품이라 하겠다. 「카나시쿠모」라는 낱말은 그러한 기분을 나타내는 뜻으로 이해하여야 할 것이다.

③의 구는 앞에서와 마찬가지로 떨어져 가는 가을 해를 통해 시간의 흐름을 묘사하고 있다. 유수 같은 세월의 흐름을 반복적인 어휘를 사용하여 솔직하게 안타까워하고 있는 것은 만년에 들어선 모키치 자신의 생명에 대한 아쉬움을 아울러 표현하였다고 생각된다.

이는 32살의 로카[盧花]21)가 똑같은 가을 날, 사가미 바닷가에 지는 해를 바라보며 「마치 성인의 임종에 임하는 감마저 든다. 장엄의 극치, 평화의 극치, 범부도 영혼의 빛에 싸여, 육체도 녹아들고, 영혼만이 단아하게 영원한 바닷가에 멈춘 듯」22)하다고 이를 데 없는 마음의 평화를 느끼는 것과는 대조적이다.

두 사람 모두 자연과 인간을 분리시켜 놓고 보는 것이 아니라 자연 속에 인간을 포함시키고 있다. 그러나 같은 자연을 보면서도 그들의 감정은 각각의 처지와 환경에 따라 달리 표현되고 있다. 인간은 자연의 일부를 이루는 구성원이고 동시에 자연을 느끼는 주체자로서의 입장은 같다고 하겠으나, 각각의 독립된 인간은 감성을 달리하기에 자연관이 그들의 문학에서 다양하게 그려지고 있다. 나음은 다쿠보쿠[啄木] 단가에서의 가을을 살펴보기로 한다.

---

21) 토쿠토미 로카[德富盧花; 1868~1927] : 청순한 부부애를 그린 소설 『不如歸』로서도 유명하지만, 소설가라기보다 자연시인이라고 할 만한 작가이다. 그의 수필 「자연과 인생」은 낭만적인 자연의 발견으로 유명하다. 천황암살을 계획하였다는 이유로 처형된 幸德秋水 사건을 분격하여 「謀叛論」이라는 강연을 하기도 하며, 인도주의 입장에서 사상의 자유와 사형폐지를 주장하며 정부를 비난하였다.

22) 秋冬風全く凪ぎ、天に一片の雲なき夕べ、立って伊豆の山に落つる日を望むに、世にかかる平和のまた多かるべしとも思われず。(中略)光を放ち逗子の浜一帶、山といわず、砂といわず、家といわず、松といわず、人といわず、轉がりたる生賞の籠も、落ち散りたる藁屑も、赫焉として燃えざるはなし。かかる凪の夕べに、落日を見るの身は、あたかも大聖の臨終に侍するの感あり。莊嚴の極、平和の至り、凡夫も靈光に包まれて、肉融け、靈獨り端然として、永遠の浜にたたずむを覺ゆ。
　　德富盧花, 「自然と人生」(『現代日本文學全集』, 筑摩書房, 1957, p.253.)

4. 다쿠보쿠[啄木] 단가에서의 망향(望鄕)의 가을 바람

이시카와 다쿠보쿠[石川啄木; 1886~1912]는 일본근대 확립기에 사회와 자신과의 문제를 누구보다 진지하게 생각하며 살아갔던 시인으로, 강력한 정부에 짓눌린 소박한 서민들의 일상의 애환도 함께 읊어, 그 시대의 국민들에게 많은 사랑을 받았던 작가이다. 빈곤과 질병으로 힘들었던 다쿠보쿠의 생애가 외세로 자유롭지 못했던 한국의 운명과도 같은 시기였던 탓인지 그 이름은 다른 어느 시인보다 일찍이 우리나라에도 잘 알려져 있다.

1910년 12월에 간행된 가집 『한줌의 모래』[23]에는 「가을바람 상쾌한데」[24]라는 소제목을 붙이고 가을의 계절감을 나타낸 51수(首)의 단가가 있다. 그 중의 몇 편을 골라 감상하기로 한다.

고향 하늘은 퍽이나도 멀구나	ふるさとの空遠みかも
높은 지붕에 홀로 올리잤다가	高き屋にひとりのぼりて
풀 죽어 내려온다	愁ひて下る

위의 노래는 「가을바람 상쾌한 데」의 51수 중에서 제일 먼저 등장하는 단가이다. 제목이 깔끔히 끝나지 않는 것과 마찬가지로, 바람은 시원했지만 고향 생각으로 다쿠보쿠의 마음은 개운하지가 않

---

23) 『한줌의 모래(一握の砂)』에는 「나를 사랑하는 노래」, 「연기」, 「가을바람 상쾌한 데」, 「잊을 수 없는 사람들」, 「장갑을 벗을 때」와 같은 다섯 항목으로 나누어 모두 551수의 단가가 실려있다. 1912년 6월 출판된 유고가집(遺稿歌集) 『슬픈 장난감』과 함께 다쿠보쿠의 대표적 가집(歌集)이다.

24) 「秋風のこころよさに」 가을바람이 기분 좋은데, 가을바람이 상쾌한데, 또는 가을바람의 상쾌함에, 등으로 번역할 수 있을 것이다.

다. 이 노래는 「가을바람 상쾌한데」에 나오는 다른 단가 전체를 이끌고 있는 주제(主題)라고도 할 수 있을 것 같다. 대부분이 가을의 청명함을 음감으로 살려 청각적으로 가을이라는 계절감을 나타내고 있는 것에 노래의 특징이 있다고 할 수 있겠으나, 그 내용은 고향을 그리는 마음으로 가득차 있다. 다음은 가을바람을 소재로 하고 있는 것들이다.

쓸쓸한 것은 가을바람이어라　　かなしきは
드물게 솟는 눈물이 요즘 들어　　秋風ぞかし
자꾸만 흘러내려　　　　　　　稀にのみ湧きし涙の繁に流る

너무도 푸른　　　　　　　　　青に透く
구슬 같은 슬픔을 베개로 삼고　かなしみの玉に枕して
소나무 우는 소리 밤새도록 듣는다　松のひびきを夜もすがら聴く

가을소리가 제일먼저　　　　　秋の聲まずいち早く耳に入る
재빨리 귀에 들린다 이런 성질 가진걸　かかる性持つ
슬퍼해야 하겠지　　　　　　　かなしむべかり
푸스슥 푸슥 수숫잎 소리 나는　はたはたと黍の葉鳴れる
정들은 고향 그 처마 그리워라　ふるさとの軒端なつかし
가을 바람이 불면　　　　　　　秋風吹けば

다쿠보쿠는 「쓸쓸한 것은 가을바람」이라고 노래하고 있다. 이는 로카[蘆花]가 그의 수필 「자연을 마주한 5분간」에서 바람에 대하여 쓰고 있는 것과 같은 생각이다. 로카의 다음 글을 읽어보기로 한다.

비는 사람을 위로하고 사람의 마음을 치유하고 사람의 정신을 평온하게 한다. 참으로 사람을 슬프게 하는 것은 비가 아니고 바람이다. 어디서 오는지도 모르게 표연히 와서 어디로 가는지도 모르게 표연히 사라진다. 시작도 없고 끝도 모르게 쓸쓸하게 지나가기에 사람의 애간장을 끊어 놓는다. 바람은 지나가는 인생의 소리이다. 어디서 왔다가 어디로 가는지 모르는「사람」은, 그 소리를 듣고 슬퍼한다.25)

소나무 사이로 부는 바람소리를 밤새 들으며, 수숫잎 소리나는 정들은 고향의 처마까지도 그리워하는 다쿠보쿠의 마음은, 로카가 말하는 대로 바람과 같은 인생이기에, 적어도 떠나온 고향으로라도 돌아가고 싶은지도 모른다. 대부분의 사람들이 찬바람 부는 저녁이면 여느 때보다 종종 걸음으로 집에 빨리 돌아가려 하는 것은, 어디로 떠밀려 갈지 모르는 인생에 대한 거부반응 일지도 모르겠다. 더구나 자신의 뜻과는 달리「돌팔매질에 쫓기어 날아나듯 떠나온 고향」이었으니 그 막막한 서글픔은 이루 말할 수 없었을 것이다.

가을소리가 제일먼저 귀에 들리는 성질을 오히려 원망하고 있는 것으로 보아, 아직 완연한 가을이 오기도 전에 바람소리만 듣고도 눈물을 흘리고 있는 작가는, 전통적으로 예민한 일본인의 감수성26)을 잘 대변하여 주고 있다. 다음은 고향의 이와테산[岩手山]을 소재

---

25) 토쿠토미 로카, 앞의 책, p.255.
26) 오오카 마코토(大岡信)는 일본인의 감수성 중에서 가장 중요한 것은 사물의 시작과 끝을 매우 민감하게 피부로 느끼는 것이며, 가을바람은 가을이 되면 부는 바람이 아니라 여름이 끝날 무렵에 부는 바람으로, 여름 속에 이미 숨어있는 가을을 노래하고 있을 정도이며, 뛰어난 일본의 시인들은 그러한 감각을 지니고 있다고 말한다. (海野哲治郞.『近代短歌の美しさ』, 愛育出版, 1965, p.130. 참조)

로 한 단가에서 다쿠보쿠의 자연관을 알아본다.

　　　이와테 야마　　　　　　　　　　岩手山

　　　가을은 삼각형의 산자락 끼고　　秋はふもとの三方の
　　　들판에 하나 가득 벌레 소리 담았네　野に滿つる蟲を何と聽くらむ

　　이와테산은 다쿠보쿠가 자란 보덕사(宝德寺) 맞은 편에 보이는 삼각형 모양의 산이다. 다쿠보쿠는 일본의 동북지방인 이와테현 모리오카의 한 변두리, 히노토라는 작은 마을에 태어났다. 아버지는 승려로, 그가 태어난 이듬해 시부타미 마을의 주지가 되어 가족 모두 옮겨와 살게되었다. 시부타미 마을은 지금의 현청이 있는 모리오카[盛岡]로부터 북으로 20킬로미터 떨어져 있는 작은 주막거리였다. 히노토는 여기서도 더욱 떨어져 있는 벽촌이었다.

　　보덕사는 이와테산을 마주한 히메가미산[姬神山]의 산자락에 있었으며, 논밭사이 길을 조금가면 기타카미강[北上川]이 북쪽에서 흘러내려 사계절의 풍경이 아름다운 곳이다. 어느 나라이든 작가의 시혼(詩魂)을 가장 잘 끌어내고 있는 것은 대부분 그들의 고향의 자연이다. 그러나 조잡한 인생에 괴로워했던 다쿠보쿠는 유난히 고향의 자연을 노래에 담고 있다.

　　『한줌의 모래』에 실려있는 이 모든 단가는, 실제로는 1908년 이후의 동경생활 속에서 읊어진 것들이다. 그럼에도 불구하고 「부드러웁게 초록 물드는 버들/ 기타가미강 그 강변 눈에 뵈네/ 울아라 하는듯이」와 같은 단가나 「정들은 고향 산마루 마주하니/ 할 말이 없네/ 마음속에 오로지 고맙다는 말밖에」[27]라는 단가처럼, 작가의 고즈넉한 산마을의 산천은 지금 생생하게 현장감을 느끼도록 노래 되어지고 있다.

자연에서의 평화로운 풍경은 고뇌에 가득찬 인간생활에 새로운 공기를 바꿔 넣어주기 위하여 다쿠보쿠를 늘 그리워하게 하지 않았나 생각된다. 유년시절에 바라보았던 이와테산은 멀리 있는 시인을 여전히 부르고 있었다.

늘 마주하는 산이기는 하여도 　目になれし山にはあれど
가을이 되면 　　　　　　　　 秋來れば
산신령 계시는 듯 황송하게 보았지　神や住まむとかしこみて見る

가을은 그 어느 계절보다도 인간을 경건하게 만든다는 것을 알 수 있다. 「산신령 계시는 듯」 황송하게 바라보는 것은, 풀에도 나무에도. 집의 처마에도 부뚜막 아궁이에도 신(神)을 본다고 하는 고대 일본인 이래의 일본적 사연관이다. 일체만유(一切萬有)가 곧 신이어서 우주 밖에 신이 따로 있지 않다는 범신론적 자연관이다. 그러면서도 다쿠보쿠의 자연관은 성스럽다. 벌레소리마저 하나 가득 담고있는 자애로운 산이다. 같은 동북지방에서 태어나 이와테산을 노래한 겐지[賢治]28)와도 다르다.

---

27) ふ「ふるさとの山に向ひて
　　言ふことなし
　　ふるさとの山はありがたきかな」

28) 미야자와 겐지(宮澤賢治; 1896~1933) : 이와테현 하나마키쵸(花卷町)에서 태어나 모리오카고등농림을 졸업하고 비료기사(肥料技師)로서 생활하며, 시집『봄과 수라(春と修羅)』등을 남겼다. 그는 화학자, 법화종신자, 시인으로서 농촌의 진보를 위한 실천가였다. 그가 파악한 현실이 사회의 부조리나 모순에 있지 않고 농촌에 한정되어

고향마을의 절간 행랑마루에	ふるさとの寺の御廊に
밟아버려진	踏みにける
나비무늬 작은 빗 꿈에서 보았었네	小櫛の蝶を夢にみしかな

가을이 되면	秋來れば
떠날 겨를 없어라 그리운 마음	戀ふる心のいとまなさよ
밤잠을 설치면서 기러기 소리 들어	夜もい寢がてに雁多く聽く

여전히 가을날, 마음에서 떠나지 않는 것은 고향생각 뿐이다. 꿈에서도 절간의 마루바닥에 떨어져 있던 작은 머리빗을 찾아 헤매고 있다. 고운 빗을 무심결에 밟아버린 아픈 추억은 지금도 머리에 각인되어 떠나지 않고 있다. 가을바람은 청각으로 다가와 억누르기 어려운 시인의 감성을 서정적으로 표출시키고 있다.

아버지처럼 가을은 위엄있다	父のごと秋はいかめし
어머니처럼 가을은 그리웁다	母のごと秋はなつかし
집없는 아이에겐	家持たぬ兒に

다쿠보쿠는 자아의 고뇌로부터 벗어나기 위한 장소로서 고향의 자연을 마주한 사람으로 보인다. 이와테산과 마찬가지로 그의 「가을」은 위엄 있는 아버지와 그리운 어머니를 함께 한, 강력한 능력

있었던 것이 약점이다.

이와테산	岩手山
하늘이 산란하게 반사하는 속에	そらの散亂反射のなかに
낡아빠져 검게 도려낸 것	古ぼけて黒くえぐるもの
빛이 산산조각으로 난 바닥에	ひかりの微塵系列の底に
더럽고 하얗게 가라앉아 있는 것	きたなくしろく澱むもの

을 갖는 성스러운 자연인 동시에 따뜻한 자연이다. 「집없는 아이」
는 무한한 자연을 영원히 그리워하며 유한한 시간을 살아가는 우리
모두를 가리키는 것이라고 볼 수 있다.

마음의 서정을 일기처럼 쏟아내고 있는 그의 가집에서 특별히 가
을바람만이 소제목으로 붙여져 노래되고 있으며, 그것도 시인으로
하여금 일상을 벗어나 고향으로 치닫게 하는 것은, 시키의 말대로
가을은 일본의 시인들이 가장 사랑했던 계절임에 틀림없다.

가을바람에 고향산천을 떠올리는 다쿠보쿠나, 가을 햇살 속에 멀
리 보이는 산줄기를 따라 집을 나서 걸어가던 모키치 역시, 자연을
부모처럼 생각하며 그 품속에 안기고 싶은 심상스케치였다고 말할
수 있을 것이다.

5. 맺음말

이상으로 일본 근대시가에 나타난 자연관을 간단히 살펴보았다.
명치유신을 통해 서구문물을 다양하게 받아들이기 시작한 일본은
문학에 있어서도, 있는 그대로를 그려내는 서구의 사실주의를 이념
을 먼저 수용함으로써 새로운 발전이 시도되었다. 소설에서는 인간
심리를 적나라하게 표현하기 시작하여, 명치말기의 자연주의 작가
들은 서구와는 달리 인간 개인의 본능을 파헤치는 데 온 힘을 동원
하기에 이른다. 이와 같은 영향은 일본 전통시가에도 파급되어지나,
그것은 지금까지 자연을 바라보는 눈에 변혁을 가져와, 공동체의
틀에 짜여진 개념이나 인식에 대한 표현이 아니라, 개인의 감성으

로 자연을 포착하는 것이었다.

　시가에서는 정형의 틀 안에 계절어를 넣어야 한다는 약속은 여전히 지켜졌으나 그 소재는 근대 이전과는 달리 자연 속의 모든 것이 대상이 될 수 있었다. 사계절의 풍경이 언제나 읊어지는 것이지만, 더욱 세밀한 관찰을 통해, 어느 것이나 작가개인의 정감(情感)의 표현이 자리잡았다. 자연을 정직하게 표현하는「사생」을 주창하였던 시키의 풀꽃에 대한 애정은 남달라서 17자의 하이쿠 속에 자연과 인간의 생명을 함께 살려내고 있는 경지에 이르고 있었다.

　모키치는 시간의 추이 속에 변화하는 자연과 함께, 그에 따른 인간의 심상풍경을 또한 31자의 단가 속에 표현하고 있었다. 다쿠보쿠의 단가는 가을이라는 계절 속에서 부모 앞에 선 아이 미낭 고향을 그리워하고, 경건해 하며 우주의 한 자연인으로 위로 받고자 하는 세계였다. 작가들의 처해진 상황과 경험에 따라 문학에 나타난 자연의 모습은 달랐으나, 각각의 가을 풍경은 정념상징(情念象徵)으로서의 역할을 담당하고 있었다.

　자연은 살아있는 생명체로서 그들에게 위안을 주고 위안을 받는 대상으로서 하나가 되어 있었다. 소설가와는 달리 뛰어난 일본의 시인들은 예민한 감수성으로 자연을 포착하여, 세밀하고 작은 것에서 오히려 자연의 조화(造化)나 위대함을 깨달아가는 편이었다. 특히 시가에서의 가을은 자연 속에서 타인이 아닌 자신의 자아(自我)를 찾아가는 길이었다. 경(景)과 정(情)이 하나가 되어가는 물아일체(物我一體)의 경지로 다가가고 있었다.

[참고문헌]

『子規全集』, 講談社, 1975.
『子規選集』, 增進會出版社, 2002.
『齋藤茂吉選集』, 岩波書店, 1982.
『石川啄木全集』, 筑摩書房, 1993.
『現代日本文學全集』, 筑摩書房, 1957.
『鑑賞日本現代文學 9 齋藤茂吉』, 角川書店, 1981.
片野達郎, 『齋藤茂吉のヴァゴッホ』, 講談社, 1986.
海野哲治郎, 『近代短歌の美しさ』, 愛育出版, 1965.
片棟洋一, 『歌枕歌ことば辭典』, 角川書店, 1983.
上田 博, 『石川啄木歌集全歌鑑賞』, おうふう, 2001.
淺野 晃, 『宮澤賢治詩集』, 白凰社, 1992.
孫順玉, 『正岡子規의 詩歌와 繪畫』, 中央大學校出版部, 1995.
孫順玉, 『이시카와 다쿠보쿠시선』, 민음사, 1998.

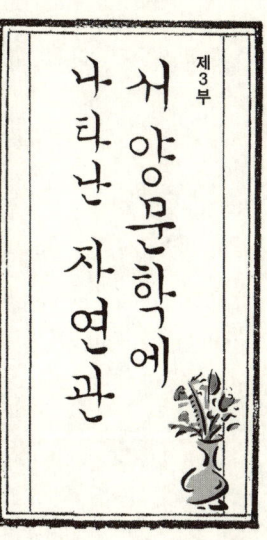

제3부
서양문학에
나타난 자연관

T. S. 엘리엇의 생태학적 상상력

-『거룩한 숲』,『황무지』,『문화론』을 중심으로-

[러드야드 키플링의] 작품에서 가장 중요한 것은 땅에 의지해 사는 사람들에 대한 키플링의 비전이다. 그것은 기독교적 비전이 아니고 적어도 이교도적 비전이다.—물질주의적인 견해에 대한 부정이다. 왜냐하면… 재수립되어야 하는 것은 자연과의 조화에 대한 통찰력이기 때문이다. (*On Poetry and Poets*, 250)

들어가며: 근대적 산업화를 위반하며

오늘날 인류의 문명 세계가 미증유의 생태계 교란과 환경 위기에 빠져 있다는 말은 너무나 흔하고 진부해서 이제 우리는 위기를 위기로 느끼지 못하면서 살고 있다. 환경 생태위기에 대한 무지한 낙관주의와 부도덕한 해이의 시대에 왜 지난 세기의 시인 T. S. 엘리엇(Thomas Stearns Eliot, 1888~1965)을 다시 찾는가? 우리는 오늘날 20세기 전반부 세계문단에 커다란 영향을 끼친 엘리엇을 모더니즘의 혁신적인 시를 쓰고 신비평을 유행시킨 장본인으로 그리고 후일 종교로 귀의한 그 효력이 이미 끝나버린 보수주의 문인으로 치부해 버린다. 그러나 엘리엇은 우리의 예상과는 달리 20세기초 구미의 지나친 산업화, 도시화, 상업화 등에 따른 자연과 인간의 유리 등 환경 생태 문제에 각별한 관심을 가진 문학지식인이었다. 이 글은 20세기초반 유럽문명의 황무지적 상황에 대한 엘리엇의 논의를 다시 반추함으로써 시, 비평, 문화의 영역에서 엘리엇의 생태학적 상상력을 타작해 내고자 한다.

엘리엇은 1933년 가을 미국 남부의 버지니아 대학교에 초청 받아 페이지-바버(Page-Barbour) 강연으로 3편의 글을 발표했다. 그 강연은 그 이듬해 영국에서 『이신을 쫓아서: 현대 이단 서설』(*After Strange Gods: A Primer of Modern Heresy*)이란 제목으로 출간되었다. 이 책은 엄청난 파장을 일으켰고 엘리엇 자신도 출판을 금지시켰다. 그러나 필자는 오늘 이 글을 그 책의 논의로부터 시작하고자 한다. 엘리엇은 1934년 1월에 런던에서 쓴 머리말에서 전년도에 강연한 버지니아 대학교에 대해서 "전통적 교육의 흔적이 남아 있는 미국 교육기관 중 오래되고, 작고 아주 우아한 곳 중 하나"(14)로 평가하면서 다음과 같이 자신의 희망을 밝히고 있다.

> 나는 그러한 기관들이 과거와의 소통을 유지하기 위해 노력할 수 있기를 바란다. 왜냐하면 그렇게 함으로써 그 기관들이 소통할 가치가 있는 미래와도 관계를 유지할 것이기 때문이다. (14)

엘리엇은 남부의 유서 깊은 버지니아 대학교 같은 교육기관이 "과거"와 교통을 하고 "미래"의 기획과도 연계시키고 싶다고 천명하고 있다. 결국 그는 인간과 자연간의 오래된 소통을 부활시키고 새로운 관계를 창출하려고 노력하는 것이다(*The Sacred Wood*, viii).

엘리엇은 첫 번째 강연의 서두에서 1919년에 발표한「전통과 개인의 재능」에서 다루었던 "전통"의 문제를 다시 제기하면서 특히 남부의 "농본 운동"(Agrarian Movement)에 깊은 관심을 보여준다. 엘리엇은 뉴잉글랜드의 보스턴에서 뉴욕으로 여행하면서 산업화의 확장으로 변해버려 달라진 환경에 놀랐다고 고백한다. 뉴잉글랜드 산들의 생태학적 교란의 역사를 원시림에서, 양목초지, 그리고 은행, 자작나무 숲에서 제본소, 제조공장으로 쇠락의 과정으로 파악한 그는 뉴잉글랜드보다 아직 산업화라는 블랙홀에 빨려 들어가지 않은 남부의 풍요로운 땅 버지니아에서 토착문화를 다시 수립할 가능성이 더 높다고 언명한다.

엘리엇은 경제적 결정론은 오늘날 우리가 경배하는 신이 되었다고 탄식하며 남부의 신-농본주의는 오래 전에 사라진 희망 없는 대의명분이 아닐까 하고 우려하면서 전통이 부활되거나 수립되는 것의 어려움을 토로하였다. 엘리엇은 동시에 오래된 전통에 맹목적으로 매달리는 것은 중요한 것과 비본질적인 것, 실제적인 것과 감상적인 것을 혼동할 위험이 있고 전통을 움직일 수 없는 것으로 간주하고 변화에 적대적인 것으로 만들어 버리는 위험성을 지적하였다. 나쁜 전통도 있지만 최상의 전통도 있다. 여기에서 비판적 자세가 필요한 것이다. 우리는 좋은 전통은 가려서 받아들이고 회복시켜야 한다.

우리는 열등한 종족들에 대한 우리의 우수성을 주장하기 위해 전통에 매달려서는 안 된다. 우리가 할 수 있는 일은 지성이 없는 전통은 유지할 가치가 없다는 것을 염두에 두고 우리의 정신을 사용하여 정치적인 추상체가 아니라 특정한 장소에서 특정한 종족으로써 우리에게 최선의 삶이 무엇인가를 찾아내는 것이다. 다시 말해 과거에서 보존할 가치가 있는 것이 무엇이며 거부되어야 할 것은 무엇인가이다. 그리고 어떤 상황이 우리가 사용할 수 있는 힘의 범위 안에서 우리가 바라는 사회를 부양해야 하는가이다. ⋯ 도시와 농촌, 산업발전과 농업발전이 적절한 균형을 유지해야 한다. ⋯ 또한 우리는 ⋯ 지방자치정부는 언제나 가장 항구적이어야만이 하고 국가의 개념이 결코 고정되거나 불변적이 아니라는 사실도 잊어서는 안 될 것이다.

(*After Strange Gods*, 19-20)

엘리엇은 이 글에서 도시와 전원, 산업과 농업의 균형적 발전의 저해를 걱정하고 있으며, 국가 개념도 결코 고정적이고 불변적이 아니라고 말하면서 작은 단위의 지역사회의 중요성을 강조하고 있다. 이는 오늘날의 생태학자들의 표어인 "작은 것은 아름답다"라든가 "전지구적으로 사고하자 그러나 행동은 지역에 알맞게 하자"와 맥을 같이 한다고 보아도 과언은 아닐 것이다.

근대의 다른 이름인 산업주의와 자본주의는 근대 이전의 농경 주도의 전통적 사회로의 복귀에 의해서 광정될 수 있을 것이다. 여기가 "과거"의 전통이 "미래"의 탈근대와 만나는 지점이다. 탈근대는 전근대의 일부를 포함하기 때문이다. 따라서 전통은 탈근대의 새로운 가능성을 담보해 줄 수도 있는 것이다.

전통은 직접적으로 목표를 삼을 것이 아니라 올바른 삶의 부산물로 간주될 수 있다. 전통은 말하자면 두뇌보다는 피와 관계가 있다. 전통은 과거의 활력이 현재의 삶을 풍요롭게 만드는 수단이다. 피와 두뇌가 협동해야 사상과 감정이 화합이 된다. (30)

전통이란 올바르게 살다보면 생기는 부산물이 되어야지 문화처럼 의식적으로 노력해서 만드는 것이 아니다. 사상과 느낌의 화합이 그러하듯이 과거의 생명력은 현재의 삶을 윤택하게 만드는 것이다. 엘리엇은 전근대적인 전통이 "오래된 미래"로서 근대의 산업화와 자본주의에 저항하는 생태문화윤리를 세울 수 있다고 믿고 있다.

가. 『거룩한 숲』에 나타난 문학의 생태학

T. S. 엘리엇도 세계1차대전(1914-1919) 직후 1920년에 첫 평론집 『성스러운 숲』(*The Sacred Wood*)을 출간했다.[1] 어떤 학자로

---

1) 왜 엘리엇은 평론집의 제목을 이렇게 지었는가? 엘리엇은 당시 지성계에 심대하게 영향을 끼쳤던 제임스 프레이저의 『황금가지』 *The Golden Bough*(1890-1911년. 전 12권)에 나오는 "성스러운 숲"을 지키는 "숲의 왕"의 전설에 대한 이야기에서 이 제목을 가져온 것이 분명하다. 세계1차대전 이후의 불모의 땅이 되어버리고 숲이 사라진 유럽의 황무지 상황아래서 재생과 부활을 꿈꾸기 위해 엘리엇은 자신을 숲의 왕으로 자임한 것일까? 엘리엇은 조이스의 소설 『율리시즈』(*Ulysses*, 1922)의 신화적 방법을 논하면서 자신의 방법을 다음과 같이 옹호하고 있다: "신화를 사용하여 현대성과 고대성 사이의 지속적인 평행관계를 조종하면서 조이스 씨는 다른 사람들이 반드시 그를 따라야 하는 방법을 추구하고 있다. …신화적 방법은 단지 우리 당대의 역사인 허무와 무정부라는 거대한 파노라마를 통제하고, 질서화하고 영상과 의미를 부여하는 방식이다. 그것은 예이츠 씨에 의해서 이미 암시된 방법으로 그 방법을 의식한 첫 번째 사람이 그다. … 심리학, 민족학 그리고 『황금가지』는 불과 몇 년 전만 해도 불가능했던 것을 가능케 만들었다. 서사적 방식대신에 우리는 이제 신화적 방법을 사용할 수 있다. 나는 그 방법이 현대세계를 예술의 소재로 가능하게 만들고…질서와 형태를 향한 한 단계라고 진지하게 믿는다"(Kermode 177-78).

부터 20세기 문학 비평의 "성서"(the sacred book)라고 불린 이 책의 재판서문에서 엘리엇은 무엇보다도 문학(시)의 본체론적인 자족론과 유기체론을 주장하고 있다. 엘리엇은 시는 시 자체로서 생명을 가진 것으로 보아야지 다른 것으로 보아서는 안 된다고 주장한다. 시는 다른 것의 도구나 이용의 대상이 아니라 그 자체로 존재하는 개체이다. 이것은 시가 도덕, 정치, 종교, 사회, 심리학에 봉사하는 것이 아니라 개체생명체로서 유기적 자족체로 인정하는 것이다. 엘리엇에게 시는 식물과 같은 유기체이다. 시는 녹색식물이다. 태양에서 나와 우주를 떠도는 창공의 자유로운 에너지를 잎을 통해 받아 대지의 뿌리와 줄기를 통해 물과 양분을 끌어올려 놀라운 광합성 작용을 통해 지구의 모든 생명체의 먹이인 "엽록소"를 만들어낸다. 이것은 시가 창조되는 과정과도 유사할 뿐 아니라 문학 자체가 생태학이라고 해도 과언이 아니다. 녹색식물인 문학은 통해 사람과 자연은 서로 교통하고 통합된다. 문학은 자연의 무늬(紋)이다. 삼라만상이 상호침투적이고 상호소통하는 관계의 망을 형성하는 것이 바로 자연의 생태학적 존재방식이다. 인간과 자연은 분리 될 수 없고 이미 언제나 하나이다. 이러한 천인상감(天人相感)에 따라 인간은 언어, 시, 문학을 통해 자연과 소통하고 조화를 이루고 하나가 될 수 있는 것이다. 이런 의미에서 문학은 생태적이다. 문학은 이제 자연에 이르는 길이요, 자연은 문학은 통해서 그 모습을 드러낸다. 문학은 이제 산업화, 도시화, 상업화에 멍든 자연 속의 상생과 치유의 지대인 국립공원이다.

이제부터 1920년 전후로 발표된 엘리엇의 비평문인 「전통과 개인의 재능」(1919), 「햄릿과 그의 문제들」(1920), 「형이상학과 시인들」(1921)에서 나온 비평용어들인 "전통", "몰개성시론", "객관적 상관물", "감수성의 분열"("통합된 감수성")을 생태학적 관점에서 살펴보자.

1919년에 발표된 「전통과 개인의 재능」은 20세기 전반기의 가장 중요한 문학비평문이다. 이 글은 20세기초의 새로운 모더니즘 문학 비평과 시 창작의 원리를 가장 혁명적으로 제시하고 있기 때문이다. 우선 "전통"에 대한 엘리엇의 널리 알려진 견해를 다시 들어보자.

> 전통은 좀 더 커다란 의미를 가진다. 전통은 전수될 수 없으며 만일 우리가 전통을 가지기를 원한다면 우리는 치열한 노력에 의해 전통을 획득해야만 한다. 전통은 무엇보다도 먼저 25세가 지나서도 계속 시인이 되고자 하는 어떤 사람에게도 필수적이라고 부를 수 있는 역사감각이다. 그리고 이러한 역사감각은 과거의 과거성뿐 아니라 현재의 과거성에 대한 지각력이다. 역사감각은 우리에게 자신의 세대와 작게 글을 쓰게 만들 뿐 아니라 호머 이래의 유럽문학 전체와 자신의 문학 전체가 동시적으로 존재하고 동시적인 질서를 구성한다는 느낌을 가지고 글을 쓰게 만든다. 시간성의 의식뿐 아니라 무시간성의 의식인 이러한 역사감각은 한 작가를 전통적으로 만드는 어떤 것이다. (14, 이창배 역, 이하동일)

여기에서 전통은 "역사 감각(historical sense)"과 연결된다. 그것은 유럽문학에서 호머와 동시대에 이르는 동시적 질서를 인식하는 능력이다. 전통이 무너지는 시대에 "전통"은 무의식처럼 우리를 과거와 현재를 연결시켜 시인들로 하여금 새로운 맥락에서 글을 쓰게 만드는 "이념적 장치"로서의 동인(動因)이다. 개인의 재능은 전통과 분리되는 것이 아니다. 재능과 전통이 역동적인 대화적 관계를 유지할 때 살아있는 역사를 창조할 수 있다. 따라서 전통은 억압이나 규범만이 아니라 현대/현재를 위해 언제나 열려있는 창조의 마당이다.

"전통"은 생태학적 상상력의 추동력이다. 대체로 근대화 이전의 전근대에 대한 인식체계인 전통은 관계론적 비개성주의에 다름 아닌 "역사감각"을 통해 소생되고 새로운 질서를 창출한다. 엘리엇이 말하는 "동시적 질서"는 온생명체계(생태계)이다. 개체생명으로서의 각각의 문학작품은 각 존재들의 상호관계의 망 속에서 커다란 공동체에 편입되는 것이다. 법고창신(法古創新)의 원리가 아니겠는가? 시인 개인의 재능은 커나란 문학적 전통과의 관계는 언제나 대화적이며 상호침투적이다. 인간이란 개체생명의 하나의 작은 고리가 어찌 거대한 자연 존재의 거대한 고리에서 이탈하여 생존할 수 있겠는가?

이 글에서 또 다른 문학이론의 원리는 유명한 "몰개성 시론(Impersonal theory of poetry)"이다.

한 예술가의 성장은 지속적이고 자기희생이며 개성의 지속적인 소멸이다. … 정직한 비평과 감식력 있는 각상은 시인이 아니라 시에 주의를 집중시킨다. … 시인은 표현해야 할 "개성"이 아니라 인상과 경험이 특별하고 예기치 못한 방식으로 조합되는 개인이 아니고 매개체에 불과한 어떤 특수한 매개체이다. … 시는 감정의 분출이 아니다. 감정으로부터의 도피이다. 시인으로부터 시에로 관심을 돌리는 것은 칭찬할만한 목적이다. … 예술의 감정은 비개성적인 것이

다. (52-53, 58-59)

몰개성론은 엘리엇이 혐오했던 19세기 낭만주의의 감정주의와 시를 비평하는데 작가인 시인의 삶이 중요한 요소로 간주하는 역사주의 비평을 동시에 거부하는 것이다. 엘리엇은 "시"란 시인 자신의 감정이나 사상을 쏟아 붓는 장치가 아니라 "시" 자체의 자족적인 독립체라고 정의 내렸다. 시는 한 작가나 시대의 사상이나 이념을 매개하는 것이 아니라 시 밖의 모든 요소들과 독립되어 그 자체로 유기적인 구조를 가진 구성체이다. 엘리엇은 존재론적 의미에서 시의 고유한 정체성을 인정했다. 다시 말해 시의 독립적 지위를 확고하게 부여했다. 동시에 개성으로부터의 탈주를 통해 인간중심주의인 근대적 자아와 주체에서 벗어나 새로운 윤리적 가능성까지 보여주고 있다. 이러한 반인본주의는 타자의식은 물론 인간이외의 동물과 무생물(사물)과의 대화까지도 가능케 만든다. 여기서 몰개성이란 개성을 없애거나 버리는 것이 아니라 마음을 비우는 것이다. 마음을 비워야 그 사이와 틈 속으로 다른 타자들이 들어올 수 있고 그래야 모든 교류, 교환, 대화, 상호작용이 시작되는 것이다. 마음을 비우고 여는 것이 사랑의 시작이다. 사랑이란 자신의 일부를 버리고 타자를 받아들이고 타자가 되는 것이다. 녹색식물은 하나의 통과를 통해 거대한 역사를 이룬다. 태양의 빛과 땅의 물을 통과시키고 받아들여 위대한 창조를 만들어 내기 때문에 몰개성시란 결국 하나의 통과이며 대화이며 창출이다.

1920년에 발표한 「햄릿과 그의 문제들」이라는 글에서 엘리엇은 셰익스피어의 비극 『햄릿』(*Hamlet*)은 걸작이기는커녕 확실하게 "예술

적으로 실패작"이라고 단언한다. 실패의 원인은 셰익스피어 극작 기술
과 사상이 불안한 상태에 놓여 있어서 햄릿 자신의 감정(emotion)
이 혼란에 빠져서 다루기 어려운 상태로 빠져들었기 때문이라는 것
이다. 이 지점에서 엘리엇은 유명한 "객관적 상관물"(Objective
Correlative)을 제안한다.

예술의 형식으로 감정을 표현하는 유일한 방법은 "객관적 상관물"
을 찾아내는 것이다. 다른 말로 하면 그 특별한 감정의 공식이 될 수
있고 일련의 사물들, 상황, 일련의 사건들이다. 감각적 경험 속에서
외부적 사실들이 주어졌을 때 그 감각이 즉각적으로 환기되는 그러
한 것이다. (145)

객관적 상관물은 추상적인 관념으로부터의 탈주의 선이다. 좋은
시는 관념이나 사상의 재현이 아니다. 객관적 상관물은 영혼의 집
인 신체로 돌아가는 것이다. 그것은 물질적 상상력이다. 그것은 사
물의 미학이며 구체성의 정치학이다. 구체적 사물은 현실세계를 환
기시켜 실재를 지탱시켜주는 힘이다. 감정들을 강렬하게 표현하는
능력에 의해 느낌을 살아 있게 만드는 것이다. 시인의 감정에 어떤
구체적인 대상물을 제시해야 한다는 엘리엇의 주장은 제1차 세계대
전 전후의 하나의 분위기를 드러내기 위해 하나의 대상물을 환기시
키는 기술로서의 "상징주의"와 지성과 감정의 복합물으로서 "이미
지즘"과도 연결되어 있음이 분명하다. 객관적 상관물은 사물에 대
한 "직접적인 경험(immediate experience)"할 수 있는 장치이며, 기
계이다. 엘리엇의 사물의 시학은 물성(物性)의 회복을 통해 사물자

체의 존재성을 인정하는 것이다. 근대적 인간은 사물자체보다 관념 속에서 살아왔기 때문에 인간은 모든 사물을 일단 인간에게 이용가 치가 있는 유용한 것인가를 따져서 보류한다. 이렇게 근대적 인간 은 지구의 삼라만상을 이용가치의 기준에 따라 식민화 하였다. 엘 리엇은 이러한 사물의 식민지화를 객관적 상관물을 통해 '탈'식민한 다. 이 지점에서 비약이 허용된다면 엘리엇의 몰개성론이나 객관적 상관물은 삼라만상주의, 상생주의, 생물종의 다양성 인정과 생태의 문화윤리적으로 맞닿고 있다고 하겠다. 여기서 객관적 상관물이란 객관적 사물(자연)을 우리의 정서와 대화시켜 인간이 자연과의 교 감을 가능케 하는 이른바 "정경교융"의 시학은 아니겠는가?

"객관적 상관물"과 연계된 또 다른 중요 개념은 "감수성의 분열 (the dissociation of sensibility)"이다. 엘리엇에 따르면 이 용어는 17세기 영국의 존 던(John Donne)과 형이상학파 시인들에 대한 열 정의 표시이다. 엘리엇은 1자 대선 이후의 시를 쓰기 위해서는 "통 합된 감수성"(Unified Sensibility)의 필요성을 절감했다. 이 비평 개념을 설명한 글인 「형이상학파 시인」(1921)은 그리어슨(H. J. C. Grierson) 교수가 편집한 『형이상학파 시인 선집』에 대한 엘리엇의 서평 형식으로 된 글이었다. 엘리엇에 따르면 영국시사에서 17세기 중반 이후 무렵 특히 밀턴과 드라이든 이후에 "감수성의 분열"이 생겨났다는 것이다. 그러나 엘리엇은 17세기초의 형이상학파 시인 중의 하나인 존 던은 감수성이 분열되지 않은 통합의 상태를 지녔 다고 지적하였다.

테니슨(A. Tennyson)과 브라우닝(R. Browning)은 시인들이다.

그리고 그들은 사유한다. 그러나 그들은 자신들의 사상을 장미의 향기처럼 즉각적으로 느끼지 않는다. 던에게 사상은 하나의 경험이었다. 사상이 그의 감수성을 변형시켰기 때문이다. 한 시인의 마음이 이러한 작업을 완전히 수행할 수 있을 때, 그 마음은 이질적인 경험을 끊임없이 혼합시킨다. 반면에 보통사람의 경험은 혼란스럽고, 불규칙적이고 단편적이다. 보통사람이 사랑에 빠지거나 스피노자를 읽는다. 그리고 이 두 가지 경험은 서로 아무런 관계를 맺지 못하고 또 타자기의 소리와 요리하는 냄새와도 아무런 관계를 맺지 못한다. 그러나 시인의 마음속에서 이러한 경험들은 언제나 새로운 전체를 형성한다. (287)

분열된 경험들을 혼합하는 능력은 잡종의 시대인 21세기 우리 시대에도 가장 필요한 기술이다. 사상을 장미의 향기처럼 느끼는 것은 얼마나 놀라운 능력인가? 세계화 시대에는 외국문물과의 무차별 교류 속에서 우리 정체성을 찾아낼 수 있는 능력이 중요하다. 이분법적으로 대립된 시각을 결합하는 것도 통합된 감수성의 영역이다. 쇠똥구리 냄새 속에서 지구의 삼라만상의 대연결고리를 강렬하게 느낄 수 있다면…. 과학기술과 사이버 공간을 시와 결합시킬 수 없을까? 소비 자본주의와 대중문화 시대에서 고급 예술의 가능성도 엘리엇이 17세기 초 형이상학파 시에서 찾아낸 놀라운 생태학적 상상력에 달려있다.

감수성이 통합된 시인들은 "어떤 종류의 경험도 삼켜 버릴 수 있는 감수성의 기재"를 가지고 "사상을 감성으로 직접적으로 이해"하고 "사상을 감정으로 재창조"하는 사람들이다. 문학의 문(紋)은 가슴에 무늬를 만드는 것이기도 하다. 다시 말해 가슴에 문양을 칼로 피를 흘리며 파는 것이다. 이것은 일종의 폭력이다. 예술은 자연을 우리 몸에 각인시키는 고통스러운 가해행위이다. 문학은 자연의 무늬를 조화롭게 재현하고 평화로운 과정만은 아니다. 이런 의미에서 문학적 창조는 하나의 폭력이며 고통이기도 한 것이 아니겠는가? 이러한 고통 속에서도 창조력이 좋은 시인들만이 21세기 전지구적 자본주의 시대의 복잡하고 다양한 문물의 현상을 치열하게 생태학적으로 재현해 낼 수 있을 것이다.

> 우리 문명의 시인들은 … **난해할** 수밖에 없다는 것은 개연성이 있다고 말할 수 있다. 우리 문명은 엄청난 다양성과 복잡성을 포함한다. 그리고 이러한 다양성과 복잡성은 세련된 감수성과 작용하며 다양하고 복잡한 결과를 만들어 낸다. 시인들은 … 언어를 자신의 의미로 강제로 만들기 위해서 점점 더 포괄적이 되고 암시적이 되고 비직접적이 되어야만 한다. (289)

우리는 문학을 통해 엄청난 종의 다양성을 가진 자연을 이용대상으로만 보는 것이 아니라 그 자체의 개체생명 가치를 인정하여 대화하고 상호교류할 수 있는 "통합된 감수성"을 회복시켜야 한다. 오늘날과 같은 환경생태위기시대에 문학의 책무는 생태학적 상상력과 교육을 통해 인간중심주의와 근대 문명을 함께 광정하고 치유하는 것이다.

나. 『황무지』2)에 나타난 마음의 생태학

20세기의 전세계문단에 가장 큰 영향을 미쳤던 모더니즘의 기념비적인 시는 의심할 바 없이 1922년에 발표된 엘리엇의 『황무지』(The Waste Land)이다. 이 시의 형식과 내용은 한 마디로 20세기 시문학의 혁명적인 대전환을 가져왔다. 엘리엇은 이 시에서 신화와 제식의 방식을 채택하여 자연과 문명이 대화하고 조화를 이루던 시대의 풍요를 회복함으로써 1차 세계대전 이후의 서양문명의 불모의 황무지적 상황을 비판하고 어떤 소생의 가능성을 탐구하고 있다. 기법에 있어서도 엘리엇은 과거와 현재, 서양과 동양 등 수많은 인용들을 무질서하게 병치시킴으로써 어떤 혼란스러운 근대 산업사회의 도시적 삶의 잡종적인 모습을 재현하고자했다. 동시에 그는 그러한 생태적 무정부주의적 상황에 함몰되지 않고 자연과 인간의 조화로운 질서를 다시 꿈꾸며 모든 것을 소생시킬 수 있는 가능성을 추구하였다. 다시 말해 흔히 『황무지』가 희망 없는 현대 문명에 대한 시인의 고발이며 탄식이라고 여겨지기도 하지만 이 시에는 분

---

2) 엘리엇은 이 시의 제목을 웨스턴(Jessie L. Weston)의 『제식에서 로만스로』에서 빌려왔다(12쪽). 이 시의 신화적 구조에 관한 탁월한 논의로는 이재호 교수의 논문이 있다. 이상섭 교수는 "The Waste Land"를 "황무지"라고 번역하는 것을 틀렸다고 지적하며 "불모지"로 바꾸어야 한다고 주장한다; 황(荒)은 잡초가 마구 자라는 것을 뜻하며 무(蕪) 역시 그 뜻을 나타낸다. 요컨대 갈지 않고 내버려 둔 땅을 "황무지"라고 하는데 "Waste Land"는 분명히 아주 메말라 어떤 돌이라도 자라지 못하는 몹쓸 땅, 곧 '불모지'(不毛地)를 말한다"(152). 필자도 이 주장에 일부는 동의하지만 지금까지 황무지가 널리 알려졌으므로 편의상 그대로 쓰기로 한다. 그러나 이 시를 환경생태적으로 읽는다면 waste land를 "쓰레기장(터)"으로 번역할 수도 있을 것이다. 동시에 waste land의 뜻이 어떤 의미에서 도시주변에 잡초만 무성한 "사용하지 않고 버려지거나 몰려두는 땅"의 의미로 본다면 이상섭 교수가 주장한 '불모지'와는 정반대로 다시 잡초가 우거진 '황무지'로 볼 수 있다.

명 파편화된 삶을 유기적으로 다시 통합하고자 하는 노력이 있다. 이것은 엘리엇이 상호의존적인 전지구적 생태계 안에서 삼라만상이 주체와 객체의 이분법을 벗어나 대화하고 교류하는 상호침투적이고 상호유기적인 여럿이면서 하나인 역동적인 상호의존의 조화의 세계를 꿈꾸고 있기 때문이다.

> 4월은 가장 잔인한 달,
> 죽은 땅에서 라일락을 키워내고
> 기억과 욕망을 뒤섞으며
> 봄비로 잠든 뿌리를 뒤흔든다.
> 차라리 겨울은 우리를 따뜻하게 했었다. (이창배 역, 이하동일)

위의 인용은 466행의 장시인 『황무지』의 시작부분이다. 「주검의 매장」이란 제목이 붙은 제1부의 이 첫 부분에서 엘리엇은 봄이 되어도 만물처럼 다시 소생되지 못하는 고통을 노래하고 있다. 어린 싹이 그 차가운 땅을 뚫고 지상으로 올라오는 것은 얼마나 어렵고 고통스러운 일인가? 이것은 또한 하나의 작은 폭력이기도 하다. "나다", "살다", "기르다"의 뜻을 가진 한자의 "생"(生)이라는 글자의 자원은 상형으로 풀의 싹이 땅위로 솟아 나오는 모습에서 온 것이다. 봄에 녹색식물이 새순이 땅위로 나오지 못함은 바로 지구상의 모든 생명의 죽음에 다름 아니다. 1차대전 후 서구의 황무지의 인간들의 4월은 봄이 와도 새로운 삶을 시작하지 못하는 "가장 잔인한 달"이 될 수밖에 없다.

이 엉겨 붙은 뿌리들은 무엇인가? 돌더미 쓰레기 속에서
무슨 가지가 자란단 말인가? 인간의 아들이여.
너희들은 말할 수 없고, 추측할 수도 없어, 다만
깨진 영상의 무더기만을 아느니라. 거기에 태양이 내리쬐고
죽은 나무 밑엔 그늘이 없고, 귀뚜라미의 위안도 없고
메마른 돌 틈엔 물소리 하나 없다.

　황무지의 주민들이 볼 수 있는 것은 "돌더미 쓰레기", "죽은 나
무", "메마른 돌" 뿐이다. "나무가지"는 자라지 못하고 "그늘"도 없
고 "귀뚜라미의 위안"도 "목소리 하나"도 없다. 오로지 불모지의 파
편들만이 있을 뿐이다. 봄과 더불어 함께 오는 동식물의 활동도 생
명의 원천인 물도 없다. 다니엘 키스터 교수는 황무지의 상황을 앞
서 지적한 "객관적 상관물"과 다음과 같이 연계시킨다: "『황무지』
의 황폐한 시적 풍경은 인간경험과 자연현상사이에 많은 원형적 상
관물로부터 만들어진 메마른 인간 상호관계에 대한 객관적 상관물
을 이룬다"(14쪽).
　인간은 근대화를 고도로 산업화되고 상업화된 도시에서 자연과
소외된 고달프고 척박한 삶을 이어가고 있을 뿐이다.

　　비실재의 도시,
　　겨울날 새벽 갈색 안개 속으로
　　군중이 런던교 위로 흘러간다, 저렇게 많이,
　　나는 죽음이 저렇게 많은 사람을 죽게 했다고는 생각지 못했다.
　　…
　　자네가 작년에 정원에 심었던 시체에선

싹이 트기 시작했던가? 올해에 꽃이 필까?
아니면 갑자기 서리가 내려 그 꽃밭이 망쳐졌는지?

　런던으로 대표되는 황량한 "도시"생활의 모습이다. 도시의 인간
들은 본질적인 것을 이룰 수 없는 "비실재적"(unreal)의 상황에서
자연과 유리된 자아의 주체성을 박제당한 채 유령처럼 "갈색 안개
속"에서 살아간다. 그들은 죽음 속에서 삶을 사는 사람들이다. 농경
사회에서 봄의 제사인 식물제는 전세계적인 공통의식이다. 겨울 뒤
의 봄은 자연이 소생하는 과정이다. 그러나 시인은 황무지화된 도
시적 삶 속에서 봄의 소생을 확신하지 못하고 있다. 시체(죽음, 겨
울)에서 다시 싹이 트고 꽃이 될 것인가? 아니면 서리로 인해 이 모
든 것이 망쳐질 것인가? 이처럼 근대산업문명에서의 모든 죽음은
자연의 순환의 원리에 거슬러 재생으로 이어지지 못한다.

　제2부의 소제목은 「장기두기」이다. 이 제목은 르네상스 시대의
극작가 토마스 미들튼(Thomas Middleton, 1570-1627)의 작품『여
성은 여성을 조심하라』의 제2막 2장에서 주인공이 어느 미망인의
장기놀이에 열중하도록 해놓고 자신은 바로 옆방에서 그 미망인의
수양딸을 끈질기게 유혹하는 내용에서 따온 것이다. 제2부는 따라
서 여성의 장이며 능욕당하는 여성의 모습을 그리고 있다. 불모지
황무지 속의 여성은 무의미하고 공허한 삶을 영위하는 유한계급의
여성들과 뒷골목술집에서 몸을 파는 타락한 하류계급의 여성들이
등장한다. 풍요와 생성의 상징인 여성성이 타락하는 것은 여성적 원
리의 쇠락이다. 이 시에서 겁탈당하거나 폭행당하는 여성은 착취당
하는 여성이다. 그리고 능욕당하는 여성은 파괴되는 여성에 다름 아

니다. 여성은 인간이 자연을 착취하고 파괴하듯 남성에게 능욕당한다는 의미에서 여성과 자연은 가부장제 근대문명에서 모두 타자들이다. 시인은 여기에서 여성성이 무의미하게 취급되고 여성성인 풍요와 재생의 역할이 박탈되고 있는 우리 시대의 문명을 슬퍼하고 있다. 지나치게 남성화된 근대의 개발문명, 경쟁문화를 광정하고 치유할 수 있는 건강한 여성적 원리를 어떻게 회복시킬 수 있을 것인가?

제3부인 「불의 설교」에서도 대도시의 한 구석에서 외롭고 무의미한 "여인"들의 생활이 다음과 같이 묘사되고 있다. 저녁 후 남자 친구와의 기계적인 성행위를 끝낸 도시의 한 여인은 무료할 뿐이다.

> 여자는 돌아서서 잠시 거울을 들여다본다.
> 떠나간 애인의 생각은 이제 거의 없이.
> 하나의 희미한 생각이 여자의 머리를 지나간다.
> "자 이젠 끝났다. 끝나서 기쁘다"
> 아름다운 여인이 어리석은 행동에 몸을 빠뜨리고,
> 혼자서 다시 방안을 거닐 때에,
> 기계적인 손길로 머리를 쓰다듬고,
> 축음기에 레코드를 거는 것이다.

이러한 남녀간의 사랑에는 어떤 재생과 구원의 의미가 있을까? 무의미하고 공허하여, 쾌락마저 없는 성만이 남아있을 뿐이다. 황무지에서 인간과 자연간의 관계가 무너졌듯이 남자와 여자사이에 원초적 사랑의 작업은 사라져 버렸다.

「물에 의한 죽음」이라는 제목이 붙은 4부에서 시인은 풍요신의 매장의 신화를 제시하고 있다.

페니키아 사람 플레바스는 죽은 지 2주일,
갈매기 울음도 깊은 바다의 물결도
이득도 손실도 다 잊었다.
　　　　바다 밑의 조류가
소곤대며 그의 뼈를 줍는다. 솟구쳤다 가라앉을 때
그는 노년과 청년의 뭇 층계를 지나
소용돌이에 휩쓸렸다.

　물에 빠져 죽은 플레바스는 과연 생명의 원천이고 창조의 바다
속에서 과연 재생할 수 있을 것인가? 그러나 시인은 부활의 가능성
을 애매하게 암시할 뿐이다.
　제5부 「우뢰가 말한 것」은 우리가 주목할 부분이다. 우뢰 즉 천
둥소리는 풍요의 상징이다. 왜냐하면 우뢰는 비의 예고이기 때문이
다. 물은 생명과 위안의 원형이 아닌가? 그러나 황무지에는 또 다시
물이 없다. 물이 없다는 것은 풍요와 생산이 없는 황폐한 자연의 모
습이다.

여기엔 물은 없고 다만 바위뿐
바위있고 물은 없고 모래길 뿐
이 길은 꾸불꾸불 산 속으로 올라간다
이 산은 물없는 바위산
물이 있다면 우리는 발을 멈추고 마실 것인데
바위틈에서 우리는 멈출 수도 없고 생각할 수도 없다.
땀은 마르고 발은 모래에 파묻힌다.
…

여기에서 우리는 설 수도 누울 수도 앉을 수도 없다.
…
다만 금간 흙벽집 문에서
시뻘건 음산한 얼굴들이 비웃으며 소리지른다.

물이 없어 나무도 없고 모래뿐인 바위산에서 우리는 서거나 눕거나 앉거나와 같은 기본적인 생활을 할 수 없다. 물론 어떤 위안이나 즐거움도 없다. 이 바위산은 도시의 삭막한 아파트촌인가? 근대의 개발논리와 진보신화에 침윤된 이 황폐한 바위산에서 목타게 비를 기다리는 우리를 구원하고 치유할 성배 기사는 언제 올 것인가?
그러나 이제 어떤 소리가 들린다. 그것은 여성의 슬픈 웃음소리이다.

공중에 높이 들리는 저 소린 무엇인가
모성적인 슬픔의 웃음소리
끝없는 벌판 위에 떼지어 가는 후드를 쓴 군중들은 누구인가
다만 팽팽한 지평선에 에워싸여
갈라진 대지에서 고꾸라지며 가는 그들은 누구인가?
산 너머 저 도시는 무엇인가
보랏빛 대기 속에 개지고 다시 서고 터진다.
무너지는 탑들
예루살렘 아테네 알렉산드리아
비엔나 런던
비실재의

이번에 여성은 어머니이다. "모성적인 슬픔의 웃음소리"는 개발과 착취로 황폐화된 자연의 통곡소리이다. 자연은 어머니-자연 mother nature가 아닌가. 여기서 자연=어머니=대지의 등식이 성립된다. 자연은 우리의 집이고 어머니는 그 집의 살림을 꾸린다. 앞서 지적했듯이 모성은 "죽임"이 아니라 잉태, 출산, 양육, 돌봄, 다시 말해 "살림"이다. 그러나 그 모성은 전쟁, 경쟁, 개발, 탐욕이라는 가부장제의 남성 원리에 의해 파괴되어 위기에 빠진 문명을 위해 지금 울고 있다. "떼지어 가는 후드를 쓴 군중들은" "고꾸라지며" 간다. 그 군중들 속에 바위산 넘어 자연과 격리되어있는 유령과 같은 ("비실재의") 도시들은 자본의 욕망과 개발논리에 따라 "무너지고", "깨지고", "다시 서고", "터진다." 신흥 도시도 말할 것도 없겠지만 역사적으로 세계의 대도시들도 모두 마찬가지이다. 엘리엇의 시대보다 오늘날의 도시들의 모습은 더 기괴하다. 지탱불가능할 정도로 비대해졌고 오염된 내기와 믹을 수 없는 깅(물)이 흐르고 자본가들의 비인간적인 음모와 개발중독자들의 광기가 난무하고 있다. 이 대도시는 지상의 낙원이 결코 아닌 지상의 지옥으로 변해 갈 뿐이다. 남성적 원리에 의해 파괴된 대지의 살림을 맡고 있는 모성은 "슬픈 웃음소리" 이외는 무슨 일을 할 수 있을까? 문명타락의 환유로서 대도시는 이제 여성적 원리에 의해 대지와 자연과 더불어 다시 살아날 수 있을 것인가?

이 시의 말미에 가서 시인은 재생의 가능성이 희박한 서양을 버리고 인도로 떠난다. "동양으로의 대전환"이다. 이것은 분명 좋은 적극적인 "오리엔탈리즘"일 것이다.

갠지스강은 바닥이 나고 축 늘어진 나뭇잎들이
비를 기다렸다, 멀리 히말라야 산 위에
먹구름이 몰렸다.
밀림은 말없이 허리를 굽혀 웅크리고 있다.
그때 우뢰가 말했다.

비를 기다리던 메마른 강과 나무들은 이제 히말라야 산 위에 "먹
구름"을 보았다. 비는 곧 내릴 것이다. 이제 "밀림"은 조용히 공경
심을 가지고 비를 기다린다. 그대 우뢰가 말한다.

따
주라 우리는 무엇을 주었던가?
친구여! 가슴을 뒤흔드는 피
분별있는 나이의 사람도 삼갈 수 없는
일순간에의 굴복 그 엄청난 과감성
이것으로 이것만으로 우리는 생존해 왔느니라
…
따
동정하라, 나는 언젠가 문에서
열쇠가 도는 소리를 들은 일이 있다, 단 한번
우리들은 각자 감방에서 열쇠를 생각한다.
열쇠를 생각하며 각자 감방을 확인한다.
…
따
자제하라, 배는 돛과 노에 익숙한

선원의 손에 호응하여 가벼이 움직였고
바다는 평온했다, 그때의 마음도 부름을 받았을 때엔
즐거이 순종의 고동울리며
그저 조종자의 손에만 응했으리라.

엘리엇은 이 말미에 오기 전까지는 자연과 격리된 황무지적 운명과 극도로 인위적인 문화의 불모성을 소개했다. 그러나 시인은 동양으로 선회하면서 이 모든 병폐적 문제들의 근원은 결국 "사람의 마음"에 있음을 선언한다. 이른바 "마음의 생태학"3)으로의 초대인가? 시인이 여기에서 기대고 있는 힌두교의 교리는 "불이론"(不二論)이다. 모든 것은 이분법적 대립이 아니라 하나라는 것이다. 자연과 문명, 자연과 인간, 인간과 사회, 인간과 인간 등은 서로 상호침투적이고 상호의존적이다. 인간이 결국 닫힌 자아를 열고 주체를 자제하면서 자연, 인간, 동물 등의 타자들에게 주고 동정하면 재생 없는 죽음의 덫에 걸린 인간의 근대문명을 소생시킬 수 있을 것이다. 도시적 황무지를 밀림의 녹지로 만드는 것은 결국 비(물)이다. 비를 가져다주는 우뢰가 우리에게 제시하는 해결책, 다시 말해 주라, 동정하라, 자제하라는 가르침을 통해 현재 지구를 경영하는 인간의 마음을 바꾸라는 충고를 우리는 거부할 수 있을 것인가.

만일 우리가 히말라야산 위 우뢰가 말하고 있는 힌두 가르침을 따른다면 어떤 일이 일어날 것인가? 우뢰는 지금 먹구름을 준비하고 있을지도 모른다.

---

3) 이 용어는 필자가 베잇슨(Gregory Bateson)의 『마음의 생태학』(*Steps to an Ecology of Mind*)의 결론의 장에서 가져온 것이다.

낚시질했다, 뒤엔 나는 강가에 앉아
최소한 내 땅이나마 정돈할까?
런던교가 무너진다. 무너진다. 무너진다.
「그리고서 그는 정화의 불 속에 뛰어들었다」
「언제 나는 제비처럼 될 것인가」 ―제비여, 제비여
「폐허의 탑 안의 아퀴테느 왕자」
이러한 단편으로 나는 나의 폐허를 지탱해 왔다.

시인은 드디어 비온 뒤 물이 풍성한 강가에 낮았다. 메마른 벌판
과 황폐한 도시는 뒤로한 채 낚시질하는 것은 풍요의 상징인 물고
기를 낚기 위함이다. 이제 황무지화 되었지만 "최소한 내 땅이나마
정돈"한다는 것은 적어도 자기가 사는 지역만이라도 포기하지 않고
절망하지 않는다는 말일 것이다. 이렇게 되어 황무지적 도시의 상
징인 런던다리는 사라지기를 희망할 수도 있다. 이제 시인은 좀 더
적극적이 된다. 재생의 불인 정화의 불 속에 뛰어들어 더럽고 병든
근대문명을 모두 태워버리고 새롭게 부활하려한다. 그리고 예수의
십자가위를 날았던 새로 부활을 상징하는 새가 되기를 기대한다.
지금까지의 이러한 몇 개의 작은 가능성들("단편")은 아직도 "황무
지"라는 "폐허의 탑"안에 갇힌 시인을 지탱시켜주는 ("지탱가능
한"?) 현재로는 유일한 소중한 지주이다.

시인은 다시 우뢰의 가르침을 다시 한 번 확인하면서 힌두교의
축복하는 말로 끝을 맺는다. 인간문명의 모든 문제는 결국 결자해
지의 차원에서 인간의 마음에서 해결책이 나와야 한다. 이것이 바
로 엘리엇이 바라는 "마음의 생태학"이다.

그러면 당신 말씀대로 합시다.

주라, 동정하라, 자제하라,

샨티 샨티 샨티

다. 『문화론』에 나타난 문화의 생태학

엘리엇은 영국성공회로 개종한 1927년을 기점으로 종교적인 시를 많이 썼으나 후년에 가서는 문화, 종교, 교육에 관한 산문을 많이 썼다. 특히 세계 2차 대전 중인 1943년에 잡지에 발표했다가 1948년에 간행된 『문화론』(*Notes Towards the Definition of Culture*)에서 문화에 대한 자신의 생각을 소상히 밝히고 있다. 우선 엘리엇의 "문화"의 개념을 살펴보자. 그의 문화의 개념은 그보다 앞선 선배문인이었던 19세기의 『문화와 교양』(1869)을 펴낸 매슈 아놀드의 고급문화에 집중된 문화개념과는 달리 훨씬 광범위한 인류학적 개념에 의지하고 있다.

나는 「문화」라는 말은 제일 먼저 인류학자들이 의미하는 것, 즉 어떤 일정한 장소에서 공동생활을 영위하는 어떤 특정한 사람들의 생활방식을 의미한다. 그런 문화는 그들이 만드는 예술, 그들의 사회제도, 그들의 풍속·습관, 그들의 종교가운데서 구체화하고 있다. 그러나 이러한 것들을 한데 모아놓기만 해서는 문화가 구성되지 않는다. 우리는 다만 편의상 그런 것들을 문화의 내용인 것 같이 말하고 있을 뿐이다. 이러한 것들은 인간의 신체가 해부될 수 있는 것처럼, 하나의 문화를 해부한 결과 거기서 나타나는 각 부분에 지나지 않는다. 그러나 마치 한 인간은 그의 신체 각 구성부분의 집합이상의 어떤 것인 것 같이, 하나의 문화도 그 예술·습관·종교적 신념 이상의 것이다. 이러한 것들은 서로서로가 작용을 미치고 있다. 그리고 그 중의 하나를 완전히 이해하기 위해서는 그 전부를 이해하지 않으면 안 된다. … 그러나 하나의 건전한 사회에 있어서는, 이것들은 모두 동일한 문화의 각 부분에 지나지 않는다. 그리하여 예술가도 시인도 철학자도 정치가도 노동자도 하나의 문화를 공유하는 것이다. (120, 김용권 역, 이하동일)

이러한 문화에 대한 정의는 고급문화개념에 집착했던 동시대의 F. R. 리비스와도 다르고 후속세대에 속하는 레이먼드 윌리엄즈의 포괄적인 문화론과는 아주 유사하다. 다시 말해 한 사람이 속하는 지역사회의 생활방식, 습관, 종교, 전통 모두를 포함하는 개념으로 1980년대에 부상된 "문화학" 또는 "문화연구"(Cultural Studies)에서 제시하는 문화개념과도 또한 유사하다. 요컨대 엘리엇의 문화개념의 요체는 부분과 전체의 조화의 상관관계를 강조하는 유기체적인 성격에 있다. 엘리엇의 문화들이 종교의 우위 주장과 유럽문화의 통일성과 나아가 유럽중심주의를 주장하는 혐의를 벗을 수 없으나 이 자리에서는 주로 일반적인 문화론만을 논의하기로 한다. 엘리엇을 결국 "문화란 삶을 살만한 가치가 있는 것으로 만드는 것으로 단순하게 설명될 수 있다"(27)고 말하면서 문화의 중요성을 강조하고 있다. 여기에서 문화란 개념은 오늘날 생태환경이란 말로 바꾸어도 무방한 최종심급의 문제이다.

엘리엇은 나아가 어떤 특정한 계급이나 집단의 문화만이 중요하고 다른 문화들을 사소하다고 말한다. 다시 말해 여러 수준의 문화들이 공존해야 한다는 것이다.

　　중요한 것은 그것이 정점에서 [저변]에 이르기까지 문화적 수준이 연속적 단계를 이루고 있는 것 같은 그러한 사회제도라야 한다는 것이다. 우리들이 기억해야 할 중대한 일은 우리들이 상부의 수준이 하부의 수준보다 더 많은 문화를 소유한다고 생각하지 말고 차라리 그것은 보다 자각적인 문화, 보다 특수화한 문화를 대표하는 것으로 생각해야 하는 데 있다. 진정한 민주주의라면 이와 같은 서로 다른 문화수준을 포함하고 있지 않는 한 그 자신을 유지할 수 없는 것이라고 나는 믿고 싶다. (48)

　　생태학의 제1원칙은 "모든 것은 서로 관련되어 있다"는 상호관계성이 엘리엇의 주장에도 들어있다.
　　이와 더불어 엘리엇은 한 국가 내에서도 중앙문화와 지방문화의 상호교류의 중요성도 지적하고 있다. 구심적인 중앙문화와 원심직인 지방문화는 정태적인 조화관계가 아닌 좀 더 적극적이고 역동적인 대화나 투쟁을 추천한다. 그의 말을 직접 들어보자.

　　사회의 여러 계급간의 관계의 경우에도, 그리고 일국의 각 지역사이의 상호관계 및 각 지역과 중앙권력과의 관계의 경우에도 거기에서 작용하는 구심력과 원심력과의 간단없는 긴장이 희구되는 것이라 할 수 있을 것이다. 이 긴장이 없다면 균형이 유지될 수 없으며, 만일 그 중의 어느 한 세력이 승리를 차지한다면 그 결과는 슬픈 일이 될 것이기 때문이다. … 그러나 그 통일의 내부에 … 일국의 문화는 지리적 사회적인 여러 구성요소의 문화의 번영과 더불어 번영한다. 그러나 또한 일국의 문화도 그 자체는 보다 큰 문화의 일부분일 것이 필요하다는 것을 발견했던 것이다.

그 커다란 문화는 세계연방주의자가 기획하는 것 가운데 포함된 의미와는 별개의 의미를 가진 하나의 세계문화라는 궁극적 이상을, 아무리 실현불가능한 것이라고 하더라도 필요로 하는 것이다. 그리고 또한 하나의 공통신념이 없이는 각 국민을 문화적으로 결합시키고자 하는 온갖 노력도 한낱 통일성의 환영을 일으키는데 그치고 말 것이다. (82)

여기에서 엘리엇은 "문화들의 생태학"("the ecology of cultures" 58)이라는 용어를 만들어낸다. 엘리엇은 영국에서 중심문화와 주변문화가 관계에서 상호성이나 대화성이 결핍되면 힘을 가진 중심문화로 통합되어 다양성이 결여된 단일하기만 한다면 그 국가의 문화는 질적 저하를 막을 수 없을 것이라 지적한다.

엘리엇은 나아가 문화란 성장해야 하는 어떤 것이라는 점은 우리가 나무를 심고 돌보고 그것이 성장하기를 기다리는 것이지 우리가 나무를 만들어 세울 수 없는 점에서 분명해진다. 엘리엇은 유럽문화의 건강을 위해서 각 나라의 문화의 독특성과 주체성을 유지하면서 유럽전체 문화체계 속에서 상호관계성을 인정하는 것이 필수적이라고 지적한다(119). 이 말은 온생명체계와 개별생명과의 상호관계를 중시하는 생태계의 원리를 크게 벗어나는 것은 아니다. 이러한 상호관계가 활성화될 때 어떤 한 개체생명(인간이란 동물)이 지배하고 창궐하는 것이 아니라 온생명체계가 전체적으로 조화를 이루며 살아가는 공생과 창조의 관계가 이루어진다. 이러한 사유방식은 오늘날과 같은 복합문화주의가 토대가 되는 세계화시대에 민족 문화의 주체성과 위상에 대해서도 중요한 시사점을 준다. 엘리엇이 미래세계로 여겼던 20세기말과 21세기 시작의 시점에서 세계에서 상호의존적 관계가 중대하다고 예언하였다. 따라서 한 민족 문화가 외래문화를 받아들이지 않으면 고립될 것이고 자국의 문화를 주지 못하고 받아들이기만 한다면 상호성이 결여되게 된다. 이러한 상호 주의의 관계에서 엘리엇은 한 전통의 쇄신, 창조 그리고 발전을 위해서 2가지 요건을 강조하고 있다. 그 하나는 외국에서 영향을 받아들이고 주체화시키고 다른 하나는 동시에 자국의 전통과 원천으로 돌아가 배워야 한다(113). 이것은 생태학의 또 다른 원리인 "생각은 전지구적으로 하고 행동은 지역적으로 하라"(Think globally, Act locally!)와 같은 맥락에서 이해될 수 있을 것이다. 이것은 바로 엘리엇이 말하는 "문화의 생태학"에 다름 아니다.

나가며: 공경의 생태 윤리학을 향하여

엘리엇은 문화의 바깥지역인 환경문제 즉 자연과 인간의 관계 속에서 근대화와 산업화 가치에 경도된 것을 버리고 자연에 대한 어떤 공경심을 가져야 한다고 전제하고 이러한 공경심을 신과의 관계로 설명하고 있다. 우리가 자연을 신과 동격에 놓고 신을 공경할 수만 있다면 생태학의 최고경지인 삼라만상주의에까지 이르는 것이 아닐까? 다음은 엘리엇의 생태학적 상상력이 가장 잘 드러나는 부분이어서 길이에도 불구하고 인용하고자 한다.

현대의 이교주의와 구별되는 종교는 자연에 순응하는 생활을 의미한다고 말할 수 있을 것입니다. 자연의 생활과 초자연의 생활은 기계적인 생활에 대해서는 가질 수 없는 일치점을 상호간에 가지고 있다는 것을 인정할 수 있을 것입니다.… 그러나 [자연과의 일치]라는 것을 나는 이보다 더 넓은 뜻으로 생각하고 있습니다. 대중의 희생과 사적인 이윤을 원칙으로 하는 사회조직은 무절제한 산업주의에 의해서 인간을 왜곡하고, 자연의 자원을 고갈하게 한다는 것을 우리들은 점차로 깨닫게 되었습니다. 또한 우리들의 엄청난 물질적인 발달은 대부분 우리의 다음 세대 사람들이 고가의 희생을 지불하지 않으면 안 될 발달이라는 것도 알게 되었습니다. 현재 누구나 다 목전에 볼 수 있는 하나의 실례로서, [토지침식]의 결과를 보아도 곧 알 수 있습니다. 상업상의 이익을 위해서 두 세대에 걸쳐 대규모로 토지를 개발했습니다. 목전의 이익은 궁핍과 황폐와 직결되어 있습니다. … 내가 말하고자 하는 것은, 자연에 대한 그릇된 태도는 어느 면에서 신에 대한 그릇된 태도를 의미하며, 그 결과는 불가피한 파멸의 운명이 될 것이라는 것뿐입니다. 오래 동안 우리들은 기계화되고 상업화되고 도시화된 생활양식에서 우러나오는 가치만을 믿어 왔습니다. 그러나 신이 우리 인간들로 하여금 이 지구상에서 생존하게 하신 영원한 조건을 우리들은 다시 똑바로 바라보아야 하겠습니다. 야만인들의 생활을 감상적으로 동경하는 것은 아니지만, 우리들이 원시적이며 미개하다고 해서 멸시하는 사회에도, 우리가 보다 높은 수준에서 본받아야 할 사회적-종교적-예술적 활동이 하나로 합치되어 있다는 것을 인정할 만한 겸손은 있어야 마땅한 일일 것입니다. 우리들은 [발전]이라는 것을 불가결한 것으로 생각하는 습관이 있습니다. … 우리가 근원으로 더듬어 내려가는 것은, 보다 커다란 정신적인 지식을 가지고, 다시 우리 자신의 위치에 돌아올 수가 있기 위해서입니다. 종교적 공포의 감각을 회복할 필요가 있다는 것은, 종교적 희망에 의해서 그것을 극복하기 위해서입니다.

(*The Idea of Christian Society*, 80-81, 박기열 역)

여기에서 이성을 도구화하는 과학주의와 이익창출을 최고의 가치로 여기는 천민자본주의와 같은 "나쁜" 근대에 대해 엘리엇은 생태학적 저항을 시도하고 있다. 엘리엇이 자연을 황폐시키는 무분별한 산업주의와 도시화를 반대한다고 해서 반동적인 보수주의자로 볼 수는 없을 것이다. 그가 책임 없는 진보신화와 맹목적인 개발논리에 반대하는 것은 자연과 인간의 유기적 관계를 훼손시키는 근대 문명과 문화를 반성하고 비판하자는 것이다. 이러한 근대의 근본적인 문제들은 생태학적으로 제기한다는 점에서는 엘리엇은 반동적인 보수주의자일 것이다. 엘리엇이 근대적 계몽주의에 잠재된 인간적 가능성에 대해 궁극적으로 부정적인 입장을 취하는 것은 잘못된 근대화가 자연과 삶의 유기적인 일체성이 파괴하고 다시 말해 소위 문명화과정에서 자연의 파괴와 동시에 인공물의 절대적 증가에 따라 자연이 인간의 삶의 현장에서 멀어지기 때문이다. 결론적으로 엘리엇은 문화이론가 또는 문명비평가로서 근대문명의 반생태적인 성격을 잘 지적해내고 있다하겠다.

엘리엇은 인간과 자연과의 순응문제를 단지 인간과 자연의 문제로만 보지 않고 자연을 제3의 차원인 초자연적인 차원 즉 신의 차원까지 끌어올려 논의하고 있다. 바로 이점이 엘리엇의 자연에 대한 접근의 특이한 점이다. 다시 말해 자연을 인간과 구별되는 초자연과 연계시킴으로써 일종의 생태중심주의 또는 삼라만상주의에 이르게 하고 있다. 엘리엇은 자연을 초자연과 일치시킴으로써 근대 인간들이 불러 온 생태환경저인 위기와 재앙을 인간적인 것과 분리 시키려 하고 있다. 이것은 바로 인간중심주의 문화를 광정하기 위해 물질적 자연과 정신적 초자연에 의존하는 것이다. 엘리엇은 "만약" 이 '초자연'이 억압되는 경우에는… 인간과 자연의 이원성이 당장에 무너진다. 인간이 인간인 것은 인간이 초자연적인 것을 만들어 낼 수 있기 때문이 아니라 그것을 인식할 수 있기 때문이다(*Selected Essays*, 485). 또한 "인간의 모든 것은 아래로[자연]부터의 발전으로 초래될 수 있거나 또는 어떤 것은 위로[초자연]부터 와야 한다. 이 딜레마를 피하는 것은 불가능하다. 왜냐하면 우리는 자연주의자가 되거나 또는 초자연주의자가 되어야만 한다. 만일 우리가 '인간'이란 단어에서 초자연적인 것에 대한 신념이 인간에게 주어온 모든 것을 제거한다면 우리는 인간을 궁극적으로 지극히 영리하고, 적응할 수 있고 그리고 장난기 있는 작은 동물에 불과하다고 간주할 수 있을 것이다"(앞 책, 405). 따라서 우리에게 가장 필요한 것은 겸손의 미덕이다. 겸손은 우리가 믿을 수 있는 유일한 지혜이다. 인간의 교만은 인간, 자연, 초자연의 삼각관계의 상호성을 무너뜨리고 지구에서 인간중심주의라는 길로 접어들게 하고 결국 자기중심주의는 역설적으로 인간을 파멸로 이끄는 길이기도 하다. 왜냐하면 인간의 오만은 인간자신이외의 자연이나 초자연주의 타자와의 공감, 대화, 교류 등의 관계맺기가 없는 메아리 없는 외침만을 만들어 낼뿐이기 때문이다.

엘리엇은 1965년 1월 4일에 세상을 떠났다. 2월 4일 런던 웨스트

민스터 사원에서 기념예배를 가졌고 4월 17일에 엘리엇의 조상이 17세기에 미국으로 이주하기전의 고향이었던 영국 서머셋 주 이스트 코우커의 성 마이클 교회에 유해가 묻혔다. 그러나 엘리엇은 그보다 훨씬 전에 이곳을 방문하여 16세기를 배경으로 "이스트 코우커"(East Coker)를 지었다. 아마도 이 시는 그가 꿈꾸던 생태적 낙원이 아니었을까? 그러나 그는 시의 말미에서 꿈에서 깨어나 어두운 현실에 살고 있는 우리 모두에게 다음과 같이 충고한다.

> 아 어둡다. 어둡다. 모두 어둠 속으로 들어간다.
> 별과 별 사이의 텅 빈 공간, 공허가 다시 공허로,
> 장군도, 은행업자도, 이름난 문사도,
> 관대한 예술 후원가도, 정치가도, 지배자도,
> 훌륭한 문관들, 여러 위원회의 장들도,
> 산업계의 제왕들, 소ㅣ만 청부업자들, 모두 어둠 속으로 들어간다.
> 해도 달도 어둡고, 고다의 年鑑도,
> 주식거래소의 통보도, 이사 명부도 모두 어둠, 어둠으로 들어가,
> 그리고 우리들 모두 그들과 함께 간다. 침묵의 장의로,
> 그 누구의 장의도 아니다. 매장할 자가 없으니.
> 나는 내 영혼에게 말했다. 조용히 하라, 그리고 어둠의 내습을 받
> 아라.
> ...
> 흐르는 시냇물의 속삭임과 겨울의 번개,
> 숨어 핀 야생 백리향과 들딸기.
> 정원에서의 웃음소리, 메아리치는 환희,
> 그것은 낭비가 아니라 필요한 것이고

죽음과 탄생의 고뇌를 가리켜 주는 것.
...

그대가 있는 그 곳에 도달하자면, 그대가 있지 않을 그 곳에서 빠져 나가자면.

그대는 환희가 없는 길을 가야 한다.
그대가 모르는 것에 이르자면
그대는 무지의 길로 가야 한다.
그대가 소유치 않은 것을 소유코자 한다면
그대는 무소유의 길을 가야 한다.
그대가 아닌 것에 이르자면
그대가 있지 않는 길로 가야 한다. (이창배 역)

산업화, 도시화로 인해 인간과 유리된 "자연"에 대한 엘리엇의 태도는 분명하다. 그는 비관주의적이지만 견인주의적 입장에서 조심스러운 희망을 가진다. 그러나 엘리엇은 근대화로 훼손되고 황폐화된 자연을 버리고 순수하고 이상적인 자연으로의 회귀만을 노래하지는 않는다. 근대화의 결과로 생겨나 우리가 살아내어야만 하는 "인위적인" 자연에 대해 어떻게 마음, 문학, 문화가 환경생태적으로 개입될 수 있는가를 알아내는 것도 중요하리라는 것을 엘리엇은 우리에게 암시하고 있다.

[참고문헌]

김구슬, 「T. S. 엘리엇의 비평이론과 생태학적 통찰」『T. S. 엘리엇 연구』제8호(2002년 가을, 겨울).

김우창, 『이성적 사회를 향하여』 민음사, 1993.

김원중, 「생태묵시록으로서의 엘리엇의 『황무지』」 『T. S. 엘리엇 연구』 제11호(2001년 가을, 겨울).

김종미, 「중국미학의 거작 『문심조룡』을 다시 읽으며」 『비평』 5호(2001년 가을).

박경일, 『니르바나의 시학: "회전하는 세계의 정지성" 탐구』, 동인: 2000.

베어츤 그레고리, 『마음의 생태학』(서석봉 옮김), 민음사, 1989.

이남호, 『녹색을 위한 문학』, 민음사, 1998.

이상섭, 「전율하며 읽은 엘리엇의 시」 『T. S. 엘리엇을 기리며』, 한국 T. S. 엘리엇 학회편, 도서출판 웅동, 2001.

이재호, 「『황무지』와 신화재현」 『장미와 무궁화-영문학산책』, 탐구당, 1983.

이정호, 『T. S. 엘리엇 새로 읽기』, 서울대출판부, 2001.

이창배, 『T. S. 엘리엇 문학비평』(이창배전집 3권), 동국대출판부, 1999.

_____, 『T. S. 엘리엇: 인간과 문학』(이창배전집 8권), 동국대출판부, 2001.

_____, 『T. S. 엘리엇 전집: 시와 극』(이창배전집 9권), 동국대출판부, 2001.

장회익, 『삶과 온생명: 새과학문화의 모색』, 솔, 1998.

정재서, 「정경교융(정경교융)의 시학과 생태학적 문학론」 『비평』 창간호(1999년 상반기).

정정호, 「T. S. 엘리엇과 21세기 문학비평: 엘리엇의 초기비평 다시 읽기」 『T. S. 엘리엇 연구』 제8호(2000봄-여름).

_____, 「엘리엇의 유령」 『T. S. 엘리엇을 기리며』, 한국 T. S. 엘리엇 학회편, 도서출판 웅동, 2001.

최희섭, 「『황무지』의 「불의 설교」의 불교석 고칠」 『T. S. 엘리엇 연구』 제12권 1호(2002).

키스터, 다니엘 A., 「중국시론으로 본 『황무지』와 『네4중주의 시학』 『포스트모던 T. S. 엘리엇』(이정호 편저), 서울대 출판부, 1996.

Eliot, T. S., *The Sacred Wood*. London: Methuen, 1920(1972).

_____, *Selected Essays*. London: Faber, 1932(1972)

._____, *Notes Towards the Definition of Culture*. London: Faber, 1948 (1972). 김용권 역, 『문화란 무엇인가』, 중앙일보사, 1974.

_____, *After Strange Gods: A Primer of Modern Heresy*. London: Faber, 1934.

_____, *The Idea of A Christian Society and Other Writings*. London: Faber, 1932. (1982). 박기열 역, 『그리스도교 사회의 이념』, 양문사, 1959.

_____, *On Poetry and Poets*. London: Faber, 1957.

_____, *Selected Prose of T. S. Eliot*. Ed. Frank Kermode. London: Faber, 1975.

Frazer, James., *The New Golden Bough*. Ed. Theodor H. Gaster. New York, Mentor Books, 1959.

Glotfelty, Cheryll et al Eds., *The Ecocriticism: Landmarks in Literary Ecology*. Athens: U of Georgia P, 1996.

Weston, Jessie L., *From Ritual to Romance*. Garden City: Doubleday Anchor Books, 1920 (1957).

Williams, Raymond, *The Country and the City*. New York: Oxford UP, 1973.

근대 자연관과 독일 자연주의

I

오늘날 철학, 종교학, 사회학, 문화학, 예술 등 많은 학문분야에서 자연에 관한 논의가 활발하게 일고 있으며 그뿐만 아니라 상업광고에 이르기까지 자연주의라는 용어가 자주 등장하고 있다. 자연에 대한 학문적 논의들은 나시금 자연과학과 인문·사회과학이 새로운 진로를 설정하는 데 토대를 마련해주고 있으며, 여기서 나온 학문적 성과는 생태계 보호나 환경보호운동 등 새로운 사회운동의 이론적 토대를 제공하기도 한다.

자연은 인간을 포함한 모든 자연적, 사회적 환경을 의미하는 매우 광범위한 개념이며, 자연이 어떻게 이해되든 간에 그 자체로만 파악될 수는 없을 것이다. 역사적으로도 그것은 언제나 자연과 인간, 자연과 역사, 자연과 정신, 자연과 문화, 자연과 예술, 자연과 자유 등의 대립되는 혹은 상관되는 개념들과 더불어 이해되어 왔다. 그리스 철학에서 자연이 논의될 때도 언제나 그것에 맞선 대립되는 개념이나 또는 그것과 관계하는 상관적 개념인 테크네(기술, 지혜)

나 노모스(법, 관습) 등이 등장했다. 중세의 신학자들은 자연세계를 하나님의 의지의 표현으로 보았으며 하나님의 은총을 자연에 대한 대립개념 또는 상관개념으로 이해하였다. 근대에 와서도 사정은 이와 다르지 않았다. 때로는 자유가, 때로는 정신이, 때로는 문화가 자연의 대립항 또는 상관항으로 마주서게 되며 '자연과 역사', '자연과 정신', '자연과 문화'의 상호구별과 상호관계가 문제시되어왔다. 따라서 자연과 대비되는 개념이 무엇인가에 따라서 담론의 범위가 명확해질 수 있고, 개념적 혼란에서 벗어나 우리의 논의를 효과적으로 전개할 수 있을 것이다. 이 글에서는 '자연과 정신' 혹은 '자연과 자유'라고도 말해질 수 있는 대립항 또는 상관항에 주목하여 근대적 사연관을 살펴보고 이러한 근대적 자연관과 독일 자연주의와의 관계를 고찰해보고자 한다.

일반적으로 '자연(Physis)'이라 번역되는 희랍어의 퓌시스는 형태상 '낳다', '생산하다'의 뜻을 가진 동사 퓌에인 혹은 '생산하다', '생성하다'의 뜻을 가진 '퓌에스타이'에서 나온 것으로 퓌시스의 원래 의미는 '탄생' 혹은 '기원'으로 되어있다. 따라서 게네시스와는 동의어로 생각할 수 있다. 퓌시스를 라틴어로 옮긴 것이 나투라(natura)이고 이것이 오늘날의 nature로 된 것이다. 퓌시스의 의미들을 철학사전에서 간추려보면 1. 성장과정이나 기원(genesis) 2. 사물들을 만들어 낸 물리적 재료 즉, 원재료(Urstoff)라는 의미에서의 아르케(arche) 3. 일종의 내적 조직원리, 사물의 구조 등으로 정리된다.[1] 이렇게 퓌시스는 쓰이는 문맥에 따라 여러 가지 의미를 가지고 나

---

1) F. E. Peters, *Greek Philosophical Terms*, New York Univ. Press, New York 1967, p.158.

타나지만 이들을 분류해보면 크게 두 가지로 나뉘어진다. 하나는 생산된 외적 세계이며, 다른 하나는 그 외적 세계를 생산해내는 내부적 힘 또는 원리이다.[2]

아리스토텔레스는 자연의 특성을, 마치 인공물들이 사람의 손에 의하여 만들어지듯이, 스스로를 자기 힘으로 창조하는 행위에서 보았다. 그는 자연이 목적지향적으로 스스로의 산물을 만드는 보편적인 방식과 과정을 분석적으로 설명하기 위해 질료인, 형상인, 운동인과 목적인의 4원인론을 도입하고 이것으로 자연물이나 인공물의 생성원인을 설명하고자 하였다. 스스로 움직일 수 없는 인공물들의 경우 이들의 운동인과 목적인은 이들의 개체 밖의 다른 존재자에게서 찾아져야하는 반면, 자체의 힘으로 움직이는 자연물의 경우 그들의 운동인과 목적인은 질료인이나 형상인과 함께 그 개체 안에 존재하고 있는 것으로 보았다. 따라서 자연세계는 그에게는 살아 움직이는 유기체적인 것이었다.[3]

그리스 철학에서 자연이 논의될 때는 언제나 그것에 맞선 대립되는 개념이나 또는 그것과 관계하는 상관적 개념인 테크네(기술, 지혜)나 노모스(법, 관습)가 등장했다. 법이나 기술은 인위적인 관습이나 약속의 결과로써 장소와 때에 따라 바뀔 수 있고 폐기될 수도 있으나 자연은 그런 존재가 아니라는 것이다. 자연은 스스로 있고 스스로 운동한다. 자연은 인간을 포함한 모든 존재자를 포괄하는 전체

2) 손효주, 「아리스토텔레스에 있어서 예술과 자연」, 한국미학예술학회 편, 『예술과 자연』, 미술문화 1997, 12쪽 이하 참조.
3) 송영배, 「유기체적 자연관과 동서철학 융합의 가능성」, 철학연구회 편집: 동서철학의 융합총서, 송영배 외, 『인간과 자연』, 철학과 현실사 1998, pp.15-29, 여기서는 16쪽.

요, 존재자체를 가능케 하는 존재의 근원이며 원천이다. 이런 의미에서 자연은 '자연적인 것'과 '초자연적인 것'을 동시에 포괄한다. '자연'이 '초자연'과 구별된 것은 중세 기독교 전통을 통해 은총과 자연이 대비되면서 비롯되었다고 볼 수 있다. 근대사상에서 자연을 역사, 정신, 문화와 대비해서 보는 것은 그리스에서 찾아볼 수 없다. 노모스나 테크네, 또 그 어떤 것이라도 그리스 전통에서는 자연을 벗어나지 못한다. 언뜻 보기에는 자연과 대립된 것으로 보이는 것조차도 결국에는 모두 자연 속에 포함된다. 모든 것은 자연 속에, 자연을 통해, 자연에 의존해 존재한다.4)

중세의 신학자들은 자연세계를 "하나님의 의지"의 표현으로 보았으며, 자연은 성경과 마찬가지로 그러나 다른 "표식과 상징"들을 가진 "하나님의 계시"가 적혀있는, 또 "하나의 하나님의 책"으로 이해하였다.5) 아리스토텔레스의 목적론적 세계관을 빌려서 하나님의 천지창조를 설명하고 있는 이들에게서 자연은 생성하는 힘을 가진 자율적 존재로서의 자기의 고유성과 법칙성을 인정받는다. 토마스 아퀴나스는 이런 "자연의 자율성(운동)"이란 바로 하나님이 부여한 것이요, 이런 자연원리의 탐구와 인식은 바로 하나님을 이해하는 것으로 통한다고 보았다.6) 근대적 의미의 자연과 자유 사이의 분열이 생기기까지는 기독교 전통의 기여가 적지 않다고 할 수 있다. 기독교 전통은 자연을 비신격화 또는 세속화시키는 데 크게 기여하였

---

4) 강영안, 『자연과 자유 사이』, 문예출판사 1998, 24쪽 이하.

5) H. J. Sandkühler (Hg.), *Europäische Enzyklopädie zu Philosophie und Wissenschaften*, Bd. 3, Hamburg 1990, S. 550.

6) J. Ritter/K. Gründer (Hg.), *Historisches Wörterbuch der Philosophie*, Bd. 6., Dramstadt 1984, S. 450.

다. 성경이 과연 근대적 기계론적 자연관을 담고 있는가 하는 것은
논란의 여지가 있지만 자연을 어떤 신적 존재로 보지 않았다는 것
은 분명하다. 자연은 인간과 함께 지음 받은 피조물이며, 하나님이
인간에게 주신 선물로 체험된다.[7]

II

  모더니티가 무엇인가라는 질문에 대해 비록 불충분하지만 대답
을 시도해보면 '새로움'에 대한 의식이라고 할 수 있다. 16세기와 17
세기 사이 서구에서 시작된 새로움에 대한 의식이며 운동이다. 그
기원을 13세기까지 거슬러 올라가는 사람들도 있지만, 어디서 기점
을 잡든 간에 중요한 것은 인간과 자연을 보는 눈에 커다란 변화가
생겼다는 것이다. 인간은 더 이상 주어진 위계질서 속에서 각자에
게 주어진 과제를 수행하는, 자신의 역할에 의해 규정되는 존재가
아니라 이성을 통해서 자신의 존재를 스스로 설계하고 선택할 수
있는 자유의 존재로 등장하며, 자연은 더 이상 살아있는 유기체가
아니라 인과론적 법칙에 따른 기계론적 체계로 등장한다. 모더니티
는 중세 후기와 르네상스를 거치면서 유럽에서 형성된 이념으로 기
계론적 자연관의 등장과 자유의 존재로서 인간의 자기이해의 시작
으로 빚어진 상황이라고 할 수 있다. 시기와 지역에 차이가 있다해
도 이른바 근대문화가 들어간 곳은 어디에나 기계론적 자연관과 자
유를 핵심으로 한 개인의식이 이식되었다. 자유의 이념이 르네상스

---

7) 강영안, 같은 책, 29쪽.

인문주의의 산물이라면 자연의 이념은 근대 과학적 세계관의 산물인 것이다.[8]

17세기 계몽주의 시대에 이르러서는 마침내 이제까지 자연에 부과되었던 자체의 역동적 자율성이 부정되고 만다. 자연은 오직 자연법칙들에 따라서 어김없이 움직이는 시계와도 같은 한낱 물질적인 기계로 전락하게 되며 인간의 손에 의하여, 인간의 목적을 위하여, 얼마든지 조작될 수 있는 수동적인 물질에 불과하게 되었다. 마침내 베이컨에게는 인간의 지식은 바로 자연을 지배하는 힘이었다.[9] 인간의 욕구를 충족시키기 위한 베이컨의 자연지배적인 근대적 의식은 자연현상들에 대한 경험적인 연구분석과 실험을 통하여 자연과학적 지식과 기술의 발전에 혁신적인 성과를 가져왔다. "지식은 힘이다." 잘 알려진 베이컨의 이 명제에서 지식은 자연에 대한 지식을 말하며 그것은 인간사회의 유용성을 위한 자연의 지배를 목적으로 한다. 인간사회의 유용성을 위한 자연지배를 목적으로 하는 지식은 베이컨에게 있어서 과학기술적 진보를 의미하는 것이기도 하다. 과학기술적 진보에 의한 자연의 지배와 그것에 기초한 사회질서의 합리화의 근원은 베이컨의 과학적 신념에서 찾아볼 수 있다. 베이컨은 학문과 그것의 조직화를 통해서 사회의 유용성을 창출하는 것을 목표로 했고 그것을 통해서 인간사회가 더욱 더 나아지리라는 신념을 견지했다.[10]

---

8) 같은 책, 10쪽.

9) 송영배, 같은 논문, 17쪽.

10) 이동희·문석윤, 「동서철학에서 자연과 역사의 의미 ―자연과의 대립을 통해서 본 역사의식의 문제」, 철학연구회 편집: 동서철학의 융합총서, 송영배 외, 『인간과 자연』, 철학과 현실사 1998, 197-247쪽, 여기서는 209쪽 참조.

자연대상에 대한 이해를 위해서는 기존의 세계관이나 가치관에서 벗어나서 그 사물의 사실 자체만을 바라 보아야하며, 연구자의 가치판단의 개입 없는 오직 현상적 사실에 대한 엄밀한 분석과 그것에 기초한 가설들의 실험적 증명만을 가장 확실한 학문적 방법으로 추구하는 자연과학적 방법이 근대적 학문 방법의 근본원칙으로 성립하게된다. 이러한 자연과학적 연구방법의 강조와 과학주의의 팽창은 무엇보다도 중세의 목적론적 세계관을 부정하는 것이었으며 경험적 검증의 대상이 될 수 없는 도덕적 원리나 가치론, 요컨대 형이상학적 주제들에 대한 학문적 열정들을 과학성이 결여된 사이비학문으로 몰아 부친다. 이에 논리적 실증주의가 또한 20세기를 지배하는 하나의 철학으로 성립하게 된다. 근대 계몽주의 시대이래 이러한 자연과학의 실증주의적 방법을 통하여 목적추구적인 합리적 이성은 엄청난 사회 생산력의 진보를 이룩했으며 그것은 또한 결과적으로 자본주의 사회 안에서의 생산력 발전에 결정적인 공헌을 하였다.[11]

　자연이 역사, 문화, 정신과 대립된 구조 속에 편입된 것은 서양 근대사상의 산물이다. 이와 같은 사태가 발생하는 데는 자연을 모든 것을 포괄하는 운동주체로 보지 않고 그 자체 아무런 동기나 목적이 없는 물질들의 운동체계로 파악한 것이 하나의 계기가 되며, 이러한 자연에 비해 자기 자신을 의식하며, 욕구하며, 삶을 스스로 계획하고 실행할 수 있는 존재, 즉 자유를 그 본질로 하는 존재로 인간이 자기 자신을 의식하게 된 것이 또 하나의 계기를 형성한다.

---

11) 송영배, 같은 논문, 18쪽.

근대의 자유의 도식은 우주적 힘이나 질서에의 참여라기보다는 오히려 그것으로부터 거리를 둠으로써, 심지어 때로는 분리함으로써, 자유를 확보해보려고 시도했다고 말할 수 있다. "사고하는 한 나는 존재한다"로서 데카르트가 직관한 것은 바로 나 자신에게 직접적으로 의식되고 확인될 수 있는 것은 사고의 활동성이라는 점이었으며 그가 한 작업은 다름 아닌 우주적, 신적 질서로부터 의지주체요, 자유의 주체인 나를 분리해낸 것이라 할 수 있다. 근대적 자유는 나를 둘러싼 주변세계(자연, 사회)로부터 거리를 둠으로써, 또는 나를 분리해냄으로써 확인해 낸 자유다. 거리둠이나 분리가 그러나 단절을 뜻하지는 않는다. '존재하는 것은 지각되는 깃'이란 말처럼 근대적 자유와 자연은 상호분리되면서 의식하고 사유하며 지각하는 나의 자유에 우선권이 부여된다.

데카르트 이후 자연과 자유의 분리는 심각한 문제로 수용되었고 그 이후 자연 또는 자유 가운데 어느 한 쪽에 우선성이 부여되었고 이 분리를 극복하는 방향을 선택하거나 아니면 분리 자체를 정당화하면서 자아와 세계에는 각각 다른 존재방식이 있다는 것을 강조한다. 칸트는 그의 코페르니쿠스적 인식의 전환을 통하여 법칙이란 조야한 자연 자체 속에 있는 것이 아니라 우리 인간에 고유한 인식능력, 즉 주체에 의해 구성될 뿐이라고 한다. 또한 자연의 합목적성은 자연자체의 객관적 원리가 아니라 인간정신이 자연을 이해하기 위해 전제하는 자연의 통제적 원리로 보았다. 외계적 자연에 대한 이해(자연법칙)뿐만 아니라, 인간이 실현해야할 도덕이나 역사의 선험적인 법칙들 또한 성숙한 인간 자신의 주체적 인식능력의 산물일 수밖에 없는 것이다.[12] 자연은 단지 질료적 차원에서 볼 때 현상들의 총체 또는 현존들의 집합 등이라 할 수 있으나 형식적 차원에서 볼 때, 즉 자연을 자연되게 하는 조건에서 볼 때 자연은 인간의 이성활동에 의해 규정된 법칙성을 일컫는 것이었다. 이제 자연이 의미가 있다면 그것은 능동적 정신활동의 질료로서, 노동의 재료로서 의미를 가진다.

한편 근대적 자유개념은 칸트의 말을 빌리자면 '자기규정', '자기입법'의 의미를 담고 있다. 칸트가 말한 자유는 다름 아닌 의지의 자유였다. 의지는 의욕의 능력이면서 동시에 도덕적 입법의 능력으로 칸트는 이해했다. 이 능력은 필연적으로 감성에 근거를 둔 '자연적 경향'과 대립관계에 있다. 칸트가 '덕'으로 이해한 것은 이러한 자연적 경향과 대립해서 맞설 수 있는 도덕적 용기였다. 자연은 여기서 자율과 필연적으로 대립될 수밖에 없다. 이처럼 자유는 한 개인의 의지의 차원에서 본다면 자연적 경향성을 억압하는 것이고 사회적 차원에서 본다면 타인이 가해오는 외부적 강제로부터의 독립을 뜻하는 것이었다. 좀더 적극적으로는 보편화될 수 있는 도덕법칙과 사회규범을 마치 자기 자신이 입법한 것처럼 수용하는 것이다. 이것이 '자율'로서 자유 개념의 핵심이다.13) 자연은 감성적 존재 또는 자연존재인 인간에게 필요불가결한 것이지만 그럼에도 언제나 자유를 실현해야할 인간과 대립관계에 있는 것으로 파악되었다.

자연이란 개념은 서양철학에서 크게 두 가지의 의미 축을 가지고 있다. 한편으로 자연은 인간을 포함하는 모든 존재자를 생성하고

---

12) 한자경, 「칸트에서의 자연과 인간」, 계명대학교 철학연구소 편, 『인간과 자연』, 서광사, 1995, 109-124쪽; 송영배, 같은 논문, 17쪽.
13) 강영안, 같은 책, 25쪽 이하.

성장하게 하며 지배하는 근원적인 현실이다. 자연은 살아있는 모든 것의 기원이고 근원이다. 다른 한편으로 자연은 인간을 통해 규정되고 인간을 통해 일정한 모습이 갖추어진다. 자연은 인간의 노동과 활동의 질료이며 인간을 통해 형식이 부여된다. 첫 번째 의미의 자연이 보다 생동적이고 시적인 의미를 지닌다면 두 번째 의미의 자연은 보다 기술적이고 실제적 의미를 지니고 있다. 첫 번째 경우의 자연이 인간 배후에, 인간을 넘어서서 인간과 만물을 포괄하는 일종의 주체로서의 자연 또는 근원으로서의 자연이라면 두 번째 경우의 자연은 눈앞에 현존하는 인식과 노동의 대상으로서의 자연이다. 근원으로서의 자연은 스스로를 자기 원인성과 합목적성을 지닌 주체로 본다는 점에서 주로 고대 그리스 사상을 지배한 유기론적, 목적론적 자연관의 바탕이 되고, 대상으로서의 자연은 그 자체가 생명 없는 거친 질료요 인과성의 법칙과 목적합리성에 종속되어 있는 것으로 본다는 점에서 기계론적, 인과적 자연관의 바탕이 된다.14) 근대 과학과 문화를 지배한 기계론적 자연관은 형이상학적 관점에서 볼 때 존재영역을 객관적인 것과 주관적인 것, 물질적인 것과 정신적인 것, 실재적인 것과 이념적인 것으로 이원화하고 결과적으로 정신에 대한 물질의 우월성을 주장하는 유물론과 물질에 대한 정신의 우월성을 주장하는 관념론이라는 두 개의 대립적인 철학체계를 형성하게 되는 계기가 되었다. 그럼에도 불구하고 주관과 객관의 대립, 이념적인 것과 실재적인 것의 대립을 극복하려는 노력이 근대철학의 흐름 속에 끊임없이 있어왔다. 스피노자, 라이프니

---

14) 강영안, 「쉘링의 자연개념」, 계명대학교 철학연구소 편, 『인간과 자연』, 서광사 1995, 125-143쪽, 여기서는 126쪽 참조.

쯔, 쉘링의 철학은 각각 다른 방식이긴 하지만 존재의 이분화를 극복해보려는 시도로 출현한 철학이다. 여기서는 자연과 자유가 분리된 것이 아니라 근원적으로 통합된 모습을 띠고 있음을 보여주는 쉘링 철학의 중요한 면모를 간략히 고찰해보는 것으로 대신하고자 한다.

쉘링은 근본적으로 일원론자였으며 칸트의 이분법을 수용할 수 없었다. 쉘링에 의하면 자연 자체가 "활동적이고 운동하는 원리"를 내재적으로 지니고 있는 무제약적 현실이다. 자연은 살아 움직이고 활동하는 유기체다. 그래서 쉘링은 활동성의 개념을 정신뿐만 아니라 자연에도 적용시킨다. 쉘링은 정신을 자기 스스로 조직하고 발전하는 자연으로 보듯이 자연도 마찬가지로 정지된 것, 고정된 것이 아니라 계속적으로 생성, 변화, 발전하는 것으로 본다.15) 쉘링의 자연개념을 특징지우는 것은 자연을 동일성 속에서 차이성을 생산하고 차이성 속에서 동일성을 지향하는 운동의 주체로 보는 것이다. 이러한 과정을 쉘링은 냇물의 비유를 들어 설명한다.16) 시냇물이 흘러갈 때 그 시냇물은 하나의 순수 동일성이다. 흐르는 물은 어떤 저항에 부딪칠 때 거품이 생겨나지만 이 거품이 영원히 존재하는 것이 아니라 물이 계속 흘러감에 따라 사라지고 또 다시 생겨나는 것이다. 이처럼 자연은 순수동일성의 차원에서는 모든 것이 동일하고 어떤 차이가 존재하지 않는다. 그러나 이 동일성을 지양하는 어

---

15) F. W. J. Schelling, *Einleitung zu dem Entwurf eines Systems der Naturphilosophie*, 1/3, S. 271-273, in: K. F. A. Schelling (Hg.), F. W. J. v. Schellings Sämtliche Werke, Bd. 1., Stuttgart/Augsburg: J. J. Cotta 1856-61.
16) 같은 책, 289쪽.

떤 저지점이 주어질 때 동일성으로부터의 차이성이 등장한다. 그러나 자연은 그 내적 경향으로 인해 차이성 속에 고정되어 있지 않고 동일성을 통해 그것을 극복하며 이러한 과정을 통해 무한히 생성, 발전해 나가는 조직체이다.17) 쉘링에 있어서 자연은 근원적인 의미에서 대상이 아니라 주체이다. 이 자연주체는 동일성 가운데 영원히 정지해있지 않고 대립을 통해 생성, 변화한다.

쉘링의 주장 가운데서 아마도 가장 중요한 주장이 있다면 아마도 '자연의 주체성'에 대한 주장일 것이다. 첫째, 무엇보다도 쉘링의 자연개념의 특징은 자연 자체가 활동성을 지니고 있다는 것이다. 자연은 그 자체활동이고 운동하는 원리를 스스로 안고 있는 무제약적 현실로 본다. 정신만이 활동적인 존재가 아니라 자연도 활동적이며, 정신만이 생산적인 것이 아니라 자연도 생산적이라는 것이다. 둘째, 쉘링의 자연개념에서 두드러진 것은 자연과 정신이 사실은 동일한 현실의 다른 측면에 지나지 않는다는 것이다. "자연은 눈에 보이는 정신이요, 정신은 눈에 보이지 않는 자연"이란 표현은 이러한 사실을 단적으로 주장하고자 한 것이다. 셋째, 쉘링은 자연을 대립적 구조를 통해 파악하고자 했다. 생산성으로서의 자연은 그 자체 두 가지 경향, 즉 자기 자신의 동일성을 보존하고자 하는 경향과 스스로 이분화함으로써 구체적인 생산물로 고정되고자 하는 경향이 있다. 이러한 경향으로 인해 자연은 '동일성 가운데 차이성'을 생산하고

---

17) Vgl. T. T. Oiserman (Hg.), *Geschichte der Dialektik*, Berlin: Dietz 1980, Bd. II: *Die Klassische Deutsche Philosophie*, 152f.; W. Foerster, Schelling als Theoretiker der Dialektik der Natur, in: H. J. Sandkuehler (Hg.), *Natur und geschichtlicher Prozess. Studien zur Naturphilosophie F. W. J. Schellings*, Frankfurt a. M.: Suhrkamp 1984, 175f.

'차이성 가운데 동일성'을 지향한다. 자연은 이렇게 대립을 통해 자기를 끊임없이 다시 생산하는 운동의 주체라는 것이다. 사유하는 주체만이 아니라 스스로 자기를 조직하며 운동하는 자연도 동일한 의미에서 주체라는 것이다.[18]

이상에서 간략히 살펴본 것처럼 자유를 실현하는 과정에서 자연이 중요한 존재로 등장한다. 칸트에게서는 극복하면서 동시에 영향을 주어야 할 대상으로서, 쉘링에게서는 정신과 마찬가지로 자유를 본질로 하는 절대적 활동성으로 자연이 각각 정립된다. 칸트의 경우가 변증법적 긴장이 보다 강하다는 것을 알 수 있다. 칸트는 인간을 본성상 감성계적 세계와 예지계적 세계라는 두 세계에 속한 존재로 파악하고 그 중에서도 예지계적 존재로서 도덕적 삶을 사는 것이 인간을 인간되게 하는 것으로 보았다. 여기에는 당연히 자기 분열이 있고 이 분열을 자유에로 부름받은 인간의 소명을 통해 목적론적으로 지양하고자 칸트는 시도하고 있다.[19] 쉘링의 경우도 물론 변증법적 대립은 매우 적극적 형태로 도입된다. 쉘링은 자연에서 물질과 유기체 그리고 정신이 발생하는 것을 보여주는 과정이나, 정신에서 물질이 발생하는 과정을 보여줄 때 '대립'을 가장 근본적인 개념으로 도입하고 있다. '대립'이야말로 쉘링에게서 모든 것의 생산과 재생산의 근거가 된다. 그러나 이러한 대립은 칸트에게서 볼 수 있는 대립과 구별된다. 왜냐하면 쉘링에게서 대립이란 자연 안에서 그 자체로 생산된 것이지 자연 밖에서 오는 것이 아니기 때문이다.

---

18) 강영안, 같은 책, 44쪽 이하 참조.
19) 위의 책, 46쪽 이하 참조.

III

계몽주의 시대에 있어서 이성으로의 발전은 인간의 과제이자 동시에 역사를 설명하는 방식이었다. 그러므로 계몽주의 시대에 있어서 진보 개념은 인간의 맹목적 비합리적 삶이 합리적으로 전환될 수 있다는 점에 기초해서 과거를 비합리적인 것으로 파악하고 미래를 이성의 지배가 확립되는 역사의 발전으로 상정한다. 계몽주의의 역사서술은 근대적 과학정신에 의한 계몽을 목표로 했고 계몽주의 이전의 모든 것은 미신, 암흑, 오류로 바라보았다. 자연과 역사의 관계에서 본다면 계몽주의의 진보개념의 위상은 자연성과 이성의 일치라는 신념으로부터 이성에 의한 자연의 한계를 극복하고 그러한 극복이 인간이성이 기획하는 인류의 진보를 예측하게 하고 조정하고 또 가속화할 수 있다는 신념으로 바뀌어간다. 이러한 진보개념의 변화된 위상에는 18세기 후반 자연과학적 지식과 기술의 눈부신 성과와 산업화 그리고 지리학적 발견이 그 기초에 놓여있었다. 이제 과학기술의 발전과 산업화를 통하여 자연에 대한 이성의 확고한 지배가 구가되면서 '자연과 이성의 통일'이라는 계몽주의 초기의 확고한 믿음은 흔들리게 된다. 초기 계몽주의자들에게 있어서 자연세계와 역사적 세계의 분리는 그렇게 자명한 것은 아니었다. 그들이 신봉했던 이성의 이상은 자연의 규범, 즉 자연의 법칙과 자연법 그리고 자연적인 도덕과 자연종교로 특징지어지기 때문이다. 그러므로 계몽주의 초기에 있어 역사개념을 규정하는 이성 발전의 신념은 본래 자연과 상충하는 것이 아니었다.[20]

---

20) 이동희·문석윤, 같은 논문, 206쪽 이하 참조.

이러한 근대적 자연관이 자연주의자들에게는 어떻게 수용되고 문학적으로 반영되고 있는지를 살펴보자. 자연주의자들의 시선을 결정지은 것은 당시의 정치적-사회적 문제들만은 아니었다. 그것은 무엇보다도 현대의 자연과학적-기술적 문제들이었다. 비록 불충분하지만 자연주의 문학운동을 개념 규정한다면, 자연과학적인 방법의 문학에의 도입이라고 할 수 있을 것이다. 19세기 과학의 발달은 실로 다방면에 걸친 광범위한 것이라서 가장 간단한 개관이라도 이 자리에서는 불가능하다. 여기서는 물리학, 화학, 생물학, 의학 등 어떤 분야에 있어서든 그 발전의 성격은 근원적이었으며, 그 함축하는 의미에 있어서 대단히 광범위했었다는 점만을 이야기하는 것으로 그치겠다. 그 발견의 충격적인 성격으로 보나 사상과 문학에 대한 직접적 연관성으로 보아 한 분야만을 뽑아서 얘기한다면 생물학이 되어야 할 것이다. 19C초 라마르크는 이미 식물과 동물들이 이전에 존재한 생명체로부터 점진적인 변형에 의해 발전하는 것이라고 가정하는 진화이론에 상당히 깊이 들어가 있었고, 1859년 다윈의 『자연도태에 의한 종의 기원』의 출판과 함께 진화론은 당시의 가장 심각한 쟁점이 되었다. 이제 인간은 신의 뜻에 따라 만들어진 존재가 아니라 스스로를 동물보다 조금 더 진화한 약간 높은 차원의 생물로 바라보아야 했다. 그리고 삶 그 자체는 끊임없는 투쟁이며 그 가운데서 강자는 생존하고 약자는 소멸한다는 자연도태의 개념은 종교적 교의에 위배되는 것일 뿐만 아니라 윤리에 대한 파문이나 다름없는 것이었다. 이러한 다윈의 이론은 자연주의의 형성과 발전에 있어서 중요한 요인이 된다. 인간은 하급 동물로부터 진화한 것이며 동물의 생활에는 자연도태의 과정에 의하여 적자생존에 이르는 부단한 생존경쟁에 있다는 다윈의 주장은 자연주의자들의 인간관에 뒷받침이 된다.

하우프트만의 『해뜨기 전』이나 졸라의 『목로주점』에서는 인간이 어떤 특정한 상황에서 특히 취중이나 성적충동이나 자극의 상태에서 자신의 내부에 잠재해있는 원시적인 야수성으로 되돌아갈 수 있음을 보여주고 있다. 본능적인 충동에 의해 지배당하며 동물의 상태로 타락해 가는 인간의 모습을 통해서 진화의 과정이 전도하고 있는 모습이 그려지고 있다. 이밖에도 '원시적', '생존경쟁', '야만적', '정복하는' 등의 동물의 세계에서 추출된 이미지들이나 어휘들도 자연주의자들의 작품가운데서 종종 반복되어 나타나고 있다. 인간에 대한 이러한 이해는 대단한 분노를 불러 일으켰고 자연주의 작가들로 하여금 도처에서 비판과 공격의 대상이 되게 하였다. 자연주의자들에게 있어서 다아윈적 인간관의 영향을 이야기할 수 있는 중요한 한 예가 바로 유전의 역할에 대한 확신이다. 인간의 영역 안에서 진화의 한 변형인 유전에 대한 확신이나 유전의 법칙에 깊이 영향을 받은 흔적은 많은 자연주의 작품에서 보여진다. 『루공 마까르』 시리즈를 '한 가문의 자연적·사회적 역사'라고 한 졸라에게서, 『해뜨기 전』, 『평화제』, 『해리모피』 등의 하우프트만에게서 유전은 또한 선천적 본능과 충동이라는 이름으로 보여지기도 한다.

이 시기에는 과학적인 내용 못지 않게 관찰된 자료들의 이성적 분석을 강조하는 과학적인 방법 역시 중요하게 받아들여진다. 이러한 과학적 방법의 강조는 철학에 있어서 실증주의를 낳게 되고, 오귀스트 꽁트는 그의 『실증철학 강의』에서 "실증철학의 근본원리는 모든 현상을 일관된 자연의 법칙에 따르는 것으로 보는 것이며, 그

것의 목표는 이러한 법칙의 정확한 발견과 그 조직적 체계화이
다"21)라고 하며 과학적 방법론과 과학적 영역을 그전까지는 사변
적이었던 영역으로 전이시키고 있다. 이처럼 철학적 실증주의는 과
학적 방법을 확실한 지식에 도달하는 유일한 수단으로 받아들이며,
과학자들과 마찬가지로 우리가 관찰할 수 있고 관찰로부터 논리적
으로 추론할 수 있는 것만을 알 수 있는 것이며, 모든 현상은 인과
관계 속에 있기 때문에 우리는 이 한정된 세계 안에서 어떤 결론을
끌어낼 수 있다고 주장한다. 실증철학의 과학과의 유사성을 강조하
고 있는 것이다. 꽁트는 진화의 개념을 인간의 사고에도 적용시켜
그 성숙과정을 3단계로 보았다. 즉 신비사상을 낳은 신학적 사고는
형이상학 시대의 추상적 사고로 이어졌고 결국 과학시대의 실증적
사고에 의해 성공적으로 극복되었다고 보는 것이다.

실증주의의 인간학적 인식과 결정론이 그대로 예술이론에도 적
용되이 창작을 하는 예술가나 작가 역시 과학자와 마찬가지로 냉정
하고 비개성적으로 사물을 관찰하고 기록해야 한다는 신념이 중요
하게 작용하였다. 에밀 졸라는 그의 『실험소설론』에서 실험가가 실
험실에서 여러 가지 조건들 가운데서 일어나는 반응을 객관적으로
기술하는 것처럼 작가의 사명은 인간의 행동을 결정지을 수 있는
요소들과 이에 반응하는 인간의 행동을 묘사하는 데 있다고 하며,
예술작품은 어떤 하나의 기질을 통해서 보여진 자연의 일부라고 규
정한다. 졸라의 이러한 자연주의 예술이론을 독일의 대표적 자연주
의 이론가인 아르노 홀츠는 그의 『예술, 그 본질과 그 법칙들』

---

21) A. Comte, *Cours de philosophie positive*, 2. Aufl., Paris 1864, S. 16.

(1892)이란 글에서 더욱 철저하게 이끌고 간다. 즉 그는 "예술은 다시 자연으로 되는 경향을 띤다. 예술은 그 각각의 재현 조건들과 처리방식에 따라서 자연으로 된다."[22]라고 주장한다. 이를 공식으로 표현하면 예술=자연-X로 표현되며, 이 경우 예술가의 주관성과 예술적 수단의 불완전성을 의미하는 X라는 요인은 현실과 모사상의 편차를 없애기 위해 가능한 줄여야 한다는 것이다. 이것은 문학활동에 있어서 과학과 유사한 현실관찰 및 현실의 제반현상들과 가능한한 일치하는 묘사를 꾀해야 한다는 요구이며 문학적 기법을 위한 최상의 과제는 정확한 현실파악이라는 말로 표현된다.

과학적 사고와 방법은 이처럼 철학, 사회학, 심리학, 문학 등 거의 모든 분야의 사상이나 연구방법에 곧 적용되었으며 이와 같은 방식으로 인간도 철저히 중립적 입장에서 관찰과 묘사와 분석의 대상이 되었다. 인간의 행동은 마치 기계의 동작처럼 이해되었고 거의 도덕적 판단에 지배받지 않게 되었다. 프랑스의 실증주의 사회학자인 아폴리트 테인느는 자연과학에서와 마찬가지로 인간과 인간을 둘러싼 사회본질의 문제를 파악하는데도 경험적 연구에 바탕을 두는 자연과학적 인식을 요구하였다. 그는 개인과 사회의 행동 속에서도 특정한 합법칙성과 예언 가능한 원인과 결과를 파악하려고 하였으며 인간의 행동을 유전 race, 환경 milieu 그리고 순간적·시대적 압력 moment의 산물로 이해한다.

인간이 유전과 환경의 영향과 순간의 압력에 의하여 결정되는 하

---

22) A. Holz, Die Kunst. Ihr Wesen und ihre Gesetze, Berlin 1891, in: Manfred Brauneck u. Christine Müller(Hg.), *Naturalismus. Manifeste und Dokumente zur deutschen Literatur 1880-1900*, Stuttgart 1987, S. 140-151, hier S. 149.

나의 동물에 지나지 않는다는 생각은 곧 자연주의자들의 인간관의 바탕이 되며, 이것은 인간으로부터 모든 자유의지와 그의 행동에 대한 책임의식을 앗아가는 것이었다. 왜냐하면 인간의 행동은 외부적인 힘과 외부적 환경의 필연적인 결과일 따름이기 때문이다. 자연주의 문학에서의 죄와 죄의식의 문제와 관련해서 스트린트베리는 그의 자연주의 작품『율리양』서문에서 "죄와 신을 자연주의자들은 세상에서 몰아내었다"고 말하고 있다. 자연주의자들에게 있어서 인간은 도덕적이고 자유의지에 따라 행동할 수 있는 것이 아니라 대부분이 환경, 유전 그리고 순간적인 압력의 강요에 의해 행동할 수밖에 없는 존재이기 때문에 그 자신의 행동에 책임을 질 수 없다고 보는 것이다. 따라서 자연주의에서 인간들의 개인적인 행위는 옳고 그름의 영역 밖에 있는 것이고 따라서 죄라는 것도 개인적인 문제로 인식되지 않는 것이다. 자연과학에 바탕을 둔 근대철학에 의해 획득된 인간의 자유의지는 과학적 분석방법과 내용을 정신적, 예술적 영역에서까지 더욱 철저하게 이끌고 갈 것을 요구한 자연주의에 이르러 오히려 상실된다.

자연주의자들이 '도덕불감증'이란 점으로 도처에서 공격을 받게 되는 것은 이처럼 그 시대의 과학적 방법을 윤리적 영역까지 연장시킨 데서 비롯된 것이다. 또한 수많은 비평가들로부터 예술과 과학과의 혼동을 뜻하는 '자연주의적 오류'라고 비난받는 것 역시 자연주의자들이 과학에 어느 정도로 지나치게, 때로는 소박한 열정에 사로잡혀 있었는지를 잘 보여주고 있다. 이처럼 자연주의는 그 방법에 있어서나 내용에 있어서 그 시대의 과학적 발견의 자극에 대응하여 일어난 것이었으며 그 성격에 있어서 과학적이며 합리적이었고 예술에 대하여 적대적인 것으로까지 간주될 정도로 반심미적, 반낭만적이었다. 우리는 예술이란 근본적으로 외적 진실의 모사적·객관적 재현이라는 사실주의와 자연주의자들의 기본입장에서 자연주의는 바로 이러한 모사적 사실주의의 일반적 경향에서 자라난 것이며 그들이 왜 예술적·문학적 소재로서 가까운 주변의 범상한 것들을 선택하게 되었는가를 이해할 수 있을 것이다. 그러나 사실주의와 비교해서 자연주의가 보다 충격적인 소재와 세속적인 어휘, 보다 강력한 슬로건과 정밀한 세부묘사를 선택했다는 것만으로는 그 특성을 설명할 수 없다. 즉 사실주의의 중립적 태도에 특수한 인간관을 부과하는 것이 자연주의의 근본을 이루는 보다 큰 차이점이며 특성이라고 하겠다.

[참고문헌]

강영안, 「쉘링의 자연개념」, 계명대학교 철학연구소 편, 『인간과 자연』, 서광사, 1995, 125-143쪽.

강영안, 『자연과 자유 사이』, 문예출판사, 1998.

손효주, 「아리스토텔레스에 있어서 예술과 자연」, 한국미학예술학회 편, 『예술과 자연』, 미술문화 1997, 9-25쪽.

송영배, 「유기체적 자연관과 동서철학 융합의 가능성」, 철학연구회 편집: 동서철학의 융합총서, 송영배 외, 『인간과 자연』, 철학과 현실사, 1998, 15-29쪽.

이동희·문석윤, 「동서철학에서 자연과 역사의 의미 -자연과의 대립을 통해서 본 역사의식의 문제」, 철학연구회 편집: 동서철학의 융합총서, 송영배 외, 『인간과 자연』, 철학과 현실사, 1998, 197-247쪽.

한자경, 「칸트에서의 자연과 인간」, 계명대학교 철학연구소 편, 『인간과 자연』, 서광사, 1995, 109-124쪽.

Holz, A. Die Kunst. Ihr Wesen und ihre Gesetze, Berlin 1891, in: Manfred Brauneck u. Christine Müller(Hg.), *Naturalismus, Manifeste und Dokumente zur deutschen Literatur 1880-1900*, Stuttgart 1987, S. 140-151

Oiserman, T. T. (Hg.) *Geschichte der Dialektik*, Berlin: Dietz 1980, Bd. II: Die Klassische Deutsche Philosophie

Peters, F. E. *Greek Philosophical Terms*, New York Univ. Press, New York 1967

Ritter, J./Gründer, K. (Hg.) *Historisches Wörterbuch der Philosophie*, Bd. 6., Dramstadt 1984

Sandkühler, H. J. (Hg.) *Europäische Enzyklopädie zu Philosophie und Wissenschaften*, Bd. 3, Hamburg 1990

Schelling, F. W. J. *Einleitung zu dem Entwurf eines Systems der Naturphilosophie*, 1/3, S. 271-273, in: K. F. A. Schelling (Hg.), *F. W. J. v. Schellings Sämtliche Werke*, Bd. 1., Stuttgart/Augsburg: J. J. Cotta 1856-61

프랑스 낭만주의에서의 자연

-선구자 장-자끄 루소와 자연-

　18세기 후반 프랑스 문학의 중요한 큰 흐름은 감수성의 진화와 자연관의 변화라 할 수 있다. 자연 자체의 역동적이고 유기적인 성질을 인식하였고 이러한 자율적인 존재인 자연이라는 대상을 새롭게 맞이하여 시각적으로 재발견하였고 또한 감정에 의해 새롭게 보게 되었던 것이다. 그리하여 자연의 객관적 묘사 대신에 감성이 개입되고 또한 자아가 투영된 자연의 주관적 발견은 자아의 해방과 개인적 감정 표출의 표현인 낭만주의 문학으로 이어지게 된다. 여기에 인간존재의 심층에서 울려나오는 본능의 순수한 소리에 귀기울이며 문명에 때묻지 않은 '자연에의 복귀'를 주장한 루소(Jean-Jacques Rousseau)에게서 우리는 낭만주의 문학의 선구자의 모습을 발견하게 된다. 심정과 원초적 순수에 대한 깊은 향수를 담아낸 그의 문학은, 새로운 감수성을 표현하였고 자연을 작품 속에 처음으로 진지하게 끌어들이면서, 프랑스 전기 낭만주의의 본질적인 여러 면모를 보여주며 몽상적 낭만주의 문학을 꽃피우는데 가장 중요한 영향을 미쳤다.

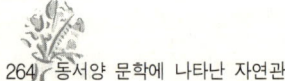

1. 자연에 대한 개념의 변화[1]

자연은 인간이 감정적으로 또는 미학적으로 관찰하는 우주의 한 부분이다. 이러한 자연은 미적인 감정을 불러일으키고 자연의 색깔, 형태, 조화로움, 장엄함, 가꾸어진 또는 원시적인 정경을 통해서 인간들은 자연의 아름다움을 인식한다.

자연과 인간의 유기적 관계를 반영하는 자연관에 의하여 자연 속에서 인간을 보고, 인간 속에서 자연을 보는, 그래서 인간과 자연이 상호 조화로운 관계 속에 있다고 인식하는 동양의 자연관과는 달리, 서양 문화권에서는 인간과 자연을 분리시켜서 자연을 인간의 정복 대상으로 삼는다고 우리들은 일반적으로 인식하고 있다. 대립적 자연관이라고 인식되어온 서양의 자연관은 중세 그리스도세계이후에 형성되었다.

자연이란 "그 자체 안에 운동의 원리를 가진 것"이라고 정의 내리는 아리스토텔레스 이래로 그리스의 자연관은 자연이 인간에게 대하여 대립하는 것이 아니고 인간과 동질적으로 조화하고 신조차도 자연에 내재한다고 여기는 일종의 범 자연주의적인 것이었다.

중세에는 인간도 자연과 마찬가지로 신의 피조물로 보았기 때문에 초월적인 신과 인간과 자연의 관계는 계층적 관계로 정립되었다.

르네상스 시대에 이르러 그리스 사상과 기독교가 종합을 이루어 삼라만상의 창조자인 신의 존재를 의식하고 자연의 조화로움을 찬탄하게 되었다. 아름다운 자연과 함께 그 창조자인 신의 지혜와 섭

---

1) cf. Alain Lewi, *Le Sentiment de la nature chez les écrivains romantiques*, Paris, Pierre Bordas et fils, 1992, p.p.3-6.

리를 문학작품 속에서 표현하였다.

17세기에 이르러서는 중세 이후의 자연관, 즉 신과 인간과 자연의 계층적 관계 정립으로 인간과 자연의 관계도 서로 독립적으로 존재하게 된다. 인간도 이제는 자연의 일부가 아니고, 신의 피조물인 자연은 인간의 유추를 허용치 않는 독립적인 존재가 된다. 이렇게 객관화된 자연은 모든 인간적인 요소가 제거되고 오직 기하학적 연장(延長)으로서 이해 될 뿐이다. 그리하여 오로지 크기, 형태, 운동 등의 자연 자체의 요소를 밖에서 실험적 조작을 가하여 과학적으로 분석하려는 근대의 '기계론적 자연관'이 나타난다.

프랑스의 18세기에 자연에 관하여 두 견해가 있었다. 하나는 백과전서파들의 견해이고, 또 다른 하나는 변화무쌍한 세상에서 그들의 정체성, 평화, 행복을 찾기 위하여 자연과 교감하고자 하는 감수성이 예민한 사람들의 견해이다. 데까르뜨의 합리주의 철학의 계승자인 볼떼르, 디드로 등 계몽주의 철학자들에게 있어서는, 우리를 둘러싸고 있는 물질계로 한정된 자연은 조사의 대상, 묘사의 대상, 연구의 대상이다. 이성을 그들 작업의 도구로 삼는 과학자의 시각으로 그들은 이 세상을 탐색하고 관찰하여 세상의 비밀들, 그 메카니즘을 찾아내고자 한다. 계몽주의 철학자들이 추구하는 이성의 문화를 배척하고 자연으로 돌아가야 한다고 주장하는 루소에게 있어서의 자연의 의미는, 자연의 순수함, 부패하지 않은 것, 진보된 자연인의 선량한 마음이다. 불완전한 세상에서 그들 존재 조건에 만족하지 못하고 고통스러워하는 루소, 베르나르 드 쌩-삐에르(Bernard de Saint-Pierre) 등의 작가들은 잃어버린 낙원의 신비로움을 되찾고자 했다. 이 행복한 '황금시대(âge d'or)'에는 사람들이 조화를 이루며 살았었다는 이러한 생각은 계몽철학자들의 진보사상에는 물론 반대되는 생각이다.

자연에 대한 감수성의 변화를 최초로 표현했던 루소는『줄리 또는 신 엘로이즈(*Julie ou La Nouvelle Héloïse)*』의 볼마르 씨(Monsieur de Wolmar)를 통해 그의 자연사상을 전개시킨다. 문명에 의해 다듬어지지 않은 자연 그대로의 아름다움을 존중하는 볼마르 씨는 아름다운 자연의 모습 속에서 창조자인 신의 모습을 보지 않고 자연 그 자체에 우주의 존재 이유를 두기를 원한다. 인간 본성의 선함을 믿지만, 그가 원하는 자연적인 삶이란 것은 야만의 상태로 회귀하는 것이 아니라 이성적 사색을 통하여 태초의 '황금시대'의 행복을 재현할 수 있다고 믿었다.2) 이렇게 18세기에 이르러서야 자연을 장엄함이 깃든 낙원으로 인식하는 루소에 의해서 자연의 정경이 문학적 감수성의 영역에 들어오게 된다. 그리하여 낭만주의자들에게 있어서 자연은 인격적인 주체가 되고 인간의 윤리적 및 심미적 정서의 근원이 되었다.

2-1. 새로운 감수성

프랑스의 18세기는 볼떼르, 디드로 등 17세기의 뒤를 잇는 이성 존중의 문학의 흐름과 루소, 베르나르 드 쌩-삐에르 등의 감성우위

---

2) Roger Payot, *L'essence et temporalité chez J-J. Rousseau* : thèse présentée devant l'université de Paris Ⅳ, 1972 Lille : Service de reproduction des thèses, l'Université de Lille Ⅲ, 1973, p. 195 : "이성의 발전이 인간을 비자연적으로 만들었지만, 동시에 그 순화작용을 통해 인간이 극도로 변질되어지는 것을 진정시키며, 자연과 다시 융화시켜서, 사회속에서 인간이 당면한 위험들을 제한하며, 감소시킨다."

를 내세우는 문학의 흐름이 공존하는 시대이다. 18세기 초반에는 이성존중의 문학이 주류를 이루어, 외부세계는 물론 인간 내부의 복잡한 구조도 이성의 빛으로 파악할 수 있고, 모든 사회적·정치적 부조리도 역시 계몽의 빛으로 제거할 수 있다고 생각했다. 다시 말하면, 이성을 바탕으로 한 고전주의의 절도와 규범의 문학을 배경으로 삼았던 프랑스 문화는 17세기, 18세기를 통해서 유럽에서 발달한 문화의 중심의 역할을 담당했던 것이다. 보편적 이성과 기하학적 과학 정신을 바탕으로 하여 이성의 빛으로 인간의 행복을 실현할 수 있다고 믿었지만, 이러한 고전주의 문화전통은 점차적으로 그 생경함을 극복하지 못하고 새로운 문학을 요구하는 일반 독자들의 의식을 표현하지 못하여 탄력성을 잃게 되었다.[3]

문학적인 취향의 변천에 따르는 새로운 감수성으로 낭만주의의 본질적인 여러 면모를 문학적으로 처음으로 표현했던 루소에게서 우리는 낭만주의 선구자로서의 모습을 본다. 18세기 후반기에 나타난 감수성의 변천은 "아마도 한 문명의 노쇠에서 오는 하나의 자연스러운 결과라 할 수 있는 것으로서, 무뚝뚝함으로부터 감수성으로 가고, 힘겹게 이성의 권리를 획득한 후에 자유롭게 표현하는 감정의 권리를 허용하며 그리고 혼돈에서 탈피하도록 하였던 모든 규율들을 감수한 후에 정열의 무질서를 기꺼이 받아들이고, 또한 오랫동안 개인주의의 위험성만을 본 후에 사회적인 질서의 경직을 감지하며, 인간의 본질에 악영향을 주는 하나의 교리를 더는 믿으려고 하지 아니하는, 그리고 문학 분야에 있어서는 사고의 고달픈 노예

---

3) Voir, Paul Van Tieghem, *Le romantisme dans la littérature européenne*, Paris, Albin Michel, 1969(1948), pp.47-68.

노릇을 한 후에 댓가가 필요 없는 표현의 사치를 즐기려고 하는데 기인한다."[4]

"자연으로 돌아가라(Retour à la nature)"로 일반인들에게 잘 알려진 루소는 감성의 존중과 자연에로의 감정이입의 풍조를 프랑스 문학에 일게 하였다. 볼떼르가 도덕적 향상과 행복의 조건이 되는 물질적 발전과 풍요로움을 예찬하던 때에, 또한 계몽주의 철학자들이 과학문명에 대한 절대적 믿음을 갖고 있던 이 '광명의 세기(Siècle des lumières)'에 루소는 "과학과 문명은 인간의 도덕적 양심을 무너뜨렸으며, 인간의 최고 가치는 과학과 이성이 아니며, 인간의 행복은 '소박한 생활(la vie simple)'에 있다"[5]고 주장했다. 독창적인 산문으로 된 일대 서정시라고 할 수 있는 그의 모든 작품은 사상이나 철학으로서보다는 문학으로서의 감동과 감수성을 지닌 표현이었으며 영혼의 원초적인 숨겨진 부분들을 밝혀내어 동시대 사람들의 감수성을 잘 표현하였다. 인간이 진정으로 행복해 질 수 있는 것은 인간사이의 교감을 이루고, 느끼는 것이 추리하는 것 보

---

4) Philippe Van Tieghem, *Le romantisme français,* Paris, P.U.F., 1989(1944), coll. "Que sais-je", p.7 : "cette évolution (l'évolution de la sensibilité) est, sans doute, une conséquence normale du vieillissement d'une civilisation qui passe de la dureté à la sensibilité, qui, ayant conquis de haute lutte les droits de la raison, laisse ceux du coeur libres de s'exprimer, et, ayant subi toutes les disciplines qui l'ont fait sortir du chaos, accepte avec ravissement le désordre des passions, aperçoit la dureté de l'ordre social après n'avoir vu longtemps que le danger de l'individualisme, ne veut plus croire à un dogme qui fait du mal l'essentiel de l'homme, et, dans le domaine llittéraire, se complaît au luxe gratuit de l'expression après n'en avoir fait que l'austère esclave de la pensée."

5) Jean-Jacques Rousseau, *Discours sur les sciences et les arts,* Oeuvres Complètes, Paris, Gallimard, coll. "Bibliothèque de la Pléiade", 1981(1959), III.

다 더 소중하다고 생각하게 되었다. 이렇게 감성과 상상력의 중요
성이 인식되면서 감정의 권리가 자유롭게 표명되는 감성우위의 문
학이 자리잡게 된 것이다.

이렇게 고전주의 이념에서 감성우위의 문학으로 이행하면서 사
람들은 그들의 내적인 기분과 외계의 영상 사이에 감정적인 관계를
세우게 되었다. 그리하여 추리력, 사고력을 바탕으로 한 관념적 경
향이 줄어들고 감동적인 시적 영역이 넓혀져 가는 것을 볼 수 있다.
당시의 사회 속에 무엇으로도 채워지지 않는 어떤 공허로움, 우울
한 허탈의 징후가 있었다. 또한 무한한 것에 대한 갈망, 무엇인가에
대한 정열적인 열광, 거기에서 오는 영문모를 불안, 초조 등의 새로
운 마음의 상태를 느낄 수 있었다.

인간을 이성보다 더 강하게 움직이는 인간의 내면 깊은 곳의 본
능의 순수한 소리를 듣고 자연에 귀를 기울이라고 주장한 루소에게
서 우리는 이러한 새로운 마음의 상태를 읽을 수 있다 : "어느 무엇
으로도 채워 줄 수 없는 설명 안되는 공허함과 하나의 다른 종류의
쾌락에로 달리는 마음의 갈망을 내 속에서 발견했습니다. 그 쾌락
이 어떤 것인가에 대한 구체적인 생각은 없으나 그것이 필요하다는
것을 느꼈던 것입니다."6)

문명의 전반적인 변천 가운데 정치, 사회, 경제적 차원의 여건들
에 따라 이러한 감성의 일렁임이 생겨나 감성과 상상력이 중요하게

---

6) "Je trouvais en moi un vide inexplicable que rien n'aurait pu remplir, un
certain élancement du coeur vers une autre sorte de jouissance, dont je
n'avais pas d'idée et dont pourtant je sentais besoin.", dans une lettre, 12, 1,
1762.

인식되면서 외국 문학 특히 영문학과 독일 문학의 영향이 그 중요성을 더 증가시키게 된다. 프랑스에서 수입되었기 때문에 좀더 쉽게 고전주의의 멍에를 벗어날 수 있었던 영국과 독일문학은 더 자유롭고 진실하며 감수성에 더욱 가까운 문학의 전형적인 본보기로서 제시되었다.[7]

셰익스피어의 작품, 리챠드슨 등의 작품들이 프랑스에 소개되었고, 이 영문학은 아직도 고전주의 문학 이념에 의한 이성과 균형의 프랑스 문학에 자연과 정열, 가정 생활의 소박한 아름다움과 감동, 문명이전의 자연스러움 등을 표현한 절호의 양식을 보여주었다. 또한 영국의 호반파시인인 코올리지(Coleridge), 워즈워드(Wordsworth) 등의 자연을 사랑하고 자세히 묘사한 시들이 프랑스에 소개되어, 자연과 명상을 좋아하고 이러한 새로운 마음의 상태를 그것에 알맞은 표현을 구하고 모색하는 프랑스문학에 깊은 영향을 미쳤다.

독일 문학에서는 쉴러(Schiller), 괴테(Goethe), 그리고 티크(Tieck), 슐레겔(Schelgel) 등의 독일 낭만파의 작품들은 독일 문학을 오랜 프랑스의 영향에서 해방하였다. 과거에의 매혹, 자연적인 것과 순박한 것에 대한 숭상, 시적 표현에 있어서의 음악성과 자연 발생적 성격 등을 담아낸 이들 작가들의 작품들이 새로운 문학 형태의 훌륭한 본보기가 되었다.

2-2. 자연의 발견

막연한 정열들로 인해 고통스러워하며 모든 것을 운명에 맡기고

---

7) Philippe Van Tieghem, *Le romantisme français,* pp.5-6.

자신의 의지에는 아무것도 기대할 수 없는 사람들은 무한을 동경하고 명상만으로 만족하는 완전자유를 향유하면서 감미로운 우수에 빠져들게 되었다. 이렇게 환멸과 암담함 속에서 모험을 하며 헤메이던 우수에 찬 영혼이 안식처를 발견하는 곳이 바로 자연에서이다. 감수성이 풍부한 가슴으로 자연을 다시 발견하고 그 자연을 묘사하고 자연이 주는 직접적인 인상을 찾아내게 되었다. 그들은 정서라는 내면적 영역에 있어서 뿐만 아니라, 외면세계에 있어서도 자연스러운 것과 자연 발생적인 것을 추구했다. 그리하여 자연과 소박한 원시 사회에 대해 관심을 갖게 되었다.[8]

루소는 감정의 권리를 자각시켜 주었고, 그와 더불어 자연관은 바뀌어졌다. 데까르뜨를 비롯한 17세기 합리주의자들은 이 세계를 하느님이 창조한 하나의 기계로 보았으며, 그 기계는 어떤 정해진 원리에 따라 기능을 발휘하고 있다고 생각했다. 이성과 지성의 소유자인 인간이 자연이라고 하는 야만적 객체를 정돈하고 다듬고 길들이고 있었던 것이다. 그렇지만 루소에게 있어서 자연은 인간자신

---

8) cf. Paul Van Tieghem, *Le romantisme dans la littérature européenne,* p.65 :"Rêve d'une retraite délicieuse au fond des campagnes ; recherche d'une solitude pensive et parfois ombrageuse ; prédilection des âmes que troublent les <<orages du coeur>> pour les sites sauvages ou violemment contrastés, pour les <<paysages romantiques>> ; amour de la nature qui va chez certains Allemands jusqu'à une passion frénétique et exclusive ; besoin de se réfugier en elle comme auprès d'une amie, d'une consolatrice, d'une mère ; impression que non seulement elle s'harmonise avec les sentiments de l'homme, mais qu'elle agit sur eux ; méditations sur sa vie éternelle et ses perpétuelles transformations ; admiration pieuse qui de la création s'élève au Créateur : tels sont les principaux de ces sentiments, qui comportent chacun des nuances diverses. Sur bien des points de ce vaste domaine, les romantiques n'ont pas dépassé leurs devanciers immédiats."

과 마찬가지로 다양한 정감이 넘쳐흐르고 늘 생성 유전하는 것으로, 이러한 자연의 역동적, 유기적인 본질을 인식케 하였던 것이다. 고전주의 문학작품 속에서 자연은 하나의 배경에 불과했었기 때문에 이처럼 외적 자연미를 감각적인 차원의 관찰의 대상으로 삼았던 것은 큰 변화였다. 루소의 "자연으로의 회귀"는 외면 세계에 대한 전혀 다른 개념을 의미한다. 즉 기계론적 자연관으로부터 유기적 자연관으로의 근본적인 변화였다고 볼 수 있다.

프랑스 고전주의 문화의 극치라고 할 수 있는 베르사이유 궁전으로 대표되는 프랑스식 정원의 예는 자연을 길들여야 하는 야만적 대상으로 인식한 예라 할 수 있다. 나무와 풀 한 포기도 그냥 놔두지 않고 균형 있는 기하학적 선에 의해 다듬고 대칭적인 화단과 곧은 통로로 깔끔히 정돈한 형식적인 프랑스식 정원은 우주의 주체인 인간의 자연에 대한 통제를 뜻하는 인간중심사상을 말하는 고전주의 미학의 정수를 이루고 있나. 그린데, 18세기 중엽에 이르러 인공적으로 가꾸지 않은 영국식 조경술이 관심을 끌기 시작했다는 사실은 자연에 대한 의식 태도의 변화가 일어났다는 징후이다. 루소는 쌩-프뢰(Saint-Preux)의 말을 빌려 "자연을 망가뜨리기 위해 엄청난 돈을 소비하는"[9] 프랑스식 정원을 비난했다. 프랑스식 정원의 "기하학의 기만"에 대해서 뿐만 아니라 동시에 영국식 정원의 "무질서한 기만"에 대해서도 비판했다.

감수성의 진화로 인해 생긴 공상과 상상력의 작용으로 미지의 다

---

9) Jean-Jacques Rousseau, *Julie ou La Nouvelle Héloïse*, lettreXI , 4e partie, Paris, Garnier Flammarion, 1967, p.360 :"[…] un architecte chèrement payé pour gâter la nature."

른 세계에 대한 동경을 하게 되었고 그에 비해 자신이 처해있는 유한적 지상에서 느끼는 일종의 우수의 감정에 의해 자연이라는 대상을 새롭게 맞이하게 되었다. 이렇게 18세기를 통하여 프랑스 문학은 자유로운 감정토로와 자연애호라는 두 가지 경향으로 증대되었다.

3. 낭만주의에서의 자연

분석적인 이성과 절도의 고전주의 문학을 벗어나서 감성과 영감을 기조로한 문학을 주창하게 된 새로운 감수성의 작가들은 감정과 상상력에 토대를 둔 새로운 미학을 추구하였다. 이러한 새로운 정서에 알맞은 표현을 구하고 모색하려는 경향은 루소에게서 시작되어 스딸부인(Madame de Staël)과 샤또브리앙(Châteaubriand)을 거쳐 낭만주의에 이른다.

인간의 규제의 대상으로만 간주되어 오던 자연이 자율적인 존재로 인식되었다. 자연에는 역동적이고 유기적인 성질이 있으며 다양한 자연 자체의 변화무쌍한 삶이 있다는 새로운 인식을 하게 되었다. 감수성이 개입되어 객관적인 자연 묘사가 자연에 대한 주관적인 느낌으로 바뀌게 된 것이다. 그래서 우리는 자연과 혼연일체가 되어 자연과의 교감을 이루는 낭만주의 작가들을 만날 수 있게 되었다.

문학 작품에 나타난 자연에 대한 이해는 시대를 따라 변한다. 낭만주의 작가들에게 있어서 자연은 세 가지 모습을 띤다.

1. 문명에 대한 은신처

2. 신의 위대함의 표현

3. 감수성의 거울

1) 문명에 대한 은신처로서의 자연

낭만주의 작가들은 문명에 의한 인간적인 활동의 흔적을 찾아볼 수 없는 미개의 원시적인 경치를 애호한다. 원시적인 자연이 문명사회의 가혹함과 어리석음에 고통받는 감수성이 예민한 영혼에 은신처를 제공해 준다는 생각은 루소로부터 적극적으로 표현되었다.

마음의 평화를 되찾고 자기 자신을 되찾을 수 있게 해주는 보호된 공간인 이 자연은 모든 형태의 위안처, 은신처를 제공해 준다. 루소는 인간들의 교활함으로부터 벗어나기 위해, 또한 문명사회로부터 느끼는 고통에 위안을 받기 위해서는 자연으로 돌아가 '자연상태(l'état de nature)'에서 단순한 삶을 누리도록 권유한다.

『인간 불평등 기원론(Discours sur l'origine et les fondements de l'inégalité parmi les hommes)』에서 루소는, 인간성은 원래 선한 것이며, 자연 그대로의 상태, 즉 '최초의 사회 상태'[10]에 있어서는 모든 인간이 평등하게 자연의 복지를 누리고 있었는데, 소유의 개념이 생겨 오늘날의 불평등을 야기시켰고 불평등 때문에 시기와

---

10) Jean-Jacques Rousseau, *Discours sur l'Origine de l'Inégalité,* Oeuvres Complètes, III, p.143-144 : "Ses désirs ne passent point ses besoins physiques... Son imagination ne lui peint rien ; son coeur ne lui demande rien. Ses modiques besoins se trouvent si aisément sous sa main, et il est si loin du degré de connaissances nécessaire pour désirer d'en acquérir de plus grandes, qu'il ne peut avoir ni prévoyance, ni curiosité... Son âme, que rien n'agite, se livre au seul sentiment de son existence actuelle."

타락이 생겨난다고 했다. 이렇게 문명이 인간을 부패시켰으며, 원시적 행복을 파괴하였다고 생각했다.11) 여기에서 루소는 '문명인(l'homme de l'homme)'과 '자연인(l'homme naturel)'을 비교함으로써 소위 말하는 문명적 발전 속에서 인간의 비참함의 근본원인을 밝혀 내고자 하였다. 사회 집단을 이루고 살게되면서 인간들은 '비교'를 하게되어 선호의 감정, 사랑의 감정과 시기, 질투의 감정도 생기게 된다. 모든 악의 뿌리는 바로 이런 '사회생활(la vie sociale)'에 있다고 생각하는 루소는 '자연상태'에서 누릴 수 있는 원시적인 소박한 삶을 제시했다 : "Tant que les hommes gardèrent leur premier innocence, il n'eurent pas besoin d'autre guide que la voie de la nature."12)

루소는 원래 '인성(la nature humaine)'은 선하고 곧다고 믿었지만, 외부적 제약에 의해 왜곡되고 '잘못된 사회성(mauvaise

---

11) cf. Jean Starobinski, *Jean-Jacques Rousseau. La transparence et l'obstacle*, Paris, Gallimard, 1971, p.39-40.

12) cf. Jean-Jacques Rousseau, *Les Confessions, Oeuvres Complètes*, I, Livre Huitième, p.388-389 : 루소는 『인간 불평등 기원론』에 대한 대답으로서 다음과 같이 제시했다 :"Enfoncé dans la forêt, j'y cherchais, j'y trouvais l'image des premiers temps, dont je traçais fièrement l'histoire ; je faisais main basse sur les petits mensonges des hommes ; j'osais dévoiler à un leur nature, suivre le progrès du temps et des choses qui l'ont défigurée, et, comparant l'homme de l'homme avec l'homme naturel, leur montrer dans son perfectionnement prétendu la véritable source de ses misères. Mon âme, exaltée par ces contemplations sublimes, s'élevait auprès de la divinité ; et, voyant de là mes semblables suivre, dans l'aveugle route de leurs préjugés, celle de leurs erreurs, de leurs malheurs, de leurs crimes, je leur criais d'une faible voix qu'ils ne pouvaient entendre : Insensés qui vous plaignez sans cesse de la nature, apprenez que tous vos maux viennent de vous."

sociabilité)'에 의해 변질되고 위선으로 가득찬 사회의 야만성에 상
처를 입게 된다고 했다 : "인간의 모든 자연적 움직임은 가능한 인
간의 행복과 존속을 지향한다. 그러나 진정한 목표에서 벗어나게
하는 수많은 장애물에 의해 꺾여지고, 어긋난 방향으로 나아가게
된다."13) '자연으로의 회귀'는 문명세계에 저항하고 본래 선하고 곧
은 인간의 자연적 성향(la nature humaine)에 따라 사는 것이고, 자
연의 경치와 감정을 연결시켜주는 교감으로 잃어버린 최초의 조화
의 세계로 되돌아 갈 수 있도록 해준다.

2) 신의 위대함의 표현으로서의 자연

라마르띤느(Lamartine), 샤또브리앙의 작품에서, 자연 경관의 장
엄함은 신의 위력을 나타낸다. 위고(Hugo)는 자연 숭배의 성격을
띤 범신론과 멀지 않은 자연관을 가지고 있다. 왜냐하면 그에게 있
어서 자연은 신의 반영이라기보다는 신 그 자체로 인식하는 경향이

---

13) Jean-Jacques Rousseau, *Rousseau juge de Jean-Jacques,* Oeuvres
Complètes, I, p.668-669 : "Tous les prémiers mouvemens de la nature sont
bons et droits. Ils tendent le plus directement qu'il est possible à notre
conservation et à notre bonheur : mais bientôt manquant de force pour suivre
à travers tant de resistance leur prémiére direction, ils se laissent défléchir
par mille obstacles qui les détournant du vrai but leur font prendre des routes
obliques où l'homme oublie sa prémiére destination. L'erreur du jugement, la
force dès préjugés aident beaucoup à nous faire prendre ainsi le change ;
mais cet effet vient principalement de la foiblesse de l'ame qui, suivant
mollement l'impulsion de la nature, se détourne au choc d'un obstacle comme
une boule prend l'angle de réflexion ; au lieu que celle qui suit plus
vigoureusement sa course ne se détourne point, mais comme un boulet de
canon, force l'obstacle ou s'amortit et tombe à sa rencontre."

있기 때문이다. 이 때 자연 경관은 우주의 양상을 띠게된다.

루소에게서 '자연'은 무한한 존재 즉, 창조주, 우주의 섭리로서의 자연이다. 자연 종교, 감정 종교의 주창자인 루소는 "나는 신을 그의 작품들내의 도처에서 감지한다. 나는 그를 나의 내부에서 느끼며, 나의 주변 모든 곳에서 본다. 그러나 내가 그 자신에 대해 성찰하고자 하자마자, 그가 어디에 있는지, 그가 무엇인지, 그의 실체는 무엇인지를 찾아내고자 하자마자 나는 그를 놓쳐버린다"[14]라고 말한다. 루소는 자연의 신비를 18세기 유럽전역에 만연한"과학적 이성(lumière naturelle)"[15]으로 설명하려 하지 않고 감성적 이성(raison sensitive)으로 이해하려했다. 신의 존재, 신의 섭리, 자연의 신비 등은 인식론적 토론의 대상이 될 수 없고,"아름다운 자연의 창조주를 찬양하는 것은 감성적 마음의 종교적 감동"[16]으로 자연을 통해 느낄 수 있을 뿐이다. 신의 존재는"이성이 도달할 수 없는 영역으로 우리를 인도할 수 있는 내적 감정(sentiment intérieur)"[17]에 의해 인지할 수 있기 때문에 인간의 지적능력만으로는 신의 섭리를 이해할 수 없다. 신이라는 존재의 확증은 감정에 의한 내적인

---

14) Jean-Jacques Rousseau, *Émile*, Paris, Larousse, 1999, p.224 : "J'aperçois Dieu partout dans ses oeuvres; je le sens en moi, je le vois tout autour de moi; mais sitôt que je veux le contempler en lui-même, sitôt que je veux chercher où il est, ce qu'il est, quelle est sa substance, il m'échappe et mon esprit troublé n'aperçoit plus rien."

15) Jean Ehrard, *L'idée de nature en France dans la première moitié du XVIII siècle*, Genève-Paris, Slatkine, p.63.

16) Henri Gouhier, *Des méditations métaphysiques de Rousseau,* Paris, Librairie philosophique J. Vrin, 1970, p.401.

17) Robert Derathé, *Le rationalisme de Jean-Jacques Rousseau,* Paris, P.U.F., 1948, p.64.

증명인 것이다. 단지 인간의 손길이 닿지 않은 거대한 대자연의 웅
장함과 그 아름다움 그리고 그 사물들의 오묘한 질서를 경탄하면서
무한한 능력의 신의 존재를 발견하게 된다.18)

3) 감수성의 거울로서의 자연

감수성이 풍부한 내적인 인간과 억압하는 사회 사이에서 불확실
함에서 오는 불안감과 우수에서 오는 감미로움이 안식처를 발견하
는 곳은 자연에서이다. 그리하여 새로운 감수성으로 자연을 다시 발
견하게 되고 새롭게 묘사하게 된다. 자율적인 존재로서의 자연은 그
것을 바라보는 개인의 심정과 동화되어 교감을 이루게 된다. 프랑스
에서뿐만 아니라 전 유럽에 걸쳐서 루소의 『줄리 또는 신 엘로이
즈』의 풍경묘사는 감동을 불러 일으켰고, 동시대의 소설가들로 하
여금 그들 작품의 주인공들을 둘러싼 자연 풍경을 자세히 풍요롭게
묘사하도록 했을 뿐만 아니라 특히 그 자연과 그 모습을 바라보는
인간과의 상호작용(l'interaction de l'homme et de la nature)을 표
현하기에 이르렀다.19) 자연에게도 자연 자체의 역동적이고 변화무

---

18) Jean-Jacques Rousseau, *Julie ou la Nouvelle Héloïse,* Lettre XI, sixième
   partie, p.554 : "L'Être éternel ne se voit ni ne s'entend ; il se fait sentir ; il
   ne parle ni aux yeux ni aux oreilles, mais au coeur."

19) Paul Van Tieghem, *Le romantisme dans la littérature européenne,* pp.60–61
   : "A l'influence du roman de Rousseau vint s'ajouter à partir de 1782 celle de
   ses *Confessions et de ses Rêveries*, où les spectacles naturels tiennent une
   place si importante, où leur action sur l'âme est si marquée.[⋯] La nature y
   était évoquée, sous ses aspects riant ou mélancoliques, avec une profondeur
   d'émotion qui était toute nouvelle même après Rousseau, avec un lyrisme
   ardent et parfois mystique qui non seulement en faisait l'écho pathétique des

쌍한 삶이 있다는 인식에서 출발하는 낭만주의 작가들에게서 자연
은 어떤 영혼의 상태를 불러일으킨다. 디드로나 루소에게서는 영감
을 불러일으키고 루소에게서는 감미로운 우수의 정서를, 위고에게
서는 기쁨 또는 평화로움, 비니에게서는 사랑의 정감, 공포, 불안,
초조감 등을 불러일으킨다. 자연을 시적으로 새롭게 인식했던 루소
의 영향으로[20] 낭만주의 시인들은 이렇게 자연에 자신들의 영혼 상
태를 투영하여, 의인화라고 일컫는 기법으로 자연에 생명을 부여하
고 감정을 부여한다. 자연을 바라보는 사람의 기분에 따라 같은 경
치도 정답게 또는 냉담하게 보인다. 아무런 희망이 없는 절망 상태
에서 쥴리(Julie)에게 보낸 쎙-프뢰의 편지 속에서 우리는 그 예를
볼 수 있다 : "내 가슴속에 희망이 모두 사라져 버렸듯이 모든 자연
의 모습은 나에게 죽은 듯 보인다."[21] 스위스 작가 아미엘(Amiel)

émotions du héros, mais qui l'identifiait avec lui."

20) Marc Eigeldinger, *Poésie et Métamorphoses*, Neuchâtel, La Baconnière, 1973, p.100 : "La vision personnelle que Rousseau propose de l'univers sera continuée par la plupart des poètes du X I X e siècle qui associeront la nature aux nuances de leurs sentiments. [···] Jean-Jacques Rousseau a renouvelé et poétisé la vision de la nature ; en transformant le spectacle du monde extérieur en un spectacle intérieur, il a ouvert les chemins magiques de la poésie moderne, établie sur le principe des correspondances par lesquelles la nature participe aux mystères de l'âme humaine."

21) Jean-Jacques Rousseau, *Julie ou la Nouvelle Héloïse,* lettre X X VI, première partie, p.54 : "Telle est la situation cruelle où me plongent le sort qui m'accable et mes sentiments qui m'élèvent, [···] t'avoir vue et ne pouvoir te posséder, t'adorer et n'être qu'un homme, être aimé et ne pouvoir être heureux, habiter les mêmes lieux et ne pouvoir vivre ensemble!... [···] Peut-être le séjour où je suis contribue-t-il à cette mélancolie ; il est triste et horrible ; il en est plus conforme à l'état de mon âme, [···] Dans les violents transports qui m'agitent, et je ne saurais demeurer en place ; je

은 "어떤 경치고 다 바라보는 사람의 영혼의 상태를 나타내 준다."[22] 라고 했다. 자연은 내면적 삶의 움직임을 비추는 거울인 것이다.

인간의 내면적 정서에 감수성이 개입되어 객관적인 자연묘사에 그치지 않고 자연에 대한 주관적인 느낌을 표현하는, 즉 인간의 유니크한 감정과 자연과의 은밀한 교감을 표현하는 새로운 문학 현상이 이렇게 나타났던 것이다. 자연의 경관이 펼쳐지는 곳은 인간의 가슴속에서이며 그것을 제대로 보기 위해서는 느껴야 한다고 주장하면서[23] 자연에 대한 경외심과 함께 모든 것이 평화롭고 조화로운 자연 상태[24]가 인간의 행복의 상태라고 한 루소에게서 우리는 자연의 정경에 예민한 감각을 들이대고 자연 묘사를 작품에 끌어들인 낭만주의 작가들의 감성적 자연관의 선구자적인 모습을 보았다.

cours, je monte avec ardeur, je m'élance sur les rochers, je parcours à grands pas tous les environs, et trouve partout dans les objets la même horreur qui règne au-dedans de moi. On n'aperçoit plus de verdure, l'herbe est jaune et flétrie, les arbres sont dépouillés, le séchard et la froide bise entassent la neige et les glaces ; et toute la nature est morte à mes yeux, comme l'espérance au fond de mon coeur."

22) Marc Eigeldinger, Op.cit., p.100 : "[…] un paysage quelconque est un état de l'âme."

23) Jean-Jacques Rousseau, *Émile*, p.145 : " […] c'est dans le coeur de l'homme qu'est la vie du spectacle de la nature ; pour le voir, il faut le sentir."

24) Ibid., p.47 : "Tout est bien sortant des mains de l'Auteur des choses, tout dégénère entre les mains de l'homme."

[참고문헌]

Jean-Jacques Rousseau, *Oeuvres Complètes*, Édition publiée sous la direction de Bernard Gagnebin et Marcel Raymond, Paris, Gallimard, coll. "Bibliothèque de la Pléiade", 1981(1959), Cinq volumes parus.

Jean-Jacques Rousseau, *Julie ou la Nouvelle Héloïse*, Paris, Garnier Flammarion, 1967.

Jean-Jacques Rousseau, *Émile*, Paris, Larousse, 1999, coll. "Petits classiques Larousse".

Paul Bénichou, "Réflexions sur l'idée de nature chez Rousseau", in *Pensée de Rousseau*, Paris, Seuil, 1984, coll. "points", pp.125-145.

Robert Derathé, *Le rationalisme de Jean-Jacques Rousseau*, Paris, P.U.F., 1948.

Robert Derathé, "L'homme selon Rousseau", in *Pensée de Rousseau*, Paris, Seuil, 1984, coll. "points", pp.109-124.

Jean Ehrard, *L'idée de nature en France dans la première moitié du XVIII° siècle*, Genève-Paris, Slatkine, 1981.

Marc Eigeldinger, "Rousseau et le paysage végétal", in *Poésie et Métamorphoses*, Neuchâtel, La Baconnière, 1973, pp.79-100.

Henri Gouhier, *Des méditations métaphysiques de Rousseau*, Paris, Librairie philosophique J. Vrin, 1970.

Alain Lewi, *Le sentiment de la nature chez les écrivains romantiques*, Paris, Pierre Bordas et fils, 1992.

Roger Payot, *L'essence et temporalité chez J.-J. Rousseau* : thèse présentée devant l'université de Paris IV, 1972 Lille : Service de reproduction des thèses, l'université de Lille III, 1973.

Jean Starobinski, *Jean-Jacques Rousseau. La transparence et l'obstacle*, Paris, Gallimard, 1971, coll. "TEL".

Paul Van Tieghem, *Le romantisme dans la littérature européenne*, Paris, Albin Michel, 1969(1948).

Philippe Van Tieghem, *Le romantisme français*, Paris, P.U.F., 1989(1944) coll "Que sais-je".

집필자 소개

(가나다 순)

김경수

중앙대학교 문과대학 국어국문학과 교수

서울대 국어교육과를 졸업하고 단국대에서 이규보시문학 연구로 문학박사학위를 받았다. 동아시아 비교문화 국제회의 회장을 역임하였으며, 현재 한자한문학회 회장이다. 주요저서로는 『이규보시문학연구』, 『처용연구 논총』, 『제왕운기』, 『한국고전비평』등 다수가 있다.

김순경

중앙대학교 문과대학 불어불문학과 교수

연세대학교 불어불문학과, 문학사

프랑스 빠리 7대학교 불문학과, 불문학 석사, 불문학 박사

《Sylvie》 de Gérard de Nerval et le thème du double, 박사학위 논문

"Femme de théâtre chez Gérard de Nerval", 『불어불문학 연구』 등이 있다.

『프랑스 문학의 풍경』 공동집필

『프랑스를 아십니까 – 프랑스 사회와 문화의 이해』 공동번역

노영돈

중앙대학교 문과대학 독어독문학과 교수

중앙대학교에서 독어교육과를 졸업하고 독일 뷔르츠부르그대학교에서 독문학과에서 석사학위를, 독일 카셀대학교 독문학과에서 박사학위를 받았다. 저서로 『Gerhart Hauptmann und die Frauen-Studien zum naturalistischen Werk』, 역서로 『루이제 린저 단편선』, 논문으로 「게르하르트 하우프트만의 자연주의 드라마의 특성」 「시민비극과 자연주의 드라마에서의 아버지와 딸의 갈등모델과 비극」 「자연주의와 사회주의」 「자연주의와 여성해방운동」 「Struktur und Menschenbild einer naturalistischen Komödie Der Biberpelz」 등이 있다.

맹주만

중앙대학교 문과대학 철학과 교수

중앙대 철학과 및 동 대학원을 졸업한 뒤 「칸트의 실천철학에서의 최고선」으로 철학박사학위를 받았다. 주요 논저로는 「칸트의 판단력비판에서의 최고선」 「칸트와 루소의 공동체론」 「도덕적 감정 – 후설의 칸트 비판」 「원초적 계약과 정의의 원리」 「윤리학에서 합리성의 두 개념」 「인간 복제와 인간의 가치」 「사회생물학과 도덕적 진보」 『철학 오디세이 2000』 등이 있다.

손순옥

중앙대학교 외국어대학 일어학과 교수
한국외국어대학교 일본어과를 졸업하고 동대학교에서 박사학위를 받았다. 동경대학교
객원교수를 역임하였고 현재 국제 다쿠보쿠학회 한국회장을 맡고 있다.
주요 논저로「虞美人草論」「子規の繪畫と俳句」『正岡子規의 詩歌와 繪畫』『명치유
신과 일본인』『이시카와 다쿠보쿠시선』 등이 있다.

이강범

중앙대학교 외국어대학 중어학과 교수
연세대학교 중어중문학과를 졸업하고 대만국립대에서 석사, 연세대학교에서 박사학위
를 받았다. 연세중어중문학회 회장을 역임하였으며, 주요 논저는『중국어회화 3~12』,
「20세기 죽간백서 신발견의 문헌학적 의의」「서한의 경서정리와 박사제도」 등이 있다.

이찬욱

중앙대학교 문과대학 국어국문학과 교수
중앙대학교 국어국문학과를 졸업하고 동대학원에서「時調의 韻律構造 硏究」로 박사
학위를 받았다. 현재 우리문학회 회장이며 주요 논저로『한국의 띠문화』,『국어와 한
자』,「고시가에 나타난 감탄사의 의미기능」「시조의 형식과 미의식」「운율과 율격」
등이 있다.

정정호

중앙대학교 문과대학 영어영문학과 교수
서울대학교 영어교육과를 졸업하고 미국 위스컨신(밀워키)대학교 영문학과에서 박사
학위를 받았다. 문학과 환경학회 초대회장을 역임했으며 주요 저서로『탈근대인식론
과 생태학적 상상력』『전환기시대의 대화적 상상력』『팽팽한 밧줄위에서 느린 춤을:
탈근대 문화윤리학』『세계화시대의 비판적 페다고지』『문학과 환경』 등이 있다.

차용구

중앙대학교 문과대학 사학과 교수
고려대학교 사학과를 졸업하고 독일 파사우 대학에서 석사 및 박사 학위(서양중세사
전공)를 받았다. 교회사에 관심을 갖고 중세 교회와 관련된 논문들이 있으며, 역서로
는『중세의 빛과 그림자』『중세 이야기』(공역) 등이 있다.

인문학연구총서 ①

동서양 문학에 나타난 자연관

2005년 3월 30일 초판1쇄 발행

집필진   김경수 김순경 노영돈 맹주만
         손순옥 이강범 이찬욱 정정호 차용구
발행인   김흥국
펴낸곳   도서출판 보고사
등 록   제6-0429
주 소   서울시 성북구 보문동7가 11번지 2층
전 화   922-5120/1(편집) 922-2246(영업)
팩 스   922-6990
메 일   kanapub3@chol.com
정 가   12,000원
ISBN   89-8433-308-5